Perceptions

1 - INATTENDUES

Raveilio Cécile

Romance - New Adult

Avant-propos

Chères lectrices, chers lecteurs,

Ce roman est déposé en auto édition. Toute reproduction, qu'elle soit partielle ou intégrale est illégale et constitue un délit. Celle-ci est sanctionnée par les articles L335-2 et L335-3 du code de la propriété intellectuelle. Je me suis inspirée de faits réels et de certaines lois françaises pour écrire ce roman, mais il reste tout de même tiré de mon imagination. Il est donc possible que cela ne soit pas en accord avec la réalité...

La rencontre *inattendue* d'Arthur chamboule totalement Agathe. Elle est déjà bien trop investie auprès de Léo pour mettre un terme définitif à leur histoire, qu'elle soit *insidieuse* ou non. Et cela même si les sentiments qu'elle croyait avoir pour lui ne sont plus au rendez-vous. Et cela même si cette incapacité à couper les ponts entrave sa relation avec Arthur. Alors même que l'attraction qui la lie à lui est *impétueuse*...

Selon vos *perceptions,* Agathe, Léo ou Arthur seront peut-être sources de frustration par leurs contradictions et leurs doutes. Mais si tel est le cas, je suis persuadée qu'au fil des lectures, vous serez enchanté(e.s) par leurs évolutions.

Bonne lecture !

Prologue

Chaque fille discute avec au moins un des garçons, elles se mêlent à eux comme si nous les connaissions depuis toujours. Et moi je fais semblant de participer à la conversation qu'a Jade avec son Jules. En réalité je me sens mal à l'aise de ne pas parvenir à m'intégrer comme elles le font, et ça commence à me taper sur le système. C'est vrai que fais-je de mal ? Je ne drague personne, je réponds juste de façon platonique à des inconnus qui veulent juste sympathiser avec mes copines.

« Juste sympathiser... LOL, sympathiser dans un lit oui ! »

Si je suis tout à fait honnête avec moi-même, je suis surtout gênée par l'attention un peu trop flagrant que me porte Arthur. Mais ce qui m'angoisse réellement c'est que son intérêt pour ma personne ne me laisse pas autant indifférente que je le souhaiterais. C'est vrai qu'il est bel homme et ça fait toujours plaisir de savoir que l'on plaît, d'autant plus qu'ici le bel homme en question est également à mon goût. Mais je suis en couple et je ne devrais pas ressentir ce genre de sentiment. J'ai l'impression d'être infidèle envers Léo en éprouvant tout ça. Alors inconsciemment je deviens hargneuse, surement pour masquer mon attirance. Plutôt mourir qu'être prise en flagrant délit de mièvrerie devant Arthur. Cela fait à peine deux heures que nous sommes arrivées ici, et à en voir les visages heureux de mes amies, nous ne sommes pas prêtes de rentrer au camping. Pourtant je vais devoir lâcher prise à un moment donné, au risque de me faire un ulcère au court de la nuit. Cette situation inédite me stresse vraiment. Au lieu de grappiller encore un verre auprès des garçons, je me dirige vers le bar pour recommander à boire.

« Je disais avoir besoin d'un seau tout à l'heure, mais finalement j'en voudrais deux ! »

J'ai prévenu Jade de mon départ en le lui chuchotant à l'oreille. J'ai espoir que tout le monde soit trop occupé à se découvrir afin de pouvoir m'éclipser discrètement. Arrivée devant le bar, j'interpelle un barman pour lui demander ma boisson alcoolisée habituelle. La musique qui résonne me plait beaucoup alors je remue légèrement des hanches en attendant ma commande. Tout à coup, je sens des mains se glisser sur mon corps, je me fige immédiatement. Cette fois-ci c'est l'odeur de la personne en question que j'ai reconnue.

- Mais c'est un truc de fou, tu ne comprends pas quand je te parle toi ? Ne repose plus jamais tes mains sur moi, tu as compris ?! Je le menace avec virulence.
- Ok ça va, excuse moi. Pourquoi tu me repousses ? Ses deux mains sont levées en l'air, au niveau de son visage, comme s'il souhaitait l'apaisement.
- Tu ne penses pas qu'il serait possible que je sois en couple ?
- À dire vrai, en te sachant en vacances ici avec tes copines célibataires, non ça ne m'a pas traversé l'esprit. Mais maintenant que tu le dis, tout s'explique... Ok, alors je m'excuse d'avoir été trop insistant, on repart de zéro tu veux bien ? Promis je ne tenterais plus rien, mais plutôt que de bouder, on pourrait profiter de cette soirée en tout bien tout honneur non ? Son regard me parait suppliant.

Je réfléchis deux minutes à son offre, du même temps je me retourne pour payer ma consommation. Je peux parler tranquillement à un homme sans qu'il n'y ait aucune ambiguïté, même s'il est beau, n'est-ce pas ? Je me saisis de mon verre, souffle un bon coup pour reprendre contenance et pivote pour lui faire face.

- Bon d'accord… Moi c'est Agathe enchantée !

- Ravi de faire ta connaissance Agathe, moi c'est Arthur. Allez viens, partons retrouver les autres ! Il prend le chemin retour vers la table et je le suis.

1

« Ayez le courage de regarder la réalité en
face. Alors seulement, on pourra peut-être
faire quelque chose. » H.G. Wells

Je suis devant mon armoire à me demander quels vêtements
je pourrais charger dans ma valise pour les vacances. D'après
ce qu'on en sait Salou, en Espagne, est connu pour ses soirées
festives et ses belles plages, mais aussi pour son grand parc
aquatique. Mes recherches sur internet m'ont confirmé que ces
vacances seront parfaites. Et même si je suis majeure et vaccinée
depuis un moment maintenant, ça n'empêche pas à mes parents
de s'inquiéter à l'idée de me savoir « seule » à des kilomètres de la
maison, dans le seul but de faire la fête. Alors je reconnais avoir
légèrement dissimulé l'aspect festif auprès d'eux, pour faire
passer ces vacances comme étant culturelles.

*« Ce n'est pas un vrai mensonge si ça a pour but de préserver leur
tranquillité d'esprit n'est-ce pas ? »*

Quand ils me demanderont de leurs raconter mes vacances
et que je ne leurs parlerais que de mes soirées festives, alors ils
comprendront le pot aux roses. Mais en attendant mon retour, je
préfère ne pas trop m'épancher sur le sujet. Cela fait longtemps
que nous souhaitions partir faire la fête entre copines dans un
autre pays que le nôtre. Alors à force d'évoquer le projet, de le
repousser sans cesse pour diverses raisons, nous avons décidé de
bloquer une date. Avec pour devise: qui pourra, viendra. En effet,
entre une qui rencontre un nouveau mec, l'autre qui ne peut pas
poser de vacances, ou encore une qui n'a pas l'argent pour partir,
nous n'avions jamais poussé le projet plus loin. Mais cette fois-ci,

la décision était prise, quoi qu'il en coûte, nous partirons l'été de nos vingt-cinq ans.

J'étais, si on peut le dire ainsi, l'investigatrice de ce voyage entre amies et ces vacances m'enthousiasmaient réellement jusqu'à ce que ma vie ne prenne un léger tournant. Quelques jours après avoir effectué la réservation, j'ai rencontré quelqu'un. Cela faisait un petit moment déjà que je virevoltais à droite à gauche, sans avoir l'envie farouche de me poser. À l'époque j'étais bien trop concentrée sur ma vie professionnelle pour m'investir émotionnellement avec un homme. Je suis infirmière de réanimation aux urgences dans un des grand hôpital de ma région. C'est tellement prenant et stimulant que je ne ressentais pas le besoin d'avoir une présence masculine dans ma vie. D'autant plus que mes jours de repos étaient déjà bien remplis, entre les visites chez les membres de ma famille, chez mes amies et les tâches de la vie quotidienne… Je disposais que de très peu de temps pour moi.

« Où aurais-je pu trouver du temps à accorder à un homme ? »

Pourtant un soir, au détour d'une conversation avec ma meilleure amie, je me suis inscrite sur un site de rencontre. Au départ c'était juste pour m'amuser, une sorte de continuité dans le pacte que j'avais passé avec moi-même après mon premier chagrin amoureux. Alors, c'est sans grande conviction que j'ai enchainé les conversations avec des types tous plus insignifiants les uns que les autres, ayant pour conversation fétiche: le sexe.

« Rien de bien profond quoi… enfin ça dépend… ? Ok je me calme. »

Un beau jour, je suis tombée sur le profil d'un homme qui se distinguait des autres. Je me souviens encore de sa photo: il avait les cheveux châtain foncé, les yeux vert émeraude, le visage un peu abimé, de belles lèvres pulpeuses… Je le trouvais vraiment très beau ! Il était inenvisageable que je pose mon pouce sur la petite croix, que propose l'application, pour passer au profil suivant et supprimer celui-ci. J'ai donc approuvé le compte du jeune homme et à ma grande surprise nous avions matché. Dans le jargon, cela veut dire que lui aussi n'a pas appuyé sur le symbole rouge pour supprimer mon profil. J'étais tellement heureuse d'avoir attiré l'attention d'un si bel homme. Malheureusement le soufflé est vite retombé quand après une semaine, je n'avais toujours pas reçu de message de sa part.

« Oui je sais, j'aurais pu faire le premier pas, me diriez-vous ? »

Et bien, je fais partie de ce genre de femmes qui souhaite que se soit l'homme qui le fasse en premier. Et puis soyons honnête, je le trouvais tellement beau que je mettais le match sur le coup d'une erreur de manipulation. C'est vrai, entre la croix rouge et la coche verte, la bévue est vite arrivée. Moi-même je m'étais faite avoir un jour. Alors je refusais d'engager la discussion au risque de me prendre un vent ou pire encore, un râteau monumental. Durant plus d'une semaine j'étais à l'affut de la moindre notification sur mon téléphone, dans l'espoir que ce soit lui. Je vous laisse imaginer le nombre de déceptions rencontrées, quand mes copines écrivaient autant de messages que de fois où elles allaient faire pipi.

« Oui elles boivent beaucoup, et pas que de l'eau... mais ça c'est une autre histoire ! »

La semaine suivante, je me languissais d'être en repos. Je venais de terminer mon week-end de garde et j'étais épuisée. Il est difficile de jongler entre le rythme de nuit et celui de jour. Quand je fais la bascule de nuit vers le jour, je m'oblige à rester éveillée jusqu'au soir pour tomber de fatigue une fois la nuit tombée. Alors ce jour là ne faisais pas exception, je n'avais qu'une envie, celle de dormir profondément pendant deux jours consécutifs tant j'avais sommeil. Depuis quelques jours, j'avais beaucoup moins d'entrain pour vérifier mon téléphone. Je m'étais faite une raison et j'avais abandonné l'idée qu'il m'écrirait. Pour être tout à fait honnête il avait même fini par me sortir de la tête. Pourtant ce soir là, au moment où j'allais enfin pouvoir faire ce que j'attendais depuis huit heures le matin, mon téléphone retentit pour annoncer l'arrivée d'une notification. Ma curiosité étant bien trop vivace, je n'ai pas pu m'empêcher de jeter un coup d'oeil à l'appareil. C'est avec stupéfaction que j'ai découvert un message de sa part. La danse de la joie ça vous parle ?

« Oui, je me laisse parfois submerger par mes sentiments... »

Nous avons commencé à échanger sur des banalités et très rapidement, notre conversation est devenu plus profonde. Nous évoquions les attentes que nous avions de la vie en générale, nos aspirations professionnelles, les critères qui nous semblaient importants pour déterminer si quelqu'un mérite ou non sa place dans nos vies... C'est quand le jour a percé à travers le volet de ma chambre, que je me suis aperçue que nous avions parlé toute la nuit. Mon envie folle de dormir s'était finalement dissipée, notre échange étant bien trop grisant. Très vite le premier rendez-vous était posé et lors de notre première rencontre je n'en ai pas cru mes yeux, il était encore plus beau que sur sa photo de profil.

Il a éveillé en moi des sentiments que je pensais fictif, comme le coeur qui s'emballe... Selon moi c'était à la puberté, dans mes livres ou dans mes séries fétiches que ces sensations existaient, pourtant là, c'était à moi que ça arrivait, à vingt-cinq ans et dans la vraie vie ! Après ça, tout est allé très vite, il a emménagé chez moi et depuis un mois maintenant, nous ne nous sommes plus quittés, à part pour se rendre au travail.

Moi, Agathe, la fille passe partout, plutôt petite de taille, de corpulence normale, avec des petits seins, j'étais en couple avec un boulet de canon ! C'était complètement fou, un mec comme lui devrait avoir une mannequin à son bras. Pourtant j'y étais moi, et j'avais l'impression d'être plus vivante que jamais je ne l'ai été. Le fait d'être désirée par un homme que je trouve très beau me donne confiance en moi. Et pour dire, je ne crois pas avoir déjà pu me vanter de l'avoir été avant de le connaitre. Pour résumer, je me sens bien dans ma vie, même si c'est au dépend de ma famille et de mes amies qui se plaignent que je ne leurs accorde plus autant de temps qu'avant.

C'est pourquoi, la destination pour laquelle nous devons partir d'ici quelques heures, n'a plus la même saveur à ce jour. À l'époque où nous avons réservé les vacances, je me voyais déjà partir à la chasse aux espagnols accompagnée de mes acolytes. Mais aujourd'hui, je suis sur le banc de touche. Non pas que cela me gène, bien au contraire, mais je ne suis plus aussi libre que le sont mes amies et cela créera forcément des conflits, j'en ai le pressentiment.

- À quoi tu penses ? Léo se tient à la chambranle de la porte et me regarde avec ses beaux yeux verts.

- Pfff! Je ne suis plus sûre de vouloir y aller Léo ! J'élude une partie de ma réflexion pour aller à l'essentiel et reprend:

- J'avais vraiment hâte d'y aller avant de te rencontrer mais là... je ne crois pas que se soit le genre de vacances approprié lorsqu'on est en couple...

- Allez Agathe ! On en a déjà parlé, je sais que je peux te faire confiance et ne t'inquiètes pas je t'attendrais ici bien sagement ! Ce n'est jamais que pour quatre jours... Tu auras assez de temps pour allier fêtes et copines, comme ça à ton retour tu ne seras qu'à moi !

- Justement puisque tu évoques le sujet... Tu sais comme tu vis à la maison, je me suis dit que tu pourrais peut-être rencontrer ma famille ? Depuis qu'on est ensemble je n'ai pas trouvé le temps d'aller les voir, alors j'ai pensé que ça serait plus simple si tu venais avec moi ? Je me sens gênée de lui refaire cette proposition, encore une fois, aussi tôt dans la relation.

- Euh... Ouais ouais ok, on verra à ton retour, tu veux bien ?

Sa réponse me laisse scpetique. Je sens que quelque chose

cloche car ce n'est pas la première fois que je lui demande de rencontrer mes proches, mais il me répond toujours de façon évasive. Peut-être est-il juste stressé à l'idée de rencontrer les gens que j'aime.

« C'est vrai, rencontrer les parents de son ou de sa partenaire ça fou toujours un peu la trouille non ? »

Ne souhaitant pas creuser le malaise, je préfère le remercier d'y songer et d'éluder le sujet. Je me glisse entre ses bras pour me faire enlacer. Je reprends la conversation sur mon départ imminent:

- Tu es sûr d'être ok avec mon départ ?
- Mais oui je t'ai dit, tout est ok, c'était prévu, c'est comme ça...
- Ok alors parfait...

Un silence se fait entendre, il se rapproche de moi et me pousse vers mon lit. Je m'y installe quand lui grimpe sur moi et m'embrasse. Je lui rends son baiser, mais une fois de plus je ressens de la distance entre nous. J'ai le même sentiment à chaque fois que l'on s'embrasse. Pourtant, sur le plan sexuel je suis plutôt satisfaite mais je me dis qu'il doit forcément avoir une explication à ce ressenti. Je suis sure à quatre-vingt dix-neuf pour cent de ne pas me tromper. Quelque chose ne va pas. Cependant je n'ai jamais osé aborder la question jusqu'ici et je ne risque certainement pas de le faire à... Une heure trente de mon départ !

- Olala !!! Tu as vu l'heure ?! Je suis à la bourre !! Je pousse Léo pour me dégager du lit.

Je me précipite devant mon armoire. Les casiers de celle-ci étant pleins à craquer de vêtements d'été, je ne prends même pas la peine de vérifier ce que je choisis puisque mon armoire est exclusivement à mon goût et à ma taille. Ensuite je me dirige vers ma commode où se trouve mes sous-vêtements et mes maillots de bain. Je prends trois grosses poignées de chaque, soutien-gorges, culottes et maillots pour fourrer le tout dans ma valise. Je suis certaine qu'en procédant ainsi, je ne manquerais de rien !

- Eh ! Je veux bien te laisser partir en vacances sans moi, mais n'abuse pas non plus sur le choix de tes fringues s'te plaît ! Regarde moi ces sous-vêtements là !

Quand je regarde les mains de Léo, et que j'y vois ma jolie dentelle rouge, je me dis qu'en effet je peux bien m'en passer le temps du voyage.

- Dis donc, aurais-tu peur que je montre ces jolies choses à de beaux espagnols ? J'ai à peine le temps de lui reprendre mes sous-vêtements des mains, que je me retrouve coincée entre la commode et le corps massif de mon amoureux.
- N'importe quoi, simplement tu laisses ça ici !
- Ahah, j'aime bien quand tu es jaloux !

Je vais pour l'embrasser aussi fougueusement que possible, pour lui faire comprendre qu'il n'y a que lui qui compte, mais comme toujours, il ne me laisse pas approfondir le baiser. En revanche, il suffit de rapprocher mon bassin du sien pour m'apercevoir que mon bisou fait quand même son effet. Peut-être qu'il n'accorde pas autant d'importance à cet échange que moi. Il me soulève pour me poser sur le haut de ma commode, ce qui a le mérite de faire taire mon débat intérieur, les choses sérieuses commencent. Pourtant, malgré son visage dans mon cou, j'essaie de m'extraire de son emprise.

- Tututt'! Je dois finir ma valise Léo ! Lâche moi tu vas me mettre en retard et j'en connais une qui va râler...
- Et alors ? Qu'est-ce que ça peut bien me faire ? Tu lui diras que ton mec avait envie de te baiser avant ton départ c'est tout ! Ce n'est plus une enfant, elle devrait pouvoir comprendre non ? Il reprend ce qu'il avait entrepis quelques secondes auparavant

en embrassant le creu de cou, me lèche, puis viens me mordre le lobe de l'oreille et me sert davantage contre lui. Il maintient une pression sur mes fesses et me susurre:

- Ça va trop me manquer ! Allez juste un petit coup rapide avant ton départ s'te plait !

- Huuuum... vraiment rapide al...

Je n'ai même pas le temps de finir ma phrase, que mon short et ma culotte traînent déjà au sol. Il me pénètre sans plus de cérémonie, c'est brutal et rapide. Heureusement que son empressement suffit à me rendre toute chose et à faire couler ma cyprine, car cette fois-ci il n'a vraiment donné aucune importance aux préliminaires.

- Quand un mec s'approchera de toi, n'oublie pas qui t'a fait jouir juste avant de partir !

Après quelques poussées sa jouissance est déjà là. Il se retire rapidement de ma féminité pour se diriger vers la salle de bain. Quant à moi je reste sur ma faim, et je choisis de garder sous silence le fond de ma pensée. Celle-ci étant contradictoire avec ce qu'il vient de m'affirmer. Je préfère plutôt oublier qu'il ne m'a pas fait grimper au rideau et lui réponds donc comme si de rien n'était:

- C'est valable pour toi aussi, ne profite pas de mon départ pour faire de cet endroit un lieu de débauche ! Je crie depuis la chambre.

- T'inquiète pas pour moi va, je ferais venir personne chez toi !

Je me lève du lit pour le rejoindre dans la salle d'eau, mais quand j'y arrive, lui en ressort. Il me gratifie d'un baiser sur le front et me laisse seule.

Sous ma douche, je mets ce temps à profit pour réfléchir sur ma relation. Même si Léo m'a donné confiance sur beaucoup d'aspects, un micro-doute subsiste en moi. J'ai du mal à comprendre le paradoxe qui m'habite, parce que j'aime vraiment être avec lui, au point de l'avoir priorisé aux dépens de mes habitudes. Je trouve que l'on rigole beaucoup ensemble, que nos rapports sont très fréquents et qu'il y'a quand même un réel feeling entre nous. Pourtant il m'arrive parfois, comme aujourd'hui, de ne pas jouir, et je ne sens toujours pas ce fameux lien d'amour entre nous. Je dois avouer que cette histoire de baiser ne m'aide pas non plus à relativiser. Je me rassure en me rappelant que notre relation en est à son début. Un mois, qu'est ce que c'est finalement ? Il faut surement laisser du temps au temps, après tout. D'un point de vue extérieur, je ne laisse rien paraitre. Personne n'est au courant des incertitudes qui m'assailent, et je préfère ça ainsi. Mes proches étant déjà bien trop sur la réserve quant à cette relation, j'évite de mettre de l'huile sur le feu.

Quoi qu'il en soit, ça ne m'empêche pas d'être attachée à lui et d'apprécier réellement sa compagnie. Cela faisait très longtemps que je n'avais pas ressenti ce genre de sentiment d'ailleurs. Et c'est une des raisons pour laquelle je suis si triste à l'idée de devoir le laisser pendant quatre jours. Mais si je dois être parfaitement honnête avec moi-même, ce sentiment de tristesse est tout de même atténué par la joie de retrouver mes amies. Ces quelques jours entre filles me permettront de rattraper ce dernier mois où je ne les ai quasiment pas vu. Un mal pour un bien finalement non ?

« Quatre jours qu'est-ce que c'est dans toute une vie, après tout ? »

2

« Vaut mieux s'engueuler que de se
sentir seule. » M. Achard

Jade sonne à ma porte, pile au moment où je sors de la douche.
Je cris à Léo:

- Tu peux ouvrir s'te plaît ?

Je n'entends pas sa réponse, mais je suis persuadée qu'il m'a
entendu. Je me sèche en vitesse. Un malaise pourrait s'installer
entre eux, si l'idée me venait de prendre mon temps. Jade, ma
meilleure amie, n'a encore jamais rencontré Léo et en sachant
ce qu'elle pense de ma relation avec lui, mieux vaut ne pas les
laisser seuls trop longtemps. Elle pourrait en profiter pour lui
dire le fond de sa pensée et je refuse que Léo se fasse un mauvais
apriori sur elle.

Je mets mes sous-vêtements, me faufile dans mon short en
jean, enfile mon débardeur noir et attache mes sandales. Ne
souhaitant pas m'éterniser plus longtemps, je me coiffe du
même temps que je me rends au salon. J'ai beau me rapprocher
de la pièce, je n'entends même pas le bruit d'une mouche voler.
Léo est dans un coin sur son téléphone et Jade dans un autre en
faisant la même chose que lui. J'ai la nette impression que leur
première rencontre est glaciale, alors je décide de briser la glace:

- Et bien je vois que vous avez connaissance tous les deux, ça
fait plaisir !
- Tu aurais pu faire en sorte d'être prêtre à l'heure pour nous
éviter ce malaise Agathe !

- Oh Jadou ça va ! J'ai dû vous laisser en tête à tête à tout casser cinq minutes !!

- Mouais c'était cinq minutes de trop !

« Ok, je vois. Elle a sorti les griffes… C'est bien engagé entre les deux non ? »

Malgré son attitude qui pourrait être détestable pour le commun des mortels, je comprends son comportement. Elle est simplement mal à l'aise d'être restée seule avec Léo. Ce même individu qu'elle ne connait pas vraiment et qu'elle n'affectionne pas plus que ça. Alors pour me faire pardonner de lui avoir imposé cette attente, je lui fais un câlin et lui lance doucement:

- Arrête de faire ta peste, ça ne te ressemble pas ! Et puisque les présentations sont faites, je vais chercher ma valise, j'arrive !

Je pars dans la chambre pour récupérer mes affaires. Mon copain n'a pas pipé mot depuis l'arrivée de ma meilleure amie. Je lui avais fait part du scepticisme de Jade quant à notre relation, sans trop approfondir sur la vraie raison de sa défiance. Face à son l'hostilité, je suis persuadée qu'il est maintenant pleinement conscient de l'ampleur de sa méfiance. Contrairement à ce que j'aurai souhaité, il a eu affaire au mauvais côté de mon amie. C'est sur cette réflexion que je fais demi-tour pour les rejoindre.

- Bon Léo ! Je t'ai laissé la feuille avec les numéros d'urgence si besoin. Tout est prêt pour que tu puisses tenir un siège durant un mois. N'oublie pas non plus de…

- Je sais, Agathe tu en es à ta centième énumération de ce que je dois faire ou ne pas faire ! Ne t'inquiètes pas je t'ai promis que la maison ne s'écroulerait pas. Fais moi confiance, c'est bon !

- Ok, oui je sais… Excuse moi ! On se revoit dans quatre jours alors ?

Je l'enlace pour lui faire un gros câlin, et lui glisse à l'oreille:

- Tu vas me manquer, pas de bêtises d'accord ?

11

- Je sais, ne t'inquiète pas. Tu vas me manquer aussi, soit sage et écrit moi quand tu peux. Il me serre dans ses bras et m'embrasse sur le front !

« Trop chou ! Mais on préfère le bon vieux smack, non ? »

- À très vite ! Je lui dis avec un clin d'œil, ignorant une fois de plus ma conscience.

Il me fait une petite tape sur la fesse avec ce sourire que j'aime tant. Pourtant le coup du baiser m'est resté en travers et je n'arrive pas à me défaire de cette amertume. Je devrais peut-être lui faire part de mes pensées ? Ça résoudrait surement le problème. Mais étant sur le départ, ce n'est pas la moment. Ça devra attendre mon retour. Je retrouve Jade qui s'est faite discrète, pour nous laisser un peu d'intimité, sur le perron de la maison.

- Allez ma Jadounette, let's go for the party !
- Ouiiiiiiii ! C'est parti ! Elle prend mon bras pour le glisser sous le sien et m'enjoint de la suivre vers son véhicule.
- Ouvre-moi la voiture s'te plaît, que je puisse ranger ma valise dans le coffre. Quand je l'ouvre et que je vois tout le barda qu'elle a réussi à mettre là dedans, je manque de m'étouffer.
- Euh… Jade dis-moi ? Tu crois qu'on part combien de temps ? J'ai à peine de la place pour mettre ma valise, tu te fous de moi ?! Elle rigole puis me répond nonchalante:
- Tu sais que j'aime palier à toute éventualité, selon moi il n'y a que le minimum !
- Nous n'avons pas la même notion du « minimum » toi et moi ! Tu sais quand même qu'on doit récupérer Brune et qu'elle aussi aura une valise ?!
- Oui je sais, mais ne t'inquiètes pas, elle n'aura qu'à mettre ses affaires sur le siège passager à l'arrière et le tour sera joué. Je souris discrètement à sa solution et ferme le coffre !
- Ok, alors en route !

Je fais un petit signe de la main à Léo resté devant la porte d'entrée et me glisse dans la voiture. Il me fait un au revoir en retour et nous voilà en route. Je suis en train de chercher une musique sur mon téléphone, pour la mettre sur l'auto-radio quand Jade me coupe :

- Tu ne m'avais pas dit que Léo restait tout seul chez toi en ton absence...

- À quoi bon ? Tu m'aurais fait la moral pendant cent ans et la finalité aurait été la même !

- Mais enfin Agathe, tu le connais depuis combien de temps ? Un mois ? Tu lui laisses les clés de chez toi... C'est surtout qu'avec un tel passif que le sien, tu...

- Je te coupe tout de suite ! Je n'ai pas envie de me prendre la tête avec toi Jade ! Ok, il a quelques problèmes judiciaires mais il ne m'a pas caché les faits, il a été honnête avec moi ! C'est juste pour une affaire de stupéfiants, on ne parle pas de vol ou d'agression violente sur quelqu'un ! Alors arrête d'être lourde avec ça et laisse lui une chance ! Si tu apprenais à le connaître tu comprendrais pourquoi je suis tombée sous son charme !

- Oui ben justement, tu es tombée tellement vite que ce n'est pas normal. Et puis ce ne sont pas réellement ses problèmes avec la justice qui me posent problème, c'est juste que le mec vit déjà chez toi ! Tout me semble bizarre dans cette relation, on dirait presque qu'il profite de t... bref c'est ta vie ok ? J'essaie juste de veiller sur toi. Je n'ai pas envie de te ramasser à la petite cuillère !

- Hum, je te remercie de ne pas avoir fini ta phrase. Écoute merci pour ta sollicitude mais c'est bon, ok ? Profitons de nos vacances entre copines et basta ! Ça te convient ?

- Ok... ça me va pour le moment ! Me dit-elle avec un sourire crispée.

- Ok parfait, merci pour le répit ! Je réponds avec sarcasme.

Me voilà de nouveau rivée sur mon téléphone à la recherche de la fameuse musique que je souhaitais mettre, quand je reçois un message:

Léo: Amuse toi bien, essaie de ne pas m'oublier...

Je trouve enfin la musique que je voulais écouter et monte le son. C'est un peu ma manière à moi de couper court à la polémique qu'a créée Jade. Je réponds alors à mon chéri :

Moi: Même si je le voulais, je n'y arriverais pas. À toute

Je me ressasse pourtant les paroles de mon amie, et ça me blesse qu'elle puisse penser qu'il profite de moi. Je revois un mois dans le passé, un temps où je n'avais pas encore confiance en moi comme maintenant. Mais peut-être que c'est elle qui a raison ? C'est vrai, qu'est-ce qu'un beau mec comme lui foutrait avec une fille comme moi ? Peut-être qu'il recherchait juste une stabilité pour passer devant le juge ? J'ai un bon travail, j'ai un logement, je suis équilibrée avec une famille aimante, je ne suis pas connue des services de police... Je lui ai aussi dégoté un job dans un restaurant du coin. Peut-être est-ce pour toutes ces raisons qu'il reste avec moi ? Non, ça serait complètement dingue.

Je suis trop sensible à ce que disent les autres, je croyais avoir enrayé ça, mais je me suis trompée. La preuve en est ici. Il est vrai que je m'arrête sur des bricoles qui n'ont aucune importance pour les gens lambda. Un tout petit rien peut suffire à tout remettre en question dans mon esprit. C'est peut-être pour cela que je n'arrive pas à établir un lien indéfectible avec lui ? Parce que personne ne m'a encouragé à vivre cette histoire comme bon me semble. Je suis agacée par le fait qu'une seule façon de pensée puisse remettre en question mes choix si facilement. Maintenant, j'ai le sentiment que ma récente confiance en moi est bafouée ! Pourtant ces paroles viennent de ma meilleure amie et que je les prennent bien ou pas, je ferais peut-être mieux d'y preter un peu plus attention non ? Décidément ce n'est vraiment pas de tout repos les relations humaines, telles qu'elles soient.

« Ou peut-être est-ce moi qui complique tout ?! »

Je n'ai pas le temps de me morfondre plus longtemps, que nous sommes déjà arrivées devant chez Emma « Brune ». Jade klaxonne pour lui faire savoir que nous sommes là, c'est le signal que nous avions convenu ensemble pour lui indiquer notre arrivée. Sauf que notre amie n'est jamais ponctuelle. Du coup, Jade me dit :

- Allez viens ! On va sonner à sa porte pour la bouger parce que sinon, je crois qu'on va rester en bas de chez elle un moment !
- Ouais c'est clair, tu as raison.

Je commence à sortir de la voiture, quand Jade me rattrape par le bras et me tire jusqu'à elle pour me serrer dans ses bras. Elle me glisse à l'oreille :

- Tu es mon amie de toujours, quelle amie je ferais si je ne te mettais pas en garde ? Mais ne doute pas de toi s'te plait, ce n'est pas mon but. Bien au contraire. Quelque soit mon avis sur ta relation, tu as tout pour toi, ok ? Je ne voulais pas te blesser et je m'en excuse si c'est le cas.
- Merci Jadou... Mais comment peux-tu être si catégorique à son sujet alors que tu ne l'as jamais côtoyé ? C'est fou quand même !
- On ne te voit plus, ce que je peux comprendre, mais même tes parents tu n'es pas aller les voir depuis que tu es avec lui ! Je l'ai su par ta mère, qui une fois m'a appelé parce qu'elle était inquiète de ne pas avoir de tes nouvelles. C'est comme s'il te mettait sous une bulle. Ajoute à ça le fait qu'il vive déjà chez toi et ses problèmes... Ben je ne sais pas... Mais moi, le cumul de tout ça me fait douter...
- Et moi j'assimile ça à l'euphorie de la nouveauté ! On délaisse nos habitudes pour découvrir quelque chose d'autre sans spécialement s'en rendre compte ! Et puis je n'ai pas coupé les ponts, on s'est écrit pour planifier le départ, j'ai eu mes parents au téléphone, ma soeur... C'est juste que l'on ne s'est pas vu physiquement ! Je m'explique.
- Non ça c'est certain, tu n'avais jamais le temps. Pourquoi tu

n'as pas voulu nous le présenter ? Ce n'est pas de toi, ça non plus ! Je te connais assez, pour savoir que tu en meurs d'envie…

Si je lui avoue qu'il a toujours esquiver mes demandes, elle va devenir encore plus méfiante qu'elle ne l'est déjà. Je me dépèche de lui répondre quelque chose:

- Parce qu'on était dans notre bulle tout simplement… Je n'ai pas vraiment d'explications à te donner… Je doute fortement que cette réponse soit acceptée par mon amie.

- Écoute j'espère vraiment me tromper… Mais même là, je ne te sens pas totalement honnête avec moi, quelque chose cloche, j'en mets ma main à couper. Elle n'en démord pas.

- L'avenir nous le dira ! Allez assez parlé Jadou, on tourne en rond, allons chercher Brune. Je pars en laissant derrière moi Jade pour couper court à cette conversation.

« C'est affligeant de voir la facilité qu'ont les gens à lire en moi… »

3

« Le vrai plaisir de la dispute, c'est la réconciliation. » G. Bedos

Nous en sommes à notre deuxième pause pipis/clopes depuis notre départ. Nous avons récupéré Brune après vingt minutes d'attente chez elle, parce que madame était indécise sur le choix de sa tenue. D'après elle, elle est toujours à l'heure pour se rendre au travail, mais avec nous, elle se permet au laisser-aller. Si bien que quand on doit se réunir pour une soirée ou autre, nous lui mentons sur l'heure du rendez-vous pour être sûres qu'elle soit bien ponctuelle. Pourtant même avec cette technique, il y a parfois des loupés. Mieux vaut en rire qu'en pleurer.

Trois autres filles nous rejoindrons en Espagne, elles prendront le départ peu de temps après nous. Leurs obligations professionnelles respectives ne leurs permettaient pas de partir en même temps. De notre côté, nous étions trop impatientes de prendre le départ pour les attendre. En parlant des autres copines, le téléphone de Brune sonne, elle répond sur haut-parleur:

- Allô ! Vous en êtes où les filles ?
- Holà ! On est parti depuis dix minutes déjà, et vous ? Vous en êtes où ? Demande Jeanne.
- Sur une aire d'autoroute, entre ma vessie et celle d'Agathe on a déjà du faire deux pauses. Ce qui fait qu'on a quarante minutes de retard par rapport au temps initialement prévu par le GPS !
- Ah oui d'accord, bon j'imagine que tu as volontairement oublié de nous préciser ton retard à toi... se moque Jeanne.

On se marre en choeur, puis elle reprend:

- Continuez comme ça, on arrivera peut-être avant vous !

- Ne rêve pas non plus, on est presque arrivées à la frontière espagnole !

- Ok une chance pour moi que vous soyez encore en France alors, sinon j'aurai fait du dépassement sur mon forfait…

- Ouais c'est vrai, je n'y avais pas pensé ! Bon bisous les filles, on se voit tout à l'heure. Faites attention sur la route !

- Oui ne t'inquiètes pas ! Préparez nous l'apéro, bisous les copines !

- Ahah ! Oui ça marche compte sur nous ! À toute.

Brune raccroche. Les paroles de Jeanne me font échos, je devrais peut-être appeler Léo pour lui dire où nous en sommes dans notre périple. Depuis notre départ je ne lui ai pas écrit. J'ai simplement répondu à son message, mais plus rien depuis. Je ne voudrais pas qu'il se sente délaissé, surtout et, parce que je suis en présence de mes amies.

- Qu'est ce que tu as à cogiter ? Je vois d'ici ton cerveau s'activer. Me dit Brune en rigolant.

- T'es bête ! Je pouffe. Mais c'est vrai, j'étais justement en train de penser que je devrais appeler Léo pour lui dire que nous sommes quasiment à la frontière.

- Hum… Si tu le dis… Je suis désolée de relancer le sujet mais tu es complètement folle de l'avoir laissé seul chez toi, tu le connais à peine !

- Olala et c'est reparti pour un tour ! Vous allez me gonfler longtemps ? D'abord Jade, maintenant toi ? Je vous dis, moi, ce que vous devez faire de vos vies ? Non ! Bon, alors lâchez moi !

Je m'éloigne pour passer mon coup de téléphone quelque peu énervée. Je lance l'appel… répondeur. Je tente une deuxième fois, toujours pas de réponse. Jamais deux sans trois, alors je réessaie. Malheureusement le résultat reste le même, il ne me répond pas.

« Agathe respire ! Ne pète pas un câble ici. Tu pars en vacances, la vie est belle ! »

Je décide de lui écrire un SMS. Sous le coup de la colère, je me défoule un peu par écrit. Sur le moment c'est ce dont j'ai besoin, alors je m'occuperais des répercussions plus tard. Parce que vu la teneur de mon message, je n'échapperais pas à un règlement de compte.

Je range mon téléphone dans ma poche, puis m'allume une cigarette dans l'espoir de faire retomber la pression. Je n'ai pas du tout l'envie de me disputer avec mes copines juste avant nos vacances. Et peut être que les filles ont raison, mais même si c'est le cas, j'ai envie de vivre cette histoire pleinement. Donc je ferais comme bon me semble, et elles pourront me dire ce qu'elles veulent, j'irai jusqu'au bout de cette relation. C'est vrai, quelque soit la finalité d'une situation, qu'elle soit bonne ou mauvaise, on en tire toujours une leçon. C'est de cette manière que je vois les choses, c'est aussi une des raisons pour laquelle je n'écoute pas leurs mises en garde car j'aime vivre les choses à fond, sans regret. Je tire une dernière latte sur ma cigarette satisfaite de mon raisonnement. C'est de meilleure humeur que je me présente aux filles:

- C'est bon les filles ? On reprend la route ?

Elles se jettent un regard de connivence, du genre « c'est tout pour le moment, mais on en reparlera ». Elles me laissent donc un moment de répit que j'apprécie et nous remontons en voiture dans le silence.

Cela fait maintenant une heure que nous avons repris la route. Après notre petit accrochage, nous avons fait comme si de rien n'était, si bien que le trajet s'est depuis déroulé dans la joie et la bonne humeur. Alors quand mon téléphone sonne pour annoncer un appel de Léo, j'avais preque oublié mon coup d'éclat de tout à l'heure. Pourtant je décide de camper sur mes positions :

- Que me vaut le plaisir ? Dis-je sur un ton cinglant.

- C'est quoi ton problème ? Tu m'expliques ou je dois sortir le décodeur pour comprendre ?

- Le décodeur ? Non mais tu te fou de moi ? Je t'ai appelé trois fois pour te tenir au courant de l'évolution de notre voyage, tu ne m'as même pas répondu. Pas de messages, rien du tout depuis mon départ ! Si c'est comme ça, alors que je viens à peine de partir, je risque d'être un peu plus dispo que prévu pour les espagnols !

- T'es sérieuse là ? Mais il t'arrive quoi ? Je faisais juste une sieste avant de commencer mon service du soir. Si tu veux faire la maligne par téléphone, pas de problème. Mais ne me rappelle pas si ce n'est pas pour t'excuser !

« Oh le salaud, il vient de me raccrocher au nez ! »

Je me sens tout de suite un peu bête, je savais que ça se finirait en dispute. Le regard des filles pèsent sur moi. Pourtant je préfère me concentrer sur le paysage qui défile plutôt que d'entamer une conversation que je sais déjà minée avec elles. Est-ce que j'ai dépassé les bornes ? Peut-être, c'est même sûr. Si les filles ne m'avaient pas encombré de leurs idées tordus je ne me serais sûrement pas emporté de cette manière. Mais je sais aussi que ce n'est pas juste de rejeter la faute sur elles, si j'avais une totale confiance en moi et en ma relation, le doute n'aurait pas eu de place dans mon esprit. Je suis coupée dans mes pensées par Brune:

- Ma poule, tu veux en parler ? Me demande-t-elle tout gentiment.

- Qu'est-ce que tu veux en dire ? J'ai été bête... C'est notre première dispute ! Je suis à des centaines de kilomètres de lui et il m'a raccroché au nez ! Imaginez s'il venait à me quitter ? Je panique tout à coup.

- Mais non ! Ne t'inquiètes pas, il ne te quittera jamais pour des idioties pareilles. Si tu veux vraiment arranger les choses, prends ton téléphone et écris lui ou appelle le. Mais ne reste pas comme ça, je suis persuadée que ça finira par s'arranger !

- Merci ! Oui tu as raison, je vais lui écrire un message. Je préfère changer de sujet, ne souhaitant pas laisser la porte ouverte à leurs mises en garde si leurs prenaient l'envie de remettre le couvert. Et sinon, il nous reste encore combien de temps avant d'arriver au camping ?

- D'après le GPS, encore trente-cinq minutes et nous serons arrivées à destination. M'indique Jade. Après un regard vers mon autre amie, elle reprend:

- Emma a raison Agathe, écris lui, mais ne rumine pas et surtout ne gâche pas le début des vacances pour ton mec ! Si on est venues jusqu'ici, c'est pour profiter et s'amuser entre nous. Et si possible laisser nos problèmes merdiques en France. Alors fais-moi plaisir réconcilie toi avec lui !

- Oui je suis désolée, ok ? C'est bon je vais lui écrire. Merci ! Je n'attends pas leurs réponses et me plonge à corps perdu dans la rédaction d'un message, qui je l'espère, jouera en ma faveur pour me faire pardonner auprès de Léo.

Moi: Je suis désolée de m'être emportée, sur le moment ça m'a paru être une bonne idée pour faire retomber la frustration de ne pas avoir entendu ta voix. Maintenant je me rends bien compte que ce n'était pas la réaction adéquat. Si j'avais été là, j'aurai usé de mon corps pour me faire pardonner.

Ce n'est même pas trente secondes après que je reçois sa réponse:

Léo: Si tu avais été là, cette prise de tête débile n'aurait même pas eu lieu. Je suis quand même curieux de savoir comment « tu aurais usé de ton corps ». Tu peux m'expliquer ?

Je souris bêtement devant mon téléphone à la lecture de son message.

Moi: Tu ne perds pas le nord toi ! Je commencerais par t'embrasser tendrement pour te faire comprendre que je m'excuse. Puis mon baiser deviendrait un peu plus appuyé pour que tu saches que je suis capable de plus pour me faire pardonner. Je te ferais des bisous dans le cou, puis je lécherais ta peau jusqu'à rencontrer ton caleçon... Est-ce que je dois continuer à m'expliquer ?

« C'est moi ou il fait plus chaud tout à coup ? »

Je relis mon message mais je suis prise d'embarras à la relecture. J'ai été insistante sur les bisous sans m'en rendre compte, j'ai peur d'avoir loupé le coche. Pour moi c'est l'essence même du commencement d'un rapport sexuel, alors comment aurais-je pu le chauffer sans en parler ? Peut-être qu'il en profitera pour m'avouer qu'il a un problème avec les baisers ? Et peut-être même qu'il n'aura rien à admettre et qu'il ne relèvera même pas ce sur quoi moi je bloque ? Si tel est est le cas, alors je me fais la promesse de ne plus y songer.

Léo: Si tu savais ce que j'ai envie de te faire là tout de suite ! Tu m'excites trop... J'ai hâte que tu mettes en pratique tes écrits.

Il n'a pas relevé, et à l'air plutôt emballé par mes projets si je me fis à ce que je lis. Alors, c'est décidé j'arrête avec mon obsession des bisous.

Moi: Et moi donc ! Appelle moi ce soir après ton service !
Léo: Ok ça marche, à ce soir.

- Les filles ! C'est bon, c'est réglé !
- Ahah, c'était bien ta petite baise par message ?
- Jadou !!! Comment tu as su ?!
- Même moi, face à ton dos, je pouvais sentir la tension sexuelle qui émanait de toi ! Glousse Emma.
- C'est vrai ? Je rigole. Et bien au moins vous comprenez une des raisons pour lesquelles je suis avec lui !
- Et si tu nous en disais un peu plus à son sujet ? Me demande plus sérieusement Jade.

- Euh... Qu'est-ce que vous voudriez savoir ? Je demande sur mes gardes. J'ai peur de trop en dévoiler et d'aggraver encore un peu plus l'image qu'elles ont de lui.

- Ben des choses basiques... D'où il vient, sa famille, son histoire... Tout ce que tu jugeras important de nous raconter quoi... M'incite Brune à en révéler davantage.

- Ok, alors il s'appelle Léo Lambert, il a trente-deux ans. D'après ce que j'en sais, sa mère n'est pas du genre idéale. Il a eu une soeur issue d'une première union ainsi qu'un petit frère d'une autre. Aucun homme de la vie de sa mère n'a souhaité partager la sienne trop longtemps, si bien qu'elle a fini par noyer son chagrin dans l'alcool. Elle n'arrivait pas à garder un seul boulot à cause de son alcoolisme, alors Léo a dû prendre ses responsabilités très tôt. En tant qu'ainé de la fratrie, il a commencé à enchainer les petits boulots. Lui et sa famille vivaient dans une petite cité près de Toulon, il voyait ses potes se faire de l'argent bien plus facilement que lui, alors c'est comme ça qu'il a commencé à dealer. Sa famille avait enfin tout ce dont ils avaient besoin donc il a continué. Jusqu'au jour où il s'est fait pincer par les flics.

- Ah oui, il n'a pas eu de chance le pauvre... compatit Brune.

- Oui c'est clair, mais dis moi ils ont quels âges, son frère et sa soeur ? Demande Jade, curieuse.

- Si je me souviens bien sa soeur a vingt-et-un ans et son frère en a onze.

- Le dernier est encore jeune ! S'étonne Jade. Alors qui subvient à leurs besoins maintenant qu'il vit chez toi et qu'il a retrouvé un travail honnête ? S'informe Brune à son tour.

- Il envoie de l'argent à sa soeur et le fera jusqu'à ce qu'elle trouve un travail. Elle a eu son diplôme il y a peu, alors ça ne devrait plus tarder. Mais en attendant il ne lui reste pas beaucoup d'argent à la fin du mois ! Depuis qu'il est à la maison on a trouvé un arrangement: lui fait les courses et moi je paie le reste. Je payais déjà toutes les factures... C'est un peu ma façon de le soutenir quoi...

- C'est vraiment gentil de ta part, d'autant plus que ça ne fait pas si longtemps que ça que vous êtes ensemble... Peu de monde aurait eu ta bonté d'âme... Fait remarquer Jade.

- Ouais, peut-être... Mais j'ai bien senti qu'il avait besoin que quelqu'un lui tende main lors de notre rencontre. Du coup je lui ai aussi trouvé un poste de commis dans la nouvelle brasserie du centre-ville. C'est pas fameux, mais bon il lui fallait un job pour éviter la prison, qu'il n'arrivait pas à trouver par son manque d'expérience, alors j'ai fait jouer mes connaissances. C'est de cette manière qu'il a emménagé à la maison, c'était plus pratique que s'il devait rentrer chez lui chaque jour...

- Ok et avec toi, il est comment ? S'enquiert Jade.

- Ben écoute, il est bien. Je ris. Toi même tu sais que depuis Hugo, je n'ai pas vraiment accordé de crédits aux mecs pour leurs laisser une place dans ma vie. En tout cas pas de façon sérieuse quoi. Mais lui, je ne sais pas... Il m'a poussé à envisager les choses autrement.

- Qu'est-ce qui a fait que ça a été lui et pas un autre ? À part sa beauté bien entendu ! Pouffe Brune.

- Pff t'es bête ! Je rigole en retour. Non, enfin bien entendu que ça ait pesé dans la balance, mais je ne sais pas... J'ai eu l'impression que je pourrais être importante dans sa vie. Que je pourrais l'aider à reprendre le droit chemin. Je réponds un peu gênée de dévoiler cet aspect à voix haute.

- Et lui que t'apporte-t-il ? S'intéresse vivement ma meilleure amie.

- J'ai l'impression qu'il m'a redonné un élan de confiance en moi, qu'un homme comme lui me remarque, m'a fait du bien.

- Et puis il a l'air de te combler sur le plan sexuel aussi, compte tenu de vos échanges cochons ! Glousse Brune.

- C'est vrai ! Je ris jaune aux dires de mon amie. Je n'avouerais jamais être parfois insatisfaite de nos ébats.

Ce voyage en voiture s'achève sur une conversation à base de sexe. C'était inévitable que le sujet soit mis sur la table ! Je n'ai pas une seule fois pensé à mes doutes sur l'inappétence qu'a Léo à m'embrasser… Puisque je me suis faite la promesse de ne plus y penser…

« J'ai l'impression d'y parvenir non… ? »

4

« Le camping c'est l'endroit où naissent les plus
beaux souvenirs. » #Fansdecampings

- Voici votre logement pour les quatre jours à venir
mesdemoiselles ! Essayez de respecter au maximum vos voisins
en évitant les discussions... Euh... Comment pourrais-je dire ça ?
... Trop « femmes » ? Oui vous voyez, trop bruyantes quoi...
Aux heures tardives et tout se passera bien ! Je vous laisse la
documentation sur notre camping et sur les endroits sympas où
vous rendre. Si problème il y avait, ce que je n'espère pas, vous
pourrez me trouver à l'accueil ! Bonne installation les filles !

Sur ses paroles, notre homologue français rebrousse chemin.
Qu'entendait-il par des discussions dites « trop femmes »? Je
suis mitigée. Ces paroles sont à la fois mysogines et à la fois
tellement... Adéquates ? Aurait-il cerné les personnages -nous-
comme étant de vraies dindes imbibées par l'alcool lorsqu'arrive
une certaine heure ? Oui, peut être. Après tout, lors de notre
arrivée Brune ne s'est pas gênée pour lui faire comprendre que
nous sommes là pour faire la fête. J'imagine donc qu'il a saisi
qu'on ne compte pas carburer à l'eau plate ! Et qu'il a simplement
souhaité nous mettre en garde maladroitement ?

Je regarde mon amie baver sur notre guide et rigole. Jade aussi
a remarqué, nos yeux se trouvent et on se tape dans les mains
pour se féliciter d'avoir vu la même chose.

- Qu'est ce que vous avez à ricaner toutes les deux ? Nous
agresse presque Brune prise en flagrant délit.
- Je crois qu'il te reste un peu de salive juste là ! Jade lui montre

le coin de sa bouche tout en se moquant.

- Pfff n'importe quoi ! Nous répond-elle. Après, reconnaissez qu'il est vraiment beau ce mec là ! Je nous encourage à glousser comme des dindes dans l'espoir que quelqu'un s'en plaigne et qu'il vienne nous rendre visite dès ce soir ! Je me dévouerais pour lui présenter nos plus plates excuses ! Dit-elle en minaudant.

- Ok, pas de problème, on te le laissera t'en charger si tel est ton souhait. Bon assez parlé du réceptionniste. Allons visiter l'intérieur de notre super tente ! J'invite mes copines à me suivre.

J'ouvre la fermeture éclair du tissu imperméable, et découvre un grand espace vide dédié à, ce que je pense être, l'emplacement de nos valises, avec sur la droite un mini réfrigérateur. En somme, un logement spartiate. En face de nous, se trouvent trois cases comportant chacune un lit deux places. J'explose de rire, me rendant compte que si le projet d'une des filles était de ramené un mec à la location, c'est raté.

- Et ben celle qui voulait inviter un mec à dormir ou autre, devra oublier cette idée. On ne peut pas dire que les cloisons soient bien rigides ou même insonorisées. N'est-ce pas Brune ? Elle se rembrunie mais ne dit rien, c'est Jade qui reprend la parole :

- C'est clair que là, niveau intimité c'est pas le max, mais on le savait en réservant cette tente. Donc celle qui aura attrapé un beau mal dans ses filets, devra trouver un autre lieu pour batifoler ! Et ne boude pas Brune, je suis persuadée que tu trouveras un moyen pour te retrouver seule avec ton réceptionniste !

- Je ne m'inquiète pas ! Je l'aurai, je l'aurai ! Affirme Brune le point levé en prenant la sortie de la tente.

- Elle est complément folle cette fille ! Je glousse.

« Les paris sont ouverts… Va-t-elle réussir à pécho le réceptionniste ou pas ? »

Je dépose ma valise à côté des affaires de Jade, puis je me dirige vers la case contenant notre lit pour vérifier le confort de notre matelas. Bon, ce n'est pas le grand luxe mais ça fera l'affaire pour trois nuits. Nous nous sommes déjà mise d'accord sur la répartition des « chambres », Jade sera avec moi, Camille avec Jeanne et les Emma ensemble.

Dans notre bande de copines, deux prénoms reviennent beaucoup. Il y a les deux Emma: l'une est blonde, l'autre est brune ça aide à les différencier. Celles-ci font parti du voyage. Puis il y a aussi les deux Louise, qu'on appelle par leurs noms de famille. Et pour finir, il y a Eva et Margaux. Malheureusement pour les quatre dernières, elles n'ont pas pu participer à nos vacances.

Je fais la manipulation sur mon téléphone pour passer sur le réseau Wi-Fi du camping. Grâce au mot de passe fourni lors de notre arrivée, je parviens à me connecter. Je vais pouvoir échanger des messages, aller sur internet, ou encore utiliser les applications en utilisant le réseau gratuitement. Même s'il est vrai que j'ai entendu dire qu'avec les forfaits téléphoniques d'aujourd'hui, nous bénéficions d'appels, d'SMS illimités et d'un peu d'internet partout en Europe, je préfère utiliser le réseau du camping. Aucune d'entre nous n'a jugé bon de se renseigner auprès de son opérateur, alors par acquis de conscience et surtout pout éviter une facture à plusieurs zéro, mieux vaut prévenir que guérir.

Moi: On est bien arrivées, il manque encore les 3 autres filles, mais elles ne devraient plus tarder. Je me doute que tu liras ce message plus tard, mais je pense à toi alors je t'écris. Travaille bien. A ce soir.

Je range mon téléphone dans ma poche, et sors rejoindre les filles posées sur la terrasse à papoter.

- Les filles si vous voulez vous connecter au Wi-Fi, j'ai tout posé sur le frigo, il y a le mot de passe dans la documentation.
- Ok ! Et puisque tu parles de frigo, on devrait se rendre à la petite supérette pour acheter le nécessaire ?! Propose Jade.

- Oui ! Allons-y ! Brune et moi se réjouissons simultanément.

Nous prenons donc la direction du supermarché que l'on a repéré à notre arivée. Il se trouve à deux pas du camping. Les filles encore en route doivent s'arrêter à la frontière pour acheter l'alcool. Nous, nous avions pour mission de régler l'accès au Wi-Fi, et d'acheter quelques denrées afin d'éviter de payer le restaurant pour chacun de nos repas. Mais surtout le nécessaire pour accompagner nos apéritifs alcoolisés.

Nous voilà revenus au camping avec les bras chargés de courses. Nous aurions pu les faire avant de partir, mais nous voulions les faire ici. Et je regrette, mais je n'ai pas l'impression d'avoir découvert des produits exceptionnels par rapport à ce que l'on peut trouver en France. En revanche, en n'ayant jamais voyagé à l'étranger, je serais fière de pouvoir proclamer dès mon retour, avoir fait des courses dans un supermarché espagnol. Quant aux autres filles… Et bien, elles n'ont pas été plus séduites que moi. Par contre, elles m'ont fait rire à scanner chacune des allées que nous empruntions à l'affut d'un beau latino. Jade a même fini par dire à Emma Brune:

- Baisse les yeux, tu as déjà ton réceptionniste toi ! C'est à mon tour de trouver le mien, ne te fais pas remarquer et laisse moi briller !

« C'est souvent que les drama Queens qui sommeillent en nous refont surfaces ne l'oubliez pas… »

Nous sommes en plein rangement de nos provisions, lorsque nous entendons des voix se rapprocher. Nous arrêtons toutes les trois nos tâches respectives.

- Oui… Voilà… donc comme je l'ai dit tout à l'heure à vos amies, pour le confort de tous, nous demandons à chacun de nos clients de faire preuve de discrétion…
- Eh ! On est vacances, on est pas venues pour chuchoter !

Voici Camille dans toute sa splendeur, elle n'hésite pas à rentrer dans le lard de quiconque, s'il ose lui dire quelque chose qu'elle n'apprécie pas... Je regarde Brune et lui lance discrètement :

- Ton heure de gloire est arrivée ma poule, à toi de gérer monsieur le réceptionniste, avant que Camille ne lui refasse le portrait !
- Tu as raison je vais intervenir, c'est éviter le risque de ne plus jamais le reconnaitre ! Son trait d'humour me fait rire. Elle reprend :
- Olà chicas ! Vous avez fait bonne route ? Demande-t-elle pour stopper Camille dans sa tirade.
- Oui super, on ne s'est même pas arrêtées, j'ai conduit d'une seule traite ! Répond Jeanne, très fière d'elle.
- Ouais et moi j'ai dormi tout le long du voyage donc nickel ! Baragouine Emma Blonde alors qu'elle bâille.
- Et moi j'étais de très bonne humeur jusqu'à ce qu'on me dise ce que je suis en droit de faire ou non ! C'est quand même dingue...
- Ok ok, on a compris ma poule ! La coupe Brune. Ce que voulait te dire... Quel est votre prénom déjà ? Elle drague ouvertement le bonhomme.
- Euh... Juan. Répond-il. Il est clair qu'il n'est pas du tout réceptif aux avances de ma copine.
- Ok, Juan ! Moi c'est Emma, enchantée ! Dit-elle grand sourire, sans s'avouer vaincue. Du coup, je te disais Camille ; que Juan ici présent, est là pour s'assurer que tous les campeurs passent de bonnes vacances et qu'ici, il y a des règles à respecter. Je suis persuadée qu'il ne te visait pas toi en particulier, puisque que nous avons eu le droit au même discours. Tu comprends ? Donc détend toi, et tout se passera bien !
- Hum... Ouais ok. Camille abdique.
- Parfait !

- Ok les filles ! Juan, le réceptionniste tape dans ses mains, pour attirer notre attention. Emma a parfaitement compris l'essence même du camping. Le bon vivre entre voisins. Donc je vous invite à profiter de vos soirées sans faire de grabuge. Et puis si problème il y a, ce que je n'espère pas, n'hésitez pas à venir me voir à l'accueil du camping !

- Ça marche Juan, je n'hésiterais pas ! Hurle Brune à celui-ci alors qu'il prend déjà la fuite à peine la fin de sa phrase prononcée.

Je crois d'ailleurs que la fin de son discours est une phrase qu'il a du apprendre par coeur, puisque c'est la même qu'il nous ait dite à notre arrivée. Jade et moi sommes en phase, parce nous regardons notre amie clairement hilare par la situation, alors que les trois dernières arrivées essaient de capter le comportement de Brune. Jade explique:

- Elle a eu le coup de foudre pour le réceptionniste, alors je crois qu'elle serait capable de s'inventer des problèmes exprès pour le revoir !

- Moi je peux t'en créer des problèmes si tu veux Brune ! S'enthousiasme la reine des histoires.

« Après François l'embrouille, il y a Camille... »

- Bon c'est pas que, mais moi j'aimerais bien me poser, vous nous la présentez cette tente ? Coupe court Emma Blonde, visiblement encore éreintée du voyage malgré sa longue sieste.

On s'écarte naturellement pour les laisser accéder à sa requête. Elles se rendent compte bien assez vite qu'il n'y a pas grand chose à voir car nous n'aurons que le strict minimum durant ces quatre jours. Nous avons ensuite décidé d'un commun accord, d'aller visiter les parties communes pour vérifier l'état des douches. Nous ne sommes pas des filles maniérées, malgré tout, la propreté des sanitaires était l'un des critères primordial pour le choix de notre camping. Arrivées sur place, on est toutes satisfaites de la propreté des sanitaires. Je me risque à lancer un regard vers Jeanne. Parce que c'est elle qui serait la plus susceptible de râler. Ses épaules sont détendues, elle a un petit sourire aux lèvres, elle me parait rassurée.

- Je suis rassurée les filles ! J'avais trop peur des parties communes. J'aurai pu me laver dans la mer juste pour éviter cet endroit s'il avait été dégueulasse ! Elle corroborre mes impressions.

- Oui c'est sûr que ça aurait été un problème ! Affirmais-je. Et maintenant que nous sommes toutes enchantées par cette découverte, je vous propose de nous mettre sur notre trente-et-un et de fêter notre arrivée en vacances comme il se doit ?

- Ouaiiiiiis ! Claironnent mes amies simultanément.

Nous reprenons la direction de notre tente pour commencer les préparatifs. Comme il est déjà dix-huit heures passées, nous nous sommes séparées en deux groupes pour gagner un peu de temps. Les deux Emma et Camille partent à la douche, pendant que Jade, Jeanne et moi-même commençons à dresser la table pour l'apéro dinatoire que nous avons prévu. Nous finissons tout juste de finir de dresser la table, quand les filles reviennent en bombes et pimpées. C'est à cet instant, que j'ai le sentiment de m'être faite rouler dans la farine. L'apéro est prêt, mais elle aussi le sont... Il ne leurs restent plus qu'à déguster...

- Vous avez plutôt intérêt à ce qu'il reste encore de quoi manger quand on reviendra ! Menace Jade, ayant apparement, fait le même constat que moi.

- Mais oui ne t'inquiètes pas ! Foncez à la douche, tout sera encore là à votre retour ! Camille l'encourage alors qu'elle parait clairement appeler par la nourriture.

- Oui justement, ça m'inquiète, on a faim nous aussi ! Je vois tes yeux briller d'ici...

- Et pourquoi pas manger puis partir à la douche après ? Je

préfère proposer, ne faisant confiance qu'à moitié à mes copines, lorsqu'il s'agit de se remplir la panse.

- Bonne idée ! S'exclament-elles ensemble.

« J'annonce notre toute première soirée espagnole ouverte !! Olé !
»

5

« Rien ne dure éternellement, alors vis ta vie à fond, bourre toi la gueule, évite les drames, saisis ta chance et surtout ne regrette rien. » M. Monroe

Il est quasiment minuit, quand nous nous apprêtons à quitter le camping pour rejoindre le centre de Salou. Après nous être octroyées du temps pour faire notre apéritif dinatoire, il a fallu passer par la case préparation. Et ce n'était pas une mince affaire si l'on prend en compte que nous nous sommes préparées après avoir bu quelques verres. S'appliquer du mascara, est alors une tâche qui s'avère plutôt ardue, si quatre yeux au lieu des deux habituels, s'affichent au reflet du miroir. Finalement après avoir dissipé le fou rire, nous avons relevé la mission avec brio.

Notre réceptionniste a certifié que nous pourrions trouver des taxis très facilement. Le choix de notre lieu de privilégiature a aussi été déterminé par la distance qui le sépare du centre ville à pied. Ici nous sommes à seulement quinze minutes des discothèques. Emma Brune s'est portée volontaire pour être celle qui se renseignerait auprès de Juan, afin que l'on en sache plus sur la vie nocture de Salou. Mais les verres d'alcool ingurgités n'aidant pas, je crois qu'elle a épuisé toutes ses chances. Car je peux affirmer sans aucun doute qu'il était encore plus désintéressé par mon amie, en voyant l'état dans lequel elle se trouvait ce soir. Elle sera, sans aucun doute, mortifiée demain matin lorsqu'elle se rappelera des suggestions salaces qu'elle lui a ouvertement proposé. Et je sais par avance qu'elle fera tout son possible pour l'éviter.

« Elle ne pêchera donc jamais le receptionniste... »

Je crois avoir déjà bu deux verres chargés en alcool, et si mes souvenirs sont bons, il ne reste qu'un fond dans notre bouteille de vodka. C'est pour dire l'état dans lequel nous sommes actuellement: pompette. Dans cet état, nous nous sentons capable de tout. Même de marcher des kilomètres pour aller faire la fête. C'est bien pour ça que nous sommes venus ici, n'est-ce pas ? Alors même si demain matin, la gueule de bois et les courbatures nous feront vivement regretter notre folie, ce soir nous marchons toutes guillerettes vers le centre ville. Lorsqu'Emma Blonde active la musique sur son téléphone, cela provoque un déclic dans mon esprit. Je m'arrête sur le champs créant une collision avec celles qui me suivaient.

Mon dieu les filles !

- Quoi ?! S'écrient en chœur mes copines.

- J'ai oublié mon téléphone, il était en charge et je n'ai même pas écrit à Léo pour lui dire qu'on partait en boîte. Je m'affole.

- Oups ! Il va pas être content Léoooo ! Glousse Jade.

- C'est vraiment pas drôle Jade, c'est pas bien de te moquer de moi tu sais ? Je vais me faire disputer très fooort ! Je pouffe de rire légèrement étourdie par l'alcool.

- Allez c'est bon... Tu lui écriras en rentrant, c'est pas le moment de te prendre la tête, je vois la foule du centre ville au loin ! « One Life » amuse-toi ! Le reste, tu verras après ! Me sermonne Emma Brune.

- Ouais c'est vrai, t'as raison. Et puis de toute façon je suis majeure et vaccinée je fais ce que je veux ! Je m'écrirai presque. Ça arrive à tout le monde d'oublier son téléphone d'abord !

- Voilà, c'est ça qu'on veut, ne te laisse pas mener par le bout du nez par un mec ! M'encourage Emma Blonde.

- Ouiiiiii ! Et puis s'il est vraiment inquiet, j'ai laissé vos coordonnés sur la feuille de contacts en cas d'urz... Merde ! Oups ! D'urgggence ! Je ris de moi-même, visiblement gai.

C'est pourtant rassérénée, que je reprends la route accompagnée par mes acolytes. Nous avons décidé d'aller dans la boîte de nuit ayant la plus grosse file d'attente. Nous nous sommes dit qu'avec tout ce monde, l'endroit devait forcément être bien. Après plus de trente minutes d'attente, nous voilà à l'intérieur. Et bien je dois dire que je ne regrette pas notre choix. Il y a beaucoup de monde, la musique est à première vue, entraînante et le décor me semble très beau. Tout le mobilier est blanc avec des lumières ultra-violettes. C'est vraiment très beau !

« Je l'ai déjà dit non ? Oui mais c'est vraiment très beau !! »

Cela change des discothèques où je suis allée jusqu'à présent. À dire vrai, il n y en a pas eu beaucoup. J'aime savoir où je mets les pieds, j'aime avoir mes repères et surtout connaître de près ou de loin les gens qui m'entourent. Ça me confère un certain sentiment de sécurité, qui je l'avoue ici, me manque un peu. Je regarde partout, à l'affut de tout. Mes copines, vous direz que je suis parano à imaginer les pires scénarios. Mais la vérité serait plutôt que j'ai normalement un radar haute qualité pour repérer les gens louches en soirée. Cela dit, ici, je compte bien m'amuser, alors je propose aux filles d'aller directement au bar afin de m'éviter de cogiter plus longtemps.

« C'est bien connu l'alcool ça décoince; donnez moi un seau ! »

J'ai chaud, j'ondule au rythme de la musique qui résonne dans la boîte depuis ce que je pense être une bonne heure. Nous avons chacune descendu deux shoots de vodka avant de venir se déhancher sur la piste de danse. Maintenant je me fiche bien des gens qui peuvent m'entourer. Je suis en compagnie de mes amies, on danse, on rigole et c'est l'essentiel. De temps en temps, je sens quelques mains baladeuses ou quelques corps envahissants, mais un regard mauvais appuyé suffit à me sentir de nouveau libre de mes mouvements. On ne peut pas dire que les hommes soient beaucoup insistants ici et ça me convient parfaitement.

Après plusieurs musiques, nous prenons la direction du coin fumeur. Nous papotons un moment lorsqu'une de me plus grande crainte concernant ce voyage prend forme…

- Salut les filles ! On a vu que vous étiez françaises, ça vous dit de boire un coup avec nous ?

- Ouais ok ! Répondent à l'unissions mes copines en se concertant d'un regard. Alors qu'elles commencent à lui emboiter le pas, je les hèle parce que moi, je n'ai pas bougé.

- Euh les filles ! Elles se retournent toutes en ma direction. Je me rapproche d'elles:

- Je sais que vous voulez vous amuser tout ça, mais ça ne me dit rien de rester avec eux… Mon regard recherche celui qui nous a gentiment proposé de se joindre à eux. Quand je m'arrime à des yeux aussi sombres qu'hypnotisants, je me fige ce que je pense être deux secondes,. Je détourne très vite les yeux vers les filles qui n'ont, je crois, rien perçues de mon trouble.

- … un coup ! Ça va être drôle, allez viens ! Me tire Jeanne par le bras. J'ai loupé le début de sa phrase, je comprends alors avoir bloqué un peu plus longtemps que deux secondes finalement.

- Ahaha ! Voilà, on a bien ri ! On peut retourner faire la fête entre nous s'il vous plait ?

- Toi tu as un mec, mais pas nous ! Alors comment on fait ? On doit se priver de parler à des mecs parce que toi tu ne peux pas ? Et puis d'abord, ton mec, il en saura jamais rien ! Alors arrête de faire ta mijaurée et suis nous ! Camille vocifère son monologue sans me laisser la chance d'en placer une.

- Putain ! Pourquoi je suis venue avec vous déjà ? Je le savai ! J'avais ce préssentiment depuis le départ ! Je peste contre mes amies.

- Oui, allez viens madame Irma ! Se moque Jade.

Mon amie pourrait me faire rire dans n'importe quelles circonstances, même ici en me comparant à une voyante. Mais m'obliger à les suivre sans le vouloir réellement, suffit à me désintéressée de son humour. Ce contre-temps me fait redescendre en deux temps trois mouvements, comme si je n'avais pas bu une goutte d'alcool. Et à en juger par le comportement de mes amies, je crois qu'elles aussi ont reprises contenance. C'est une compétence durement acquise après des soirées d'entrainement. C'est plus opportun lorsqu'il s'agit de jauger le comportement des garçons qui viennent nous accoster et que nous ne connaissons pas.

Nous arrivons à la table des hommes, ils sont six, comme nous. Je préfère regarder partout, sauf en leurs directions pour le moment. Je crains de recroiser les yeux troublants. Celui qui nous a invité à sa table nous pousse à faire les présentations, alors Brune s'en charge. Elle nous pointe du doigt à chaque fois qu'elle prononce un de nos prénom :

- Moi c'est Emma, mais comme on est deux à avoir le même prénom vous pouvez m'appelez « Brune », ici c'est l'autre Emma. Elle est blonde donc je vous laisse deviner comment l'appeler. Après, il y a Jeanne. Ensuite c'est Jade, puis Camille et pour finir Agathe. On vient du sud de la France et on a vingt-cinq ans. Voilà, à vous !

- Enchanté les filles ! Répond celui à l'initiative de l'invitation à sa table. On vient du Sud de la France nous aussi, c'est fou comme le monde est petit ! On est de Toulon, vous connaissez ?

- Ben oui, il nous prend pour des débiles lui ou c'est comment ? Je marmonne dans ma barbe.

- Excuse moi ? Parle plus fort, avec la musique je ne t'ai pas entendu ! Me fait-il répéter.

- Je disais que l'on connait effectivement ! Je hurle pour être sûre d'être bien comprise cette fois-ci.

Le regard qui pèse sur moi, me fait perdre mes moyens. Je commence à faire tout l'inverse de ce que je souhaite. C'est vraiment compliqué d'être dans mon corps parfois. J'ai l'impression qu'il est en roue libre parfois, il fait des choses que je ne contrôle pas. Ici, je voulais rester discrète pourtant je me fais remarquer...

- Oh ! Ok c'est cool, du coup vous venez d'où ? S'enquiert le gars, comme si j'étais sa principale interlocutrice.

Je sonde les filles pour savoir quoi lui répondre. Dois-je lui mentir ou lui avouer la vérité ? C'est vrai, on ne connait personne autour de cette table. Ils pourraient être de vrais psychopathes qu'on ne le saurait même pas. Jade coupe mes tergiversations quand elle répond à ma place:

- On est vers Toulon aussi. Et du coup tu ne nous a pas donné ton prénom... Et les autres non plus d'ailleurs ! J'entends le son de sa voix s'éloigner. C'est ainsi que je la vois bloquer sur un mec à sa droite.
- Tu as raison je suis désolé, moi c'est Raphaël ! On a tous plus ou moins trente ans. Mais je vais laisser mes potes se présenter.

Je décolle mes yeux de ma meilleure amie, pour regarder qui va prendre la parole. Mes yeux tombent face à la personne qui depuis tout à l'heure ne cesse de me fixer. Et c'est lui qui prend la parole:

- Moi c'est Arthur. Déclare-t-il en maintenant son regard sur moi, comme s'il ne souhaitait se présenter qu'auprès de moi.
- Ok. Je cherche désespérément une autre personne à laquelle me raccrocher, quand Raphaël tombe devant moi. Est-ce que tu pourrais nous servir à boire s'il te plait ? J'ai très chaud et peut-être que vous pourriez vous présenter en même temps ? Je sens Jade m'observer, alors je l'encourage silencieusement à m'aider pour me sortir du bourbié dans lequel je me trouve. Mais elle ne comprend pas et articuler un « Respire » que tout le monde à du voir. Je crois être rouge tomate.
- Euh... Oui ok ! Qui boit quoi alors ? Il demande.
- Vodka avec jus de pomme s'il te plait, je m'empresse de lui répondre tout en essayant de rester courtoise.

- Pareil pour moi, lance Jade en se faufilant vers moi. Tu as vu comment te regarde Arthur ? Je crois que tu lui as tapé dans l'oeil ma poule. Mais par contre, détend toi un peu !

- Hum…. Il me stresse à me fixer comme ça, là ! Je n'aime pas ça, je fais ce que je peux, mais il me fait perdre mes moyens ce con, avec son regard de prédateur fou ! J'essaie de paraitre aussi détachée que possible auprès d'elle, car je sais qu'elle serait capable de me mettre mal à l'aise sans le vouloir. Disons qu'elle est du genre très extravertie, quand moi je suis plutôt reservée. Alors je m'attends à tout avec elle.

- Oh ça va, ce n'est pas parce que tu ne prends pas de dessert, que tu ne peux pas regarder le menu ! Je te connais assez pour savoir qu'il te plait et que ça te met mal à l'aise vis à vis de Léo. Je veux juste te faire sourire pas la peine de me regarder avec des gros yeux de poisson !

- Mais n'importe quoi ! C'est juste qu'on ne le connait pas, ça me met mal à l'aise, va pas t'imagine quoi que se soit ! Je vais aux toilettes ok ? Prends mon verre dès qu'il est prêt et garde le dans ta main s'te plait ! Dis-je en m'éloignant.

Je n'attends pas sa réponse que je me fraie déjà un chemin pour aller au WC. Quelqu'un me coupe dans ma course. Je me retourne en pensant qu'il s'agit de Jade, mais je suis surprise de voir une main d'homme accrochée à la mienne. Pas besoin de lever les yeux pour deviner à qui cette paluche appartient.

« Oui j'ai légèèèèrement observé cet homme, mais comme le dit l'adage: j'ai le droit de regarder le menu ! »

- Tu ne devrais pas te promener toute seule, on ne sait jamais sur qui tu peux tomber, je t'accompagne. Je suppose que tu vas aux toilettes, n'est-ce pas ?

- C'est vrai que toi je te connais plus qu'un autre, il n'y a pas de risque. Je réponds cynique en décollant ma main de la sienne sans ménagement. Je n'ai pas besoin de chaperon, je peux me débrouiller toute seule, merci quand même.

- Tu as bu combien de verres déjà ? M'interroge-t-il ignorant complètement mon agacement.

- Sûrement pas assez pour m'apercevoir que ce que tu fais là, s'apparente à de l'harcèlement !

- C'est une nature chez toi d'être condescendante ou est-ce une ruse pour essayer de camoufler ton attirance ? Parce que, que les choses soient claires tu me plais et je compte pas lâcher l'affaire.

La colère monte en moi sans pouvoir réellement l'expliquer. Sa gentillesse, malgré quelle soit intéressée, ne mérite pourtant pas autant de ressentiment ? Est-ce le fait qu'il voit clair en moi qui m'irrite autant ? Peu importe, je décide d'arrêter l'analyse ici et de poursuivre ma route vers la destination pour laquelle j'étais partie avant d'être coupée dans mon élan.

Après avoir vidé ma vessie, m'être lavée les mains puis séchée, je reprends en direction de mes amies. Mais je suis freinée par la vision d'Arthur, adossé au mur d'en face. Je me rapproche de lui de façon à ce qu'il comprenne bien ce que j'ai à lui dire:

- Mais qu'est-ce que tu fais là, putain ?! Je croyais avoir été limpide en te disant que je n'avais pas besoin de toi !

- On dirait que les choses commencent mal entre nous. Car tu n'as pas saisi non plus ce que je t'ai dit tout à l'heure. Il fait un pas de plus en ma direction, si bien que nous sommes vraiment collé l'un à l'autre.

Je me retrouve encore une fois perdue de mes moyens, je ne sais pas quoi faire, ni quoi dire. À ce moment précis, je ressens une drôle de sensation à être si proche de lui. Si bien que je regrette d'avoir bu. Il est clair que si j'avais été sobre, il n'aurait eu aucun impact sur moi. Je mets donc ce ressenti sur le compte de mon ivresse. J'ai pourtant l'impression que ça parait plus vrai que nature, cette électricité qui passe de lui à moi.

Il me faut le temps de cette réflexion pour réussir à me décoller de lui. Je ne m'attarde pas, le repousse vivement et part retrouver mes copines. Arthur est toujours à mes trousses, je le sens. Quelques pas me séparent des filles quand il me stop pour me glisser à l'oreille:

- J'espère que tu es prête à me supporter car tes copines ont l'air de s'amuser avec mes potes. Dommage pour toi, tu vas m'avoir sur le dos.

- Super ! J'en suis ravie t'imagine même pas. Je crache plus pour moi-même puisqu'il a déjà rejoint ses copains. Jade me saute dessus, dans l'espoir que je lui raconte quelque chose de croustillant:

- Tu me racontes où je te tire les vers du nez ?

- Il m'a escorté jusqu'aux toilettes des femmes pour me « chaperonner ». Non mais c'est quoi ce mec la ? Il va me causer du tord celui-là j'en suis sûre. Allez ! Toi, tu es ma meilleure amie, tu ne peux rien me refuser, viens danser avec moi et laissons les ? Je la supplie.

- Oh, s'te plait... Regarde le gars là-bas, il s'appelle Jules, je le trouve trop canon ! J'aimerais bien essayer de lui parler avant, tu veux bien rester encore un peu !?

Je vois bien qu'elle est tiraillée entre l'envie de me suivre pour me faire plaisir et celle qu'elle a de rester. Je sais aussi qu'après son énième rupture avec son ex, elle a besoin de se changer les idées. Alors je n'insiste pas et lui fait comprendre que je me range à sa volonté en la tirant vers le groupe.

« Mon altruisme me perdra un jour ! »

6

« Les plus belles rencontres sont toujours
inattendues. » S. Lafage

Chaque fille discute avec au moins un des garçons, elles se mêlent à eux comme si nous les connaissions depuis toujours. Et moi je fais semblant de participer à la conversation qu'a Jade avec son Jules. En réalité je me sens mal à l'aise de ne pas parvenir à m'intégrer comme elles le font, et ça commence à me taper sur le système. C'est vrai que fais-je de mal ? Je ne drague personne, je réponds juste de façon platonique à des inconnus qui veulent juste sympathiser avec mes copines.

« Juste sympathiser… LOL, sympathiser dans un lit oui ! »

Si je suis tout à fait honnête avec moi-même, je suis surtout gênée par l'attention un peu trop flagrant que me porte Arthur. Mais ce qui m'angoisse réellement, c'est que son intérêt pour ma personne ne me laisse pas autant indifférente que je le souhaiterais. C'est vrai qu'il est bel homme et ça fait toujours plaisir de savoir que l'on plaît, d'autant plus qu'ici le bel homme en question est également à mon goût. Mais je suis en couple et je ne devrais pas ressentir ce genre de sentiment. J'ai l'impression d'être infidèle envers Léo en éprouvant tout ça. Alors inconsciemment je deviens hargneuse, surement pour masquer mon attirance. Plutôt mourir qu'être prise en flagrant délit de mièvrerie devant Arthur. Cela fait à peine deux heures que nous sommes arrivées ici, et à en voir les visages heureux de mes amies, nous ne sommes pas prêtes de rentrer au camping. Pourtant je vais devoir lâcher prise à un moment donné, au risque de me faire un ulcère au court de la nuit.

Cette situation inédite me stresse vraiment. Au lieu de grappiller encore un verre auprès des garçons, je me dirige vers le bar pour recommander à boire.

« Je disais avoir besoin d'un seau tout à l'heure, mais finalement j'en voudrais bien deux ! »

J'ai prévenu Jade de mon départ en le lui chuchotant à l'oreille. J'ai espoir que tout le monde soit trop occupé à se découvrir afin de pouvoir m'éclipser discrètement. Arrivée devant le bar, j'interpelle un barman pour lui demander ma boisson alcoolisée habituelle. La musique qui résonne me plait beaucoup alors je remue légèrement des hanches en attendant ma commande. Tout à coup, je sens des mains se glisser sur mon corps, je me fige immédiatement. Cette fois-ci c'est l'odeur de la personne en question que j'ai reconnue.

- Mais c'est un truc de fou, tu ne comprends pas quand je te parle toi ? Ne repose plus jamais tes mains sur moi, tu as compris ?! Je le menace avec virulence.
- Ok ça va, excuse moi ! Pourquoi tu me repousses ? Ses deux mains sont levées en l'air, au niveau de son visage, comme s'il souhaitait l'apaisement.
- Tu ne penses pas, qu'il serait possible que je sois en couple ?
- À dire vrai, en te sachant en vacances ici, avec tes copines célibataires, non ça ne m'a pas traversé l'esprit. Mais maintenant que tu le dis, tout s'explique... Ok, alors je m'excuse d'avoir été trop insistant, on repart de zéro tu veux bien ? Promis je ne tenterais plus rien, mais plutôt que de bouder, on pourrait profiter de cette soirée en tout bien tout honneur non ? Son regard me parait suppliant.

Je réfléchis deux minutes à son offre. Du même temps, je me retourne pour payer ma consommation. Je peux parler tranquillement à un homme sans qu'il n'y ait aucune ambiguïté, même s'il est beau, n'est-ce pas ? Je me saisis de mon verre, souffle un bon coup pour reprendre contenance et pivote pour lui faire face.

- Bon d'accord... Moi c'est Agathe enchantée !
- Ravi de faire ta connaissance Agathe, moi c'est Arthur. Allez viens, partons retrouver les autres ! Il prend le chemin retour vers la table et je le suis.

Lorsque nous arrivons à destination, je ne vois plus Jade. J'interpelle Camille pour voir si elle en sait plus. Ce à quoi elle me répond:

- Elle est partie avec Jules, je crois que c'est son prénom ! Ils vont bien ensemble tu ne trouves pas ?
- Comment ça, partie ?! Je m'indigne presque.
- Oui, partie danser quoi !
- Ah ! Ok, je croyais qu'elle avait quitté la boîte de nuit. Et toi quel type te plait ? Je l'interroge en faisant monter et descendre mes sourcils.
- Thomas, c'est lui là-bas. Elle me le montre du bout du doigt. Je m'étais pourtant jurée de ne plus me diriger vers ce genre de mec, mais que veux-tu ? Je suis irrémédiablement attiré par ça ! Glousse-t-elle.
- Chacun ses goûts, c'est difficile de rester loin des bad boy... Je compatie ayant malheureusement le même point faible.
- Et toi, qu'est-ce qu'il se passe entre toi et... Arthur, c'est ça ?
- Oui. Je viens de lui avouer être en couple, il m'a dit pouvoir se tenir. À suivre, j'espère qu'il s'y tiendra...
- Hum... Oui à suivre, tu devrais aller lui parler, mais fais moi plaisir, enlève ce balai que tu as dans le cul ok ? M'encourage-t-elle à sa façon .
- Ça marche ! Je ris franchement à sa réflexion. Je bois une grosse gorgée du verre que je tiens dans la main, pour m'insuffler un peu de courage et me dirige vers lui. Peut-être que les excuses sont de rigueurs, vu mon comportement ? Je me lance à sa rencontre:
- Je suis désolée si je me suis mal comportée avec toi. J'aurai dû

te dire dès le départ que j'étais en couple, nous aurions évité ce malaise. Je me sens toute penaude en l'avouant à voix haute.

- Ça va t'inquiètes. Alors dis m'en plus, vous êtes ici pour une occasion particulière ?

- Non pas vraiment, on avait prévu nos vacances depuis un moment, on voulait juste se retrouver entre copines pour faire la fête. Puis entre temps j'ai rencontré mon copain... Enfin bref voilà, je suis quand même ici...

« Pourquoi est-ce que je me justifie sans cesse moi, d'abord ? »

- Oui je vois ça. Et ça fait combien de temps que tu es avec lui ?

- C'est tout récent... Ça fait un mois.

- Ok ! Ça aurait été dommage de te priver de ce moment avec tes potes. Mais je t'avoue que si tu avais été ma meuf, je ne t'aurais pas laissé partir. Ou pour un pèlerinage éventuellement...

- Oui mais je ne suis pas ta meuf ! Je réponds rapidement. Peut-être trop rapidement ? Je souffle discrètement pour reprendre une attitude détendue puis je reprends:

- Et vous ? En quel honneur, êtes-vous ici ?

- Pas d'occasion particulière non plus. Juste l'envie de faire la fête entre collègues. Comme toi quoi. Tu fais quoi dans la vie ?

- Je suis infirmière, et toi ?

- Cool ton taff ! Moi je suis mécanicien moto.

- Le tien est pas mal aussi... Je suppose que tu aimes les grosses bécanes alors ? Je rigole.

- C'est peu de le dire ! Depuis tout petit, alors ça m'a paru logique d'en faire mon métier ! Il est si enjoué que je peux ressentir à quel point ça l'anime, mais je me vois obligé de le mettre en garde.

- Tu savais que les accidents mortel à moto représentent douze pour cent de la population française ? En réanimation, on voit passer beaucoup de motards mais pas que, il y a aussi beaucoup d'utilisateurs de trotinettes électrique ! Les accidents sont aussi graves alors que la vitesse est moindre... Oups pardon, je m'égare... C'est de la déformation professionnelle. Bref, tout ça pour dire que je ne suis pas fan des deux roues ! Je souris tout en me répandant d'explications.

- Je comprends. Surtout avec ton métier. Mais soyons honnête, je pourrais avoir un traumatisme cranien rien qu'en traversant sur un passage piéton... Alors autant faire ce que j'aime, non ?

- Hum... Que chacun voit midi à sa porte... Je réponds sceptique face à son engouement que je ne partagerais sûrement jamais.

- Ahah ! Et du coup, vous êtes d'où exactement, vous avez été vague tout à l'heure ?

- Peut-être pour garder le mystère justement... Je le dis d'un ton que j'espère énigmatique. On ne se connaît pas, si ça se trouve vous êtes une bande de serials killer ! Je frissonne à l'idée qu'ils puissent être réellement siphonnés du bocal. Lui explose de rire.

- C'est la meilleure celle-là ! Mes potes ont des têtes plus que discutables, je te l'accorde... Mais quand même !

- Ah bon ? Et pas la tienne ? Je m'esclaffe.

- Moi ?! Dit-il d'un air faussement indigné. Ma beauté serait la clé de voute pour attirer les jolies minettes comme toi dans mes filets ! Tu as raison de te méfier finalement ! Me susurre-t-il dans le creux de mon oreille. Malgré moi mes poils se dressent sur ma peau, seulement je ne crois pas que cette réaction soit dû à la peur. Il reprend tout de suite:

- Je rigole ! Tu as raison de te méfier il y a tellement de fous sur terre ! Mais je te rassure, on est tous normaux ! Et pour tout te dire, on vient de la Seyne-sur-Mer, tu sais tout de moi maintenant. Il me fait un clin d'oeil.

- Hum... ce sont ceux qui se vantent d'être les plus honnêtes qui le sont le moins, mais je te laisse le bénéfice du doute, je lui relance son clin d'oeil. Bon c'est pas que je m'ennuie avec toi, mais moi je veux danser. À toute ! Je pars en lui faisant un signe de la main.

Sur mon passage, j'attrape les Emma qui se laissent faire sans rechigner, les autres filles suivent également nos pas. J'essaie de me rapprocher au plus près de Jade pour qu'elle se joigne à nous. Mais au plus je m'enfonce sur la piste de danse, au plus je m'aperçois qu'elle danse collée-serrée, trop, pour s'apercevoir de notre présence. Je m'arrête donc ici, préférant la laisser tranquille.

Les Emma dansent l'une avec l'autre alors que Jeanne et Camille, elles, sont ensemble. S'il y a bien une chose que je déteste, c'est de devoir me mettre au diapason de l'autre, alors les danses à deux, très peu pour moi. J'aime être libre comme l'air. D'après mes parents, j'ondulais déjà alors que je ne savais même pas encore marcher. Quand je danse je ne réfléchis plus, je me laisse porter par les sensations que me procure la musique. Danser avec quelqu'un d'autre reviendrait à faire marcher mon cerveau afin de me calquer sur ses pas. Et c'est justement ce que je fuis. Car c'est peut-être le seul instant où mes pensées passent en mode Off et j'adore cette sensation.

Après une vingtaine de musiques, les filles m'indiquent vouloir rejoindre la table. Je cherche Jade afin de voir si tout va bien pour elle. En la voyant embrasser son Jules avec voracité, je m'aperçois que c'est le cas. Un sourire se dessine sur mon visage. Mes zygomatiques sont d'ailleurs douloureuses.

« Oui j'aime danser à m'en faire mal aux joues ! »

Je rattrape les autres filles. On palabre sur de l'échange de salive entre Jade et Jules. La seule à être scandaliser, c'est Jeanne:

- Je suis persuadée qu'ils se touchaient les amygdales ! Berk ! Fait-elle en mimant le dégout.
- Oh ça va, fait pas ta sainte ni touche, à la fin de la soirée tu feras la même avec Théo, la charrie Camille.
- Mais ça va pas la tête non ? Pas le premier soir quand même !

Elle semble véritablement outrée.

- Hum mouais ! On glousse à l'unissons en se fichant ouvertement d'elle.

Jeanne est très à cheval sur les bonnes manières avec les mecs. Mais cette règle n'est valide que pour le début de soirée, car dès lors que l'alcool prend possession de son corps, elle oublie vite ses principes. Malgré toutes les grosses soirées alcoolisées que l'on a déjà faites, elle n'a toujours pas l'air d'en avoir pris conscience.

- Et ben ! Quand tu danses tu ne fais pas les choses à moitié, on ne voyait que toi ! M'alpague Arthur.

- Ah, et comment je dois le prendre ? Je lui réponds presque vexée par son commentaire.

- Comme une confirmation à ce que je t'ai dit tout à l'heure, si tu étais ma meuf je ne te laisserais pas sortir seule. Tu attires trop les regard pour ça.

- Ah… Je crois sentir mes joues s'empourprer, mais j'essaie de feindre l'indifférence alors je reprends:

- Même si c'est vrai, je ne fais rien de mal. On ne peut pas empêcher les gens de regarder n'est-ce pas ?

- Oui tu as raison, malheureusement on ne peut rien y faire. Et justement ça me conforte dans mon idée. La plupart des mecs bavaient à moitié en te regardant. Je ne sais pas comment fait ton mec pour être serein à l'heure qu'il est !

- Et bien je ne pense pas qu'il le soit… mais pour une toute autre raison… Je te laisse deux minutes, j'arrive.

Mon coeur s'affole, mon cerveau d'habitude aux faits de tout, est ce soir complètement à côté de la plaque. Je viens de me rendre compte que je n'avais pas donné de nouvelles à Léo. Alors même que je lui ai dis l'appeler à la fin de son service. Je m'en veux terriblement, comment j'ai pu oublié ?

« Peut-être parce que quelqu'un d'autre occupait ton temps -

ou ton esprit - ? »

Je coupe Brune dans sa conversation avec Raphaël pour lui demander son portable:

- Brune ! Excuse-moi de te couper ! Tu peux me prêter ton téléphone s'te plait ? Je la supplie du regard.
- Hum... Tu fais chier ! Tiens. Elle me tend son téléphone.

J'essaie de faire marcher ma mémoire afin de me souvenir de son numéro de téléphone. Saleté d'époque digitale où tout est enregistré. Au temps de nos parents ils n'avaient pas d'autre choix, que de connaitre les numéros par coeur, s'ils souhaitaient joindre quelqu'un. Ou peut être avaient-il un calepin avec tous leurs contacts dessus ? Comme sur un téléphone quoi, à la différence que le calepin devait être moins utilisé. Maintenant, nos téléphones sont constamment greffés à nos mains, alors ces petites choses finissent par se décharger. On les laisse tranquille le temps d'un instant pour qu'ils reprennent des forces, et puis finalement ils finissent oublier sur un frigo d'une putain de tente en Espagne !

« Je panique putain ! Je délire à pleins tubes ! »

Je gère très mal mes émotions. Le stress, l'angoisse, la peur, la colère, la joie... Tout est disproportionné chez moi, et ici, mon stress paralyse mes pensées intelligentes. « Agathe tout problème à sa solution », je me répète ce mantra en boucle, jusqu'à obtenir l'illumination ultime. Cela m'a tout de même pris quelques minutes avant de me souvenir de la célèbre messagerie d'un certain réseau social. Messenger...

Emma Brune: Léo c'est moi, j'ai oublié mon téléphone en charge dans la tente. J'espère que tu ne m'en voudras pas, on est en boîte. C'est vraiment beau et la musique est vraiment bien. On s'est fait des copains, ils vivent par chez nous. Ne t'inquiètes pas, c'est plus pour les filles que pour moi lol. Bref je pense fort à toi, j'espère que ton *service s'est bien passé, encore toutes mes excuses de t'écrire si tard.*

Je ne relis pas mon message et l'envoi. Après réflexion je me dis que je n'aurais peut-être pas du mentionner le fait d'être avec des hommes. Entre mon silence et cette annonce, je risque de l'inquiéter pour rien. Mais je me rassure: j'ai été honnête. Enfin en partie, se rappelle à moi, ma conscience. Sa réponse se veut rapide:

Léo Lambert: Bordel Agathe je vais péter un plomb. Tu te démerdes comme tu veux mais appelle moi tout de suite !

Léo Lambert: 0630452154 vite !

« ... Olala ! J'anticipe la conversation et j'ai peuuur ! »

J'arrive en courant vers Emma Brune, pour lui demander l'autorisation de passer un appel. Elle doit voir à mon visage l'importance de ma requête, puisqu'elle me donne son accord sans rechigner. Le regard d'Arthur est encore rivé sur moi mais je l'ignore et compose le numéro de Léo.

- Bordel mais tu te fou de ma gueule ou quoi ? S'énerve Léo à travers le combiné.

- Et si c'était pas moi qui te téléphonait là tout de suite, tu aurais agressé une pauvre personne innocente ! Je m'indigne faussement outrée par son agressivité en espérant faire retomber sa colère.

- Tu es bourrée ? C'est pas le moment de me prendre pour un con ! Avec qui tu es ? Tu veux me rendre jaloux c'est ça ?!

- Mais pas du tout, je suis désolée Léo. Je voulais juste être honnête c'est tout...

- Putain... Et dire que c'est juste la première soirée bordel ! Pourquoi je t'ai motivé à partir ? Tu aurais dû rester ici !

- Ahah, Arthur aussi a dit ça, tu sais...

- Attends, qui ça ? Il t'a dit quoi ce Arthur ?!

- Euh... Écoute, je dois raccrocher. On en parle demain promis, là je suis sur le forfait d'Emma, elle va péter un câble quand elle verra sa facture. Je suis bien avec toi Léo, alors ne doute pas, promis je ne fais pas de bêtises ! Tu peux compter sur moi !

- J'en doute.

Et il raccroche. Je pressens la grosse dispute poindre. Tous les couples traversent des désaccords, et nous ne serons pas les premiers, ni les derniers. Mais pour nous, il s'agit déjà de notre deuxième altercation en un laps de temps très restreint. Je crois que j'aurais réagis de la même manière si j'avais été à sa place. Peut-être même pire... Mais que croyait-il ? Que je resterais au camping pendant que les copines feraient la fête ? Il pensait peut-être que je tournerais à l'eau gazeuse en plus ? Non, mais ! Je l'avais prévenu que le but de ses vacances étaient de faire la fête. Je suis en colère après lui, après moi. Contre tout le monde en faite. Je souffle un bon coup et décide de ne pas gâcher la bonne dynamique que j'avais réussi à m'insuffler avant ce coup de téléphone. Je me rassure en me persuadant que je réussirais à dissiper ce malentendu demain matin. Je rends son téléphone à Brune, elle m'interroge du regard. Je hausse simplement les épaules pour toute réponse, elle en déduira ce qu'elle voudra. Je me dirige vers la table, me sert un verre sans même demander l'autorisation, et me laisse choir sur la banquette derrière notre table. Arthur s'installe à mes cotés et me demande:

- Alors ton appel s'est mal passé ?
- Tu n'as pas idée. C'était mon copain et je crois qu'il ne t'aime pas ! Je lui réponds blasée.
- Tu lui as parlé de moi ? Je ne pensais pas avoir déjà ma place dans vos disputes ! Je n'ai pourtant encore rien fait ! Il est tout sourire en me disant ça.

« Mon aptitude à la connerie est désolante. Santé ! »

7

- Agathe, réveille toi tout de suite, si tu ne veux pas que j'éclate ton téléphone par terre ! Me gronde Jade en donnant un coup de coude.

- Hum… Pourquoi tu m'agresses de bon matin !?

- C'est ton téléphone qui nous agresse depuis dix minutes à vibrer comme un fou ! Réponds, fais quelque chose, sinon je décroche pour insulter ton harceleur !

- Oh pétard ! Ça fait chier ! Je me lève avec fracas, si bien que que mon petit orteil tape dans le pied du frigo.

Je sautille et intériorise tous les noms d'oiseaux que je voudrais cricr, tout en prenant connaissance de ce que m'indique mon téléphone. Quinze appels en absence de « Léo ». J'appuis sur la dernière notification pour renvoyer l'appel et me dirige à l'extérieur de la tente.

« Dans même pas trois secondes, je suis morte… »

- La soirée a été bonne j'espère ?! M'agresse Léo.

- Je..

- Non y a pas de « je » qui tienne. Tu t'es foutu de ma gueule ouvertement cette nuit. Je parie que tu t'es endormie sur tes deux oreilles, pendant que moi je cogitais comme un connard à savoir si tu te faisais baiser par un autre ou pas ! Il hurle au téléphone.

- Mais ! Je…

- Tais-toi ! Laisse moi finir ! Tu vas finir tes petites vacances avec tes copines comme bon te semble, tu peux te considérer comme célibataire. À ton retour, on règlera nos comptes !

- Mais non ! Je n'ai rien fait de mal cette nuit Léo, j'ai bu oui c'est vrai et je t'ai un peu zappé mais comprends moi c'était notre première soirée ! Je me défends tant bien que mal.

- Rien à foutre ! Fallait pas me prendre pour un con ! Ciao.

Sur ce, il me raccroche au nez une fois de plus. J'essaie de le rappeler afin de clarifier la situation, que l'on s'explique à minimum pour ne pas rester sur ce malentendu mais son téléphone vire à la messagerie à chaque appel. Il a coupé son téléphone, je réessaie encore une dizaine de fois avant de me résoudre à abandonner.

« Il me quitte, moi ?! Sans explication ? Et cette mauvaise habitude à me raccrocher au nez là ! »

C'est d'un pas décidé et clairement colérique que je retourne me glisser dans mon lit. Contrairement à ce que je ressens à l'intérieur de moi, le camping est d'un calme plat... Je peux entendre les mouches voler. Jade se décide à rompre le silence:

- Tu veux en parler ou pas ?

- Je suis célibataire ! Je réponds avec vivacité.

- Et bien c'est plutôt une bonne nouvelle non ? Je veux dire, on est en Espagne, c'est la fête ! Tu devrais sauter sur l'occasion pour en profiter réellement ! Me suggère-t-elle.

- Tu te fou de moi j'espère ? C'est quoi qui tourne pas rond chez toi Jade ? Je m'énerve.

- Je ne te dis que la vérité ! Pourquoi tu devrais te morfondre alors qu'on est sensé en profiter et qu'il t'a lâchement quitté !?

- Parce que je n'ai pas envie de profiter de cette manière, je suis attachée à lui Jade, je n'ai pas envie d'aller voir ailleurs putain ! Je pleure presque.

- Même pas avec Arthur ? Me taquine-t-elle, sans que la plaisanterie ne prenne.

- Avoue-le moi, tu te fou de ma gueule, c'est ça ?

- Allez Agathou, ça va s'arranger j'en suis persuadée, laisse lui le temps de digérer un petit peu et tu réessaieras de l'appeler tout à l'heure. En attendant, viens avec moi on va aller se doucher, se préparer et partir au centre ville manger un bout. Les garçons nous y attendent pour treize heures. Elle me tire hors du lit du même temps que sa tirade. Je la stoppe dans son geste.

- Comment ça les garçons ? J'ai loupé un épisode ou quoi ? Ah non Jade ! Ne me dis pas que vous comptez passer toutes vos vacances avec eux ?! Je me fâche.

- Écoute Agathe, je comprends la situation dans laquelle tu es, mais on est cinq célibataires contre une à moitié célibataire. Que veux-tu qu'on fasse, si on ne fait pas de rencontres ici, où pourrait-on les faire ? C'est le lieu idéal pour se créer de bons souvenirs...

- Oui et au final je me retrouve dans une situation de merde par vos fautes ! Je ne viendrais pas avec vous ! Faites vos vacances ensemble, je ferais le mienne de mon côté !

« Vacances entre copines mon cul ! »

Jade prend la direction de la douche, elle me laisse seule avec mes pensées. Aucune des autres filles ne prend la peine de venir me voir. Que pourraient-elles bien me dire ? Dans cet état personne ne peut rien tirer de moi, et puis de toute façon, elles sont forcément en accord avec Jade. C'est moi le boulet de leurs vacances, alors autant me laisser dans un coin.

Je reste un moment à cogiter sur la situation et sur la tournure que pourrait prendre la suite des vacances. C'est simple il n'y a pas dix mille possibilité: soit je passe mes vacances seule de mon côté pour ne pas impacter celles des filles. Soit je passe mon temps en leurs compagnies comme le prévoyait ces vacances. Quitte à côtoyer des mecs et même si cela va au delà de ce qu'accepte Léo...

Une heure est passée depuis le début de mes réflexions. Et j'en suis arrivée à la conclusion que je connais mes amies depuis toujours, que nous avions prévu ce voyage depuis longtemps. Léo, lui, vient d'apparaître dans ma vie et malheureusement je n'ai pas d'emprise sur son manque de confiance en moi, alors ainsi soit-il: il fait ce que bon lui semble, j'en ferais de même de mon côté. Je n'ai jamais donné trop d'importance aux mecs avant lui pour une bonne raison: je déteste avoir des comptes à rendre. J'ai décidé de lui laisser une place dans ma vie et d'essayer d'ouvrir mon coeur de nouveau, ce n'est pas anodin non ? C'est d'ailleurs lui qui m'a poussé à partir pour profiter avec mes amies ! Même moi j'avais envisagé d'être confrontée à ce genre de situation, si lui n'y avait pas songé, ce n'est pas de ma faute... Il a choisi délibérément de clore la discussion, sans même me laisser l'opportunité de m'expliquer. Je ne vais pas m'apitoyer sur mon sort pour quelque chose que je ne contrôle pas. Je n'ai pas dépassé les bornes avec les garçons, je me suis très bien comporté. Après ce qu'il se passe dans ma tête, ça, ça ne concerne personne. Je choisis de profiter et adviendra que pourra.

« Carpe diem, tu connais ? C'est mon nouveau mantra ! »

Je m'en vais avec détermination vers les sanitaires pour prendre une douche. Je me prépare mentalement à rejoindre les filles, quand un numéro inconnu s'affiche sur mon téléphone. Je réponds:

- Allô ?
- ...
- Allô ? Je répète.
- Tu es réveillée ?
- Arthur ?! Mais comment tu as eu mon numéro ? Pff, laisse tomber, je sais... Sacrée Jade ! Je dis exaspérée par mon amie. Pourquoi tu m'appelles ?
- On est tous en terrasse, sauf toi, alors je me demandais pourquoi tu n'étais pas là ?
- J'ai eu deux, trois choses à régler, je me prépare là. On se voit tout à l'heure.

Je raccroche ne souhaitant pas m'éterniser avec lui. C'est quoi cette manie, même par téléphone il s'enquiert de ma présence maintenant. Et Jade, la traitresse qui lui donne mon numéro sans mon accord, non mais ! Elle n'en rate pas une celle là ! Je lui envoie un message sur le champ :

Moi: Tu donnes mon numéro de téléphone à des inconnus toi maintenant ? Parfois je me demande pourquoi on est copines toi et moi !! Bref vous êtes où ? Je me prépare et j'arrive tête de noeud !

J'ai le temps de me doucher, de m'habiller, de cogiter de nouveau et de me maquiller pour recevoir le retour de mon amie :

Jadounette: https://goo.gl/maps/cyXΛkaeKQcxwbaDm9
À toute mon chaton..

J'ouvre le lien sur mon application afin d'avoir un aperçu du lieu où je dois me rendre. Le restaurant à l'air d'être au bord de mer, ma tenue sera donc adaptée. J'ai prévu une petite robe noire un peu évasée mais décolletée dans le dos, sous laquelle se cache mon maillot de bain. Le tout agrémenté par de belles petites sandales assorties. Mon maquillage est naturel: un peu de fard à joue pour me donner bonne mine et du mascara pour un regard plus sombre. Je n'ai jamais été une grande adepte du contouring ou de toute autre technique de make up. Déjà parce que je ne sais pas le faire et puis parce que perdre une heure et demie en préparatif pour me trouver moche à la finale, ca ne vaut pas le coup. En plus mon sommeil est bien trop précieux pour perdre trop de temps sur cette étape le matin. Je retourne à la tente pour faire mon sac de plage et fais appel à un Uber pour qu'il me mène au restaurant.

« Bien moins d'en train qu'hier à déambuler les rues hein ? La fête est moins folle sans alcool ! »

Je communique au chauffeur l'endroit où aller, plus pour le

principe que pour lui indiquer réellement le lieu. En effet grâce l'application qui me met en relation les chauffeurs, je donne la position où me faire récuperer et le point où me faire déposer. Cela évite les mauvaises surprises, le chauffeur sait où aller et la course, elle, est déjà payée. Je profite de ce trajet en voiture pour me remémorer ma conversation téléphonique avec Léo. Je n'en reviens toujours pas qu'il ne m'est pas laissé la possibilité de m'exprimer et qu'il ait pu me quitter si facilement. Je n'ai pourtant rien fait de grave. Je remonte le fil de mes souvenirs pour m'assurer de ce que j'avance.

Nous sommes rentrées à 7h30, dans un état d'ébriété plus que douteux. La soirée s'est terminée dans une ambiance bonne enfant, c'était vraiment bien. Tout le monde a fini par mélanger, on a bien ri et bien bu. Nous avons finalement fini par dévoiler aux garçons notre lieu de résidence à l'année. Il s'avère que nous vivons seulement à quinze minutes des uns des autres. Pourtant nos chemins ne se sont pas croisés une seule fois. Il faut que nous soyons à plus de six cent kilomètres de chez nous pour faire la connaissance avec des gens de notre région. En ce qui concerne Arthur, je mentirais en affirmant qu'il a respecté son engagement d'une relation « tout bien, tout honneur ». Je n'ai pas manqué de le remettre sagement à sa place, pourtant ça ne l'a pas empêcher de revenir à la charge. Mais il a réussi l'exploit de ne plus me mettre mal à l'aise.

Maintenant que Léo m'a quitté de façon abjecte, je ne sais pas si je vais réussir à garder Arthur à distance si cette information venait à lui parvenir. Le feeling passe plutôt bien entre nous, mais je pense qu'il faudra en rester à l'amitié. Si tant est que cela soit possible. Je fais me le serment de ne pas divulguer ma séparation avec Léo, cela m'aidera à garder une barrière entre nous deux.

« Prions pour que ce secret en reste un... »

- On est arrivés. Le chauffeur me tire de mes pensées.

- Gracias Señor ! Je me hisse hors du véhicule.

Le coursier m'a laissé face au restaurant et d'où je suis, je peux observer les lieux sans être vue. Je distingue la table où mes amies sont attablées. Elles me semblent heureuses, et les garçons aussi. D'un regard extérieur sur cette tablée, on pourrait croire qu'il s'agit là d'une bande d'amis qui se connait depuis toujours. Je passe au crible chacune des personnes jusqu'à ce que mon regard se pose sur Arthur. Et même de dos, je remarque qu'il en impose. Ses cheveux noirs sont en bataille. La virilité et la confiance qui émane de lui, me fascine. Je peux voir qu'il n'exagère pas, que c'est inné chez lui car même de dos il dégage cette prestance.

J'aimerais pouvoir me targuer d'avoir une confiance innée en moi. Je pensais d'ailleurs l'avoir acquise depuis peu, grâce à Léo, mais je m'aperçois que je me suis fourvoyée. Mon comportement d'hier soir en est la preuve. Dès lors que je ressens une émotion qui me semble anormale ou inappropriée, je perds mes moyens. Dans la majorité des cas, je n'arrive pas à rester simple de prime abord. Je ne me sens pas sereine lors de mes prises de décisions ou de paroles, si bien que je fais ou dis n'importe quoi et je passe pour celle que je ne suis pas: une fille inadaptée à la situation. Alors pour éviter ce genre de méprise je ne l'ouvre pas, de peur de dire ou faire une bêtise. Ce qui fait de moi une fille froide et distante. Sinon, pour fuir une situation stressante, je deviens sans le vouloir agressive et hargneuse. Ce qui fait de moi une fille nerveuse. Quelque soit mon comportement, la première image que l'on aura de moi, ne reflètera jamais celle que je suis vraiment. Je suis un mélange de tout ça oui, mais à petite dose, ce n'est pas ce qui me définit. Enfin je crois... J'aimerais être en phase avec moi-même. Ça me faciliterait bien des choses d'être comme Arthur.

Je deviens rouge écarlate quand il se tourne dans ma direction. Je ressens ce moment comme s'il avait entendu la teneur de mes pensées et qu'il me le faisait remarquer par le sourire fugace qui se dessine sur son visage.

« La thélépathie, c'est dans tes séries Agathe... Calme toi ! »

J'ai à peine le temps de bouger mon pied pour me lancer vers l'entrée du restaurant, que je loupe la marche et me retrouve les fesses à terre. Je me relève rapidement, remet ma robe en place et me dirige cette fois-ci la tête baissée vers la table. Encore un peu plus rouge de honte. Je vois le regard compatissant de Jade lorsque j'arrive à la table, car elle sait que ça me met mal à l'aise d'arriver la dernière sous l'oeil scrutateur des uns et autres. Ce qu'elle ne sait pas en revanche c'est qu'en plus de ça je me suis rétamée sous les yeux d'Arthur. Pour essayer de désamorcer mon malaise elle dit:

- Allez mon petit chat, vient rejoindre le clan des célibataires maintenant que tu l'es toi aussi !

À ce moment précis je me fige. Je dois être maudite, car après la chute au sens propre du terme, je la sens arriver au sens figurée. La promesse que je m'étais faite vient d'imploser en même pas cinq secondes. Et lorsque le regard plus qu'inquisiteur d'Arthur se pose sur moi, je redoute la suite de la journée.

« J'aime mon amie... mais pétard, là tout de suite, je voudrais la presser comme un citron ! »

C'est ainsi que je me glisse à table à côté d'une Jade qui me semble extatique par la tournure qu'a pris ma vie. Et face à Arthur qui me paraît encore plus intéressé par ma personne qu'il ne l'était déjà. Au même moment, une serveuse me demande si je souhaite boire quelque chose. Je ne fais pas prier et lui demande:

- Une vodka pomme s'il vous plait ! Sans doute implorante.

8

Je n'ai pas levé mon nez du menu depuis que la serveuse m'a laissé, et je ne le lèverai pas tant qu'elle ne sera pas revenu avec mon verre.

« Et pas avant de l'avoir entièrement vidé ! »

Tout le monde à ressenti mon malaise plus que palpable et je suis reconnaissante que personne n'ait osé m'importuner dans ma découverte des menus. J'en profite pour choisir ce que je souhaite manger. Mon appétit étant limité à cause de mes différentes déconvenues de la matinée, mon repas sera à base de tapas: Patatas bravas et jamón iberico. Mon verre arrive, la serveuse prend note de ma commande puis retourne vers ce que je pense être les cuisines. Je bois mon alcool cul-sec. Mon « menu par balle » maintenant rendu à la petite dame, je sens le regard brûlant d'Arthur sur moi. Je n'agirais pas comme une petite fille fragile pourrait le faire, alors je relève la tête et plante mon regard dans le sien:

- Allez, dis moi ce que tu as sur le coeur qu'on en finisse, je ne compte pas supporter ton regard tout le long du repas !
- J'ai de nouveau face à moi, un chien prêt à mordre à ce que je vois ! Ça fait plaisir, je croyais qu'on avait dépassé ce cap Agathe ! Ironise Arthur.
- Et moi je croyais qu'on devait avoir une relation neutre, mais je sens ton regard affamé sur moi et tu me mets mal à l'aise !
- Oui mais depuis certains évènements ont remis en perceptive mes engagements envers toi. Maintenant que tu es

libre…

- Ne termine même pas cette phrase ! Que crois-tu ? Que je suis une girouette ou quoi ? Ça ne marche pas comme ça du con !!

Je me lèves brusquement de ma chaise et demande à Thomas, un des gars de la bande s'il veut bien échanger sa place avec moi. Il accepte sans hésiter. Même à l'autre bout de la table, je suis persuadée qu'il n'a pas pu échapper à notre conversation houleuse. Ce gar est de nature discrète, mais j'arrive à comprendre ce qui plait tant à Camille. Il est charismatique, et dégage ce petit quelque chose qui peut donner la chair de poule. À contrario, je doute que lui ait beaucoup de peurs, ce côté mauvais garçon est vraiment omniprésent en lui. Je ne sais pas si c'est sa rudesse qui réussit à contenir les excès de colère de Camille, mais en tout cas elle ne bronche pas en me voyant m'installer face à elle.

- Je suis désolée Camille si je t'ai cassé ton date, mais c'était trop pour moi de rester face à l'autre !
- Ça va, ne t'inquiètes pas ! Par contre je ne comprends pas pourquoi tu es autant en rogne après lui ? Il te dévore des yeux, ça se voit bien qu'il ne te veut pas de mal… Si tu vois ce que je dire. Le clin d'œil explicite de Camille me fait sourire.
- Parce que je ressens une multitude de choses en ça présence ! Et ça me met beaucoup trop sur les nerfs. Je lui chuchote.
- Si tu veux mon avis, tu ferais bien de te laisser porter un peu. Tu n'es pas ce genre de fille merde, d'habitude tu es la première à sauter sur tout ce qui bouge !
- Eh, calme toi s'te plait pour qui tu me fais passer ?
- Tu vois ! C'est de ça dont je te parle. Tu es sur la défensive sans cesse, tu prends tout au premier degré, enfin encore plus que d'habitude ! Détends-toi s'te plait, tu vas finir par énerver tout le monde avec ton mauvais caractère ! Me sermonne Camille.
- Oui tu as raison… Olala je suis désolé ! Je ne sais pas, j'ai l'impression qu'être en couple c'est beaucoup trop compliqué pour moi dans ces circonstances…

- Et ben ça tombe bien ! Tu ne l'es plus ! Alors respire et laisse nous respirer par la même occasion ok ? Elle apaise la franchise de ses paroles par une petite caresse sur ma main.

Je finis par me ranger à son avis et décide de ne plus surenchérir. Après tout, une conversation si posée avec Camille ce n'est pas tous les jours que ça arrive. Nous profitons du repas pour papoter un peu de tout et de rien, mais surtout d'elle car elle a compris que je souhaite parler de tout, sauf de moi. Et ça me fait un bien fou. Un peu plus tard dans la journée, après que chacun ait mangé son dessert, nous sommes allés sur la plage où nous avons loué des bains de soleil. Un plagiste nous a installé, et il ne m'en fallait pas plus pour que la joie m'emplisse.

« Bronzette et baignade, c'est tout ce dont j'ai besoin ! »

Je me suis posée sur le premier transat que j'ai trouvé, Jade s'est installée d'un côté, tandis que Brune s'est mise de l'autre. J'apprécie, car en s'installant tout autour de moi cela me fait un rempart « anti-Arthur ». Je dispose ma serviette sur mon fauteuil, ôte ma robe et mes sandales puis m'installe tranquillement. Je sens tout de même le poids d'un regard peser dans mon dos, je n'essaie même pas deviner qui est le propriétaire des yeux baladeurs...

- Alors ma poule tu te sens mieux ? S'enquiert gentiment Jade.
- Oh oui ! Je crois que c'était ce qu'il me fallait pour recharger ma batterie de bonne humeur... une bonne dose de soleil !
- Parfait, alors fait le plein car ton entrain me manque... déplore Jade.
- Je sais, je vais me reprendre en main ! Je la rassure.
Super, je vais me baigner alors ! À toute ! S'élance-t-elle déjà vers la mer.

Je la regarde sauter les petites vaguelettes, et son enthousiasme me renvoie vers mon humeur maussade. J'attrape mes écouteurs dans mon sac et lance ma playlist « relaxation ».

J'écoute ce genre de musique lorsque je me sens un peu acculée. Comment ai-je pu en arriver là ? Que s'est-il passé pour qu'on en arrive à ce stade ? Si je fais une petite retrospective de mon passé, je n'ai plus laissé un homme avoir d'emprise sur moi depuis le lycée ! Alors qu'est-ce qui a changé avec Léo ? Est-ce de l'amour ? Non pas encore, j'en suis persuadée. Je suis fortement attachée à lui et son rejet me fait simplement mal. Léo dit tenir à moi, mais comment peut-il me virer si rapidement si tel est le cas ? Je ne suis qu'une vieille chaussette qu'il peut jeter à sa guise ? Non je ne suis pas ce genre de fille. Certes je n'ai jamais excellé en ce qui concerne les relations de couple. Je manque aussi de confiance en moi, mais je sais à minimum ce que je vaux et je ne suis pas une personne que l'on peut traiter de la sorte. Je ne mérite pas ça. J'ai voyagé jusqu'en Espagne avec mes amies de longue date pour profiter et m'amuser, je ne vais pas me pourrir les vacances à cause d'un mec quand même ?

« Léo + Arthur = 2 mecs d'après mes calculs... »

J'aurais aimé que Léo soit assez conciliant pour me laisser vivre mes vacances sans me prendre la tête. Peut-être était-ce son but après tout ? Peut-être qu'il n'a pas accepté mon départ et me le fait payer en m'obligeant à me torturer l'esprit ? Si tel est le cas, il y parvient sans mal. Et que dire de cet Arthur que je fuis comme la peste à cause des des sentiments incontrôlables qu'il éveille en moi ? La logique voudrait que je ressente tout ça pour une seule et même personne, pourtant ce n'est pas le cas. Est-ce que cela fait de moi une mauvaise personne ? Je ne crois pas, à partir du moment où je réprime ce que je ressens pour un autre mec que le mien. Mais cela ne sert à rien de nier, depuis que j'ai aperçu Arthur, Léo s'est éclipsé au fond de la salle et cela malgré moi. C'est aussi une des raison qui explique que je sois autant à fleur de peau. Moi qui aime être dans le contrôle total, je m'aperçois être incapable de gérer quoi que se soit le concernant. Je le trouve charismatique, et cela avoir trop échangé avec lui, alors quel sera mon ressenti lorsque j'en apprendrais davantage sur lui ? Comme s'il pouvait entendre les rouages de mon cerveau, Arthur me tapote l'épaule et m'oblige à retirer l'un de mes écouteurs:

- On part tous à l'eau, tu viens avec nous ou tu me fais encore la tête ? Demande-t-il avec une moue que pourrait prendre un enfant en réclamant un bonbon.
- Je ne te fais pas la tête, simplement... Non laisse tomber, je viens avec vous ! J'en ai marre de trop réfléchir.
- Génial ! Il me tend sa main et m'offre le visuel de ses dents en guise de contentement.

Je glisse ma main dans la sienne, range mes écouteurs dans le petit étui prévu à cet effet et me lève à la suite d'Arthur. Il court en direction des vagues et m'oblige à suivre la même cadence que lui. Cela me fait rire, je saute à mon tour les vaguelettes comme l'avait fait Jade avant moi. Avec tout autant d'enthousiasme qu'elle. J'ai d'ailleurs lâché la main d'Arthur et cours en direction de mon amie pour lui faire un gros câlin afin de lui transmettre ma toute nouvelle bonne humeur. Lorsque j'arrive à sa hauteur, je lui saute sur le dos.

- Alors mon petit calamar, on patauge dans l'eau sans moi ?
- Plus maintenant, puisque tu es là ! Jade glisse sa main sur mon avant bras en signe d'affection.

Je remercie de nouveau l'univers d'avoir mis cette fille sur ma route, sa douceur me met du baume au coeur. Elle est peut-être exubérante sur certains aspects mais elle est tellement attachante que je finis par l'oublier, la plupart du temps. En regardant autour de moi pour voir où j'ai abandonné Arthur, je le trouve non loin de nous en train de nous observer avec un beau sourire au lèvre. Sans trop le connaître, on pourrait croire que celui-ci a été conçu pour nous ensorceler, mais d'après moi, cela en révèle beaucoup plus sur sa personnalité. En observant son regard avec attention, je remarque que son sourire monte jusqu'à ses yeux, que celui-ci est franc. Je me risque à en déduire qu'il est altruiste et s'intéresse au bonheur des autres. Cette constatation me rend d'autant plus joyeuse, à tel point que je me lance dans l'examen complet de sa personne. C'est ainsi que je découvre qu'un tatouage parsème le haut de son buste, juste au dessus de ses pectoraux. Comment est-il possible que je ne m'en sois pas rendu compte avant ? Cette vision me rend toute chose, j'ai toujours eu un faible pour les hommes tatoués.

Je sens Jade prendre son élan pour plonger sous l'eau. Durant tout le temps où j'étais perchée sur son dos, j'ai détaillé le corps d'Arthur sans vergogne. Je me bouche rapidement le nez pour rejoindre le monde sous-marin avec elle et remercie silencieusement mon amie d'avoir interrompu mon délire de voyeurisme.

« Oui, à l'allure où allaient mes pensées, on y était presque ! »

On bavarde un long moment toutes les deux, quand je me décide enfin à la lâcher pour qu'elle puisse retrouver son Jules. C'est naturellement, mais néanmoins gênée de mon comportement déplacé d'il y a peu, que je me dirige vers Arthur. J'opte pour jouer la carte de l'innocence, puis me lance:

- L'eau est bonne hein ?
- C'est clair ! Mais ça fait un moment que nous sommes dans l'eau, on va ressortir d'ici tous fripés ! Se moque-t-il.
- Ahah, tu as raison mais c'est pas grave, c'est trop génial d'être ici !
- Tu l'as dit… Un petit silence agréable suit sa réponse. Au bout de quelques minutes, Arthur se risque à briser la glace.
- Écoute Agathe, ne te méprends pas sur mes intentions envers toi, oui tu me plais beaucoup, mais je ne te pousserais jamais à en faire plus que ce que tu t'autorises à me donner. J'ai bien compris que la situation dans laquelle tu es, ne te plais pas alors je n'en jouerai pas… Je voulais juste que tu le saches.
- Merci Arthur, ça me fait plaisir. J'ai un peu de mal à lâcher

prise avec toi, mais je vais essayer d'être plus cool.

- Ok cool ! Mais dis-moi, tu as l'air d'être à l'aise avec les autres, alors c'est quoi le problème avec moi ?

- Il n'y en a pas... Enfin si... Enfin non... Je vais y arriver ! Je rigole nerveusement puis me reprends. Je vois bien que tu me cherches et parfois je ne sais pas comment y faire face, je m'emporte... Tu comprends ?

- Ouais... Tu sais, tes colères en révèlent plus que tu ne le penses, j'accepte d'être ton souffre douleur le temps que tu acceptes la réalité !

- Ne te méprends pas Arthur, mais la réalité est bien loin de celle que tu imagines... Quoi que tu penses, oublie, je ne suis pas libre dans mon esprit pour le moment !

- Oui tu as raison... Pour le moment ! Il reprend mes mots avec un clin d'oeil. Et si tu m'en disais plus sur toi ?

- Que voudrais-tu savoir ?

- Je ne sais pas, dis m'en plus sur ta famille par exemple...

- Ok... Alors, j'ai une grande soeur, on s'entend très bien. On est physiquement à l'opposé, quand elle a tout pris de son père, moi, j'ai pris du mien. Beaucoup de gens nous jugent diamétralement différentes l'une de l'autre. Mais nous, on sait que sur plus d'un aspect on se retrouve. Un peu comme le Yin et le Yang tu vois ?

- Oui je vois, tu as l'air d'avoir une bonne relation avec elle, c'est cool ! Moi je suis fils unique je ne m'en suis jamais plaint mais à écouter ton récit, tu me donnerais presque envie de réclamer un petit frère ou une petite soeur à mes parents ! Il rigole.

- N'importe quoi toi, t'es bête ! Je pouffe en retour. Tu t'entends bien avec tes parents ? Je m'informe.

- D'être enfant unique a favorisé une belle entente entre nous trois, à un certain âge c'était pesant d'être le centre de leur intérêt... Tu connais, l'adolescence, l'âge ingrat tout ça. Mais finalement j'ai toujours été proche d'eux. Donc oui on s'entend bien et toi avec les tiens ?

- Oui oui, mais ça n'a pas toujours été le cas. Tu sais l'adolescence chez une fille c'est un peu plus complexe. Il y a parfois une rivalité mère/fille qui s'installe sans que l'une ou l'autre le veuille réellement. Mais je ne sais pas, elle est là... Mon père a longtemps fait le tampon entre nous deux, pour apaiser les conflits. Bref, on s'est beaucoup rapprochées lorsque je suis arrivée à la majorité. Aujourd'hui je dirais qu'on est encore comme chien et chat, mais quelques soient nos désaccords on est une famille, alors on passe outre...

- Ah oui je comprends, avec vous les femmes tout est compliqué de toute façon ! Il se moque ouvertement.

- Non pas du tout ! Nous ne venons simplement pas de la même planète. C'est pour ça qu'il y a autant d'incompréhensions entre l'homme et la femme !

- Ça c'est sur mais même entre femmes vous arrivez à vous crêpez le chignon ! Mais tu as raison... On ne vient pas de la même planète. Quand tout est simple pour nous, vous, vous voyez compliqué !

- Oui mais peut-être que vous voyez trop simplement finalement ?! Je hausse un peu le ton, souhaitant lui faire prendre conscience qu'il s'aventure en terrain glissant avec moi.

- Madame défend la cause féminine ? Il rigole.

- Oui ! Ce que je veux dire, c'est qu'il n'y a pas de fumée sans feu ! Tu vois où je veux en venir ? Tout n'est pas de la faute de la femme ! Et si tu penses ça, alors notre amitié est vouée à l'échec je te le dis direct ! Je fulmine presque, quand lui est hilare. Je ne comprends pas la raison de son fou rire alors je lui demande d'éclairer ma lanterne.

- J'aime cette façon que tu as de défendre tes idées à bras-le-corps, je voulais juste voir jusqu'où je pouvais te pousser et je trouve assez drôle de voir à quel point il est facile de te faire monter sur tes grands chevaux ! Tu es un vrai deux temps toi. Il rit de nouveau face à ma mine déconfite ne comprenant pas son allusion...

- Les moteurs deux temps montent plus haut dans les tours, un peu comme toi quoi... Ou comme une tronçonneuse...

Il rit à gorge déployé pour la première fois devant moi. Et

même si c'est à mes dépens, je me surprends à aimer l'entendre rire. Malgré tout ma fierté m'oblige à lui tenir tête, je me dois de lui répondre:

- Ahah… Sale con ! Son rire entrainant me force à le suivre.

9

« Un repas aussi frugal soit-il, est un
instant de rencontre. Il peut-être une
occasion de joie et de communion unissant
profondément les gens. » E. Boulding

Nous avons échangé durant des heures. Alternant entre rires et chamailleries. Après notre longue baignade et un bon moment à lézarder sur nos transats, nous avons décidé qu'il était temps de rentrer chacun à nos locations afin de se préparer pour la soirée à venir. Nous devons nous retrouver pour un repas chez les garçons. Ensuite nous sortirons sûrement en boîte de nuit. Mon regard se pose sur les coups de soleil de Jeanne qui est assise juste à coté de moi dans le Uber.

- Dis moi ma petite Jeanette, tu n'aurais pas oublié de te mettre de la crème solaire par hasard ? Je rigole en lui tapant du coude pour me moquer d'elle.
- Ahah très drôle ! J'ai oublié... marmonne-t-elle. Je vais être en souffrance ce soir et je n'arrive pas à me souvenir si j'ai pris le nécessaire pour les brûlures...
- Ne t'inquiètes pas, même si tu as oublié, je suis persuadée que Jade aura ce qu'il te faut ! Je la rassure.
- Pourvu que tu aies raison, sinon il faudra que je parte à la recherche d'une pharmacie, je ne pourrai pas rester dans cet état. J'en connais un qui va se foutre de ma gueule quand il me verra couleur vanille fraise ! Se plaint-elle en mettant ses mains devant son visage.
- Allez ça va Jeanne ! Ce n'est rien de plus qu'un gros coup de soleil, après la douche tu seras encore plus rouge, alors fais toi

une raison dès maintenant, je rigole.

- Tu as retrouvé ta bonne humeur toi, on dirait ! Dommage que ce soit à mes dépends ! Je préférais quand tu étais chiante finalement ! Me répond-elle boudeuse.

- Ahah ! Tu seras toute bronzée dans deux jours… ou… alors tu pèleras ! Ahah, je me tord de rire.

- Olala vraiment Agathe tu es hilarante ! Ne me parle plus de ta vie !

« Qui se souvient des drama queens ? »

Je ris de toutes mes dents, je ne crois pas m'être sentie aussi légère depuis notre arrivée et cela fait du bien. Je me suis mise en tête qu'à notre retour au camping, je téléphonerais à Léo pour une petite mise au point, même si pour être tout à fait honnête, je ne sais plus vraiment quoi lui dire maintenant. Quelque soit l'issue de cet appel téléphonique je me suis jurée que cela n'impactera pas sur ma bonne humeur. J'étais réticente à le laisser au profit de mes amies mais c'est pourtant lui qui m'y a poussé. Alors je choisis que ses décisions et ses humeurs ne doivent pas avoir d'incidences sur mes vacances que j'ai tant attendues.

Mes réflexions prennent fin lorsque nous arrivons devant le camping. Nous réglons la course et nous nous dirigeons vers notre tente pour rechercher la tenue qui conviendra à la soirée. Chacune des filles vaquent à ses occupations. Sauf Jade. Elle est proscrite sur notre lit, ça ne lui ressemble pas alors, je décide d'aller la voir.

- Et Jade, qu'est-ce que tu as ?

- Je viens de recevoir un message de l'autre, il a su par je ne sais qui, que j'étais ici.

- Comment est-ce possible ? Tu m'as dit l'avoir bloqué de partout et pour le moment aucune d'entre nous n'a publié de photos sur les réseaux….

- Je ne sais pas Agathe, il sait toujours tout de moi, il va finir par me rendre folle ! Je suis venue ici pour m'éloigner de son emprise malsaine et finalement il arrive quand même à me mettre le grappin dessus ! S'énerve-t-elle.

Je ne trouve rien d'apaisant à lui dire, alors je prends son téléphone des mains pour vérifier de mes propres yeux ce qui a pu la mettre dans un tel état.

+33620810427: Alors ma petite salope tu t'amuses bien à Salou ? Tu pensais que je ne le saurais pas ? Profite bien, à ton retour je te fais la fête...

Je suis stupéfaite par ce message subtilement menaçant. Même si elle souhaitait se présenter à la gendarmerie avec le message pour preuve d'harcèlement, lui pourrait très bien tourner ça à la rigolade. Et ça n'aboutirait sur rien. Je suis dépitée par le manque d'options qui me permettraient d'aider mon amie. Je n'aime pas ce mec, à dire vrai je ne l'ai jamais aimé. Au départ il s'agissait d'une relation classique, mais quelque chose ne m'inspirait pas chez lui. Par respect pour Jade j'ai préféré taire mes doutes. Si j'avais su... Petit à petit la tournure de leur relation s'est transformée en quelque chose de plus malsain. Je ne saurais expliquer quel a été l'élément déclencheur, mais il est devenu excessif, dès qu'elle souhaitait se détacher un peu de lui, en sortant avec nous par exemple, lui devenait colérique. On a fini par apprendre que depuis le début de leur relation, il l'a trompé à droite à gauche. Ils se sont séparés je ne sais combien de fois, mais finissaient toujours par se rabibocher. Et ainsi de suite. Depuis qu'elle connait ce mec, je n'ai jamais vu Jade se rapprocher d'un autre homme que lui, il la retient par je ne sais quel moyen. Mais si son rapprochement avec Jules peut l'aider à se détacher de son ex, alors je l'encouragerais autant que possible à essayer quelque chose avec lui.

- Ma Jadou, je ne t'ai pas vu te rapprocher d'un homme depuis longtemps... Il a l'air de te faire du bien ton petit Jules, alors ne pense plus à ce connard et focalise toi sur ce que tu vis maintenant ! Le reste on avisera plus tard d'accord ?

- Oui tu as raison, mais je suis quand même angoissée. J'ai peur de ce qu'il me réserve…

- Tu m'as juré qu'il n'a jamais été violent avec toi physiquement, c'est vrai n'est-ce pas ? Tu ne m'aurais pas menti ?

- Non non je te jure il n'a jamais été violent, disons qu'il était vigoureux quoi… Et j'aime ça alors je ne peux pas te dire qu'il y a eu violence ! Je te l'aurais dit et puis je n'aurais pas laissé cette histoire aller si loin sinon… Mais cette fois-ci j'avais l'impression que le lien était rompu pour de bon, tu vois ? Finalement ce message fait voler en éclat ce que je croyais.

- Oui je vois tout à fait… Écoute si tu t'aperçois que tu peux t'épanouir ailleurs, je suis persuadée que tu arriveras à mettre un terme à votre histoire, aussi bizarre et malsaine soit-elle ! Je t'aiderais si tu veux. Je la prends dans mes bras comme pour sceller mes paroles.

- Je sais, on sera toujours là l'une pour l'autre. Jade m'enlace en retour. Je suis en train de poser son téléphone lorsque celui-ci s'éclaire et affiche l'heure.

- Mon dieu ! Jade regarde l'heure ! On sent le poisson, on est pas prêtes du tout et on doit y être dans trente minutes à peine !

- Olala, vite à la douche !

« Les princesses se font toujours attendre n'est-ce pas ? Et bien ce soir nous serons des princesses ! »

C'est avec plus de trente minutes de retard sur l'heure convenue que nous arrivons devant la maison des garçons. Même Brune, reine incontestée des retards, était prête avant nous ! C'est dire à quel point nous n'étions pas à l'heure. Je suis vêtue d'une robe verte kaki que j'aime beaucoup. Elle est très moulante et ouverte dans le dos. En la choisissant, je me suis tout de suite demandée qu'elle serait la réaction d'Arthur en me voyant dedans. Je me suis auto flagellée dans la foulée d'avoir osé penser à lui plutôt qu'à Léo. Cela m'a d'ailleurs rappelé que malgré ce que j'avais convenu avec moi-même quelques heures plus tôt, je n'avais pas pris le temps de le recontacter. Qu'aurais-je eu à lui dire de toute façon ? Puis nous étions déjà en retard pour aller chez les garçons, je n'aurais pas eu le temps pour une conversation avec lui de toute façon. Le temps de mes réflexions, Jade a dû toquer à la porte car celle-ci s'ouvre sur Arthur qui est vraiment très beau dans sa chemise blanche. Elle lui sciée à perfection, les manches retroussées sur ses avant bras laissent apparaitre ses tatouages et... Ma meilleure amie me tire de ma contemplation :

- Arrête de baver, ça coule par ici ! Elle fait semblant de m'essuyer le menton, me fait un clin d'œil et se glisse entre Arthur et moi pour rentrer dans la maison.
- Tu es vraiment très belle Agathe. Le compliment d'Arthur fait fourmiller l'intégralité de mon corps.
- Pff n'importe quoi, mais tu es pas mal non plus... Je me dandine devant lui, un peu mal à l'aise par son compliment et le sentiment d'allégresse qu'il me procure. Il m'attrape par le menton et m'oblige à regarder ses iris chocolats:
- Ne remets plus en doute ce que je te dis. Si je te dis que tu es magnifique c'est que tu l'es ! Viens on rentre dans la maison. M'intime-t-il.

Je le suis dans la maison agacée d'être remise à ma place comme une enfant, pourtant je me suprends à rester silencieuse. Je reconnais qu'une partie de moi apprécie le compliment et aime son côté directif, alors à quoi bon me rebeller ? En avançant dans l'entrée, je réalise que nous n'avons pas du tout le même type de location qu'eux. Ils logent dans une maison design et moderne quand nous, nous sommes en camping.

- Arthur, tu m'as caché que vous étiez milliardaires ou quoi ?
- Un homme ne se dévoile jamais au premier rendez-vous, tu le sais bien ! Il fait allusion à notre premier échange et sourit sous mon regard circonspect. Jules gagne plutôt bien sa vie et il a

voulu prendre en charge la location de la maison.

- Ah d'accord, et ben dit donc il ne se moque pas de vous !

- Oui et attends tu n'as pas vu l'extérieur, cette villa est vraiment dingue. Mais pour le moment viens, on va rejoindre les autres. Tu découvriras le reste en même temps que tes copines.

- Ok je te suis !

Je retrouve mes amies, et m'aperçois qu'elles sont toutes aussi ébahies que moi par la villa dans laquelle nous nous trouvons. Même s'il est vrai que de l'extérieur nous pouvions déjà nous faire une idée sur le type de maison dont il s'agissait, aucune d'entre nous ne s'attendait à ça. Les garçons nous proposent d'aller sur la terrasse pour prendre l'apéritif, lorsque je mets un pied dehors, je reste stupéfaite par le décor.

« J'ai l'impression d'être l'héroïne d'une série ces derniers temps, tant ma vie est mouvementée, il fallait bien une maison qui aille avec après tout ! »

Le jardin est long à perte de vue, le gazon est magnifiquement bien tondu. Une piscine à débordement trône au bout de l'espace vert, avec assez de transats pour nous tous. Et le paysage que l'on peut voir en toile de fond est à couper le souffle. Le couché de soleil, la mer en horizon... C'est magnifique.

- Waouh ! Vous êtes vraiment bien ici, moi je ne quitterais jamais la villa à votre place ! Jeanne me sort de ma contemplation.

- C'est vrai qu'elle est belle, mais on est venu ici pour la fête, pas pour rester à domicile ! Rigole Jules.

- Pourquoi ne pas avoir loué quelque chose de moins fastueux alors ? Renchérit Jade.

- Pourquoi pas, si on le peut ? Répond simplement Jules en haussant les épaules.

- Hum, oui pourquoi pas... Une maison à quatre mille euros la semaine, pourquoi s'en priver ? Jade le défie ouvertement.

- C'est quoi ton problème ? S'impatiente Jules.

- Aucun. Simplement je m'aperçois une fois de plus que l'on ne se connait pas vraiment ! Réplique-t-elle cinglante.

- Encore un pas en avant, puis deux en arrière c'est ça ?! Il s'énerve franchement cette fois-ci.

- Ok ! Je crois que cette conversation ne nous concerne pas, les coupe Arthur. Asseyez-vous les filles, on vous ramène l'apéritif. Tous les garçons disparaissent, comme par magie.

Je m'assois à côté de Jade et l'interroge sur son comportement.

- Tu as vu la baraque ou quoi ? On loge dans une tente, ce n'est pas du tout la même chose ! S'offusque mon amie.

- Oui je le sais, mais ce n'est pas une raison pour t'en prendre à Jules. Tu ne vas quand même pas lui reprocher d'avoir les moyens de s'offrir une belle maison pour les vacances ? J'essaie de la temporiser.

- Non, bien entendu qu'il en a le droit, s'il en a les moyens. Mais il avait aussi le droit et le devoir de m'informer sur sa situation !

- Tu rigoles ou quoi ? C'est quoi le vrai problème Jade ? Parce que j'ai l'impression que tu cherches des problèmes où il n'y en a pas. Je suis persuadée que l'épisode de tout à l'heure a tout à voir avec ton comportement…

- Non pas du tout, me répond-t-elle sur la défensive. C'est juste que de recevoir un message de sa part, m'a fait me rappeler que j'avais une vie en France. Je me suis laissée aller, ça n'aurait pas dû arriver ! Je n'entrainerais pas Jules là dedans.

- Que tu l'entraines dans quoi au juste ? Jade, vous êtes en vacances, pas fiancés à ce que je sache ! Tu ne l'entraines nul part pour le moment. Et plutôt que de passer pour une folle à essayer de le faire fuir sous de mauvais prétextes, tu devrais t'excuser pour ton coup d'éclat.

Jade n'a pas le temps de me répondre que les garçons refont déjà leurs apparitions. Je me risque à lancer un regard en direction de Jules pour voir dans quel état d'esprit il est revenu.

Il me parait plus apaisé qu'à son départ, et je sens ma meilleure amie, penaude suite à notre conversation. Elle a dû prendre conscience de son manque de discernement. Les gaçons portent chacun deux plateaux contenant des mets et des cocktails.

- Vous avez eu le temps de faire tout ça depuis tout à l'heure ? Je demande, surprise par la qualité de leurs accueils.
- Pour tou vous avouer, c'est Arthur qui à tout fait. Il a un certain talent en cuisine. Mon regard dévie tout de suite en direction du principal concerné.
- C'est toi qui a fait tout ça ? Il me gratifie simplement d'un clin d'oeil.

« Un clin d'œil outrageusement sexy soit dit en passant. »

L'apéritif se déroule dans la bonne humeur. Les petites bouchées diverses et variées sont toutes mangées, si bien que les plateaux retournent en cuisine entièrement vides. Nos verres également le sont, Arthur a fait un cocktail que j'aime beaucoup, le « Moscow Mule ». Il s'agit d'un mélange de vodka, de Ginger beer et de citron. Nous en avions parlé dans la journée, je me suis sentie, à la fois flattée qu'il s'en soit souvenu et à la fois gênée que ce cocktail soit en réalité uniquement pour palier à mes goûts. Encore une fois un pèle-mêle de sentiments quant il s'agit d'Arthur. Toutefois c'était le meilleur que j'ai bu jusqu'à ce jour, et je ne me suis pas retenue de le lui faire savoir.

Il est maintenant l'heure de passer à table et les suppositions sur notre futur repas vont bon train, quand Arthur revient avec un énorme charriot. Sur celui-ci sont disposés ce que je suppose être la vaisselle, les couverts et le repas mitonné par notre chef. Il prend le soin de disposer les couverts à chacun d'entre nous. D'abord mes amies puis les siens. Son souffle chaud me caresse l'épaule lorsqu'il se penche au-dessus de moi. J'essaie de rester de marbre, mais la chair de poule sur mes bras me trahissent. Je ne saurais dire si lui s'en est aperçu, je n'ai pas osé regarder dans sa direction lorsqu'il était encore tout près de moi. Maintenant qu'il est devant son charriot pour remplir nos assiettes j'en profite pour lancer une oeillade discrète. Il émane quelque chose de puissant. La tenue qu'il a enfilé le rend d'autant plus sexy, c'est la façon de la porter qui change tout: sa chemise outrageusement entrouverte de manière négligée, ses avants-bras retroussés... Il se retourne. Je suis prise en flagrant délit d'espionnage, un air espiègle s'empare de lui.

« C'est la deuxième fois en une journée. Cet homme me corrompt à la luxure ! »

Je me sens rougir, et préfère me concentrer sur mon bout de pain à grignoter. Avant même qu'il n'ait déposé mon assiette, je sais qu'il se trouve juste derrière moi. Mes poils s'hérissent de nouveau, il me glisse à l'oreille d'une voix suave:

- Tu as froid peut-être ?

Je relève vivement la tête vers lui afin d'étudier son visage. S'agit-il d'une demande altruiste ou m'a-t-il démasqué ? Quand son sourire satisfait se dessine je comprends qu'il sait. Je choisis poutant de faire l'ignorante, en répondant par la négative à sa question. Camille me sauve in extremis, lorsqu'elle demande à notre hôte ce qu'il nous a préparé pour le diner. Ça a le mérite de le détourner de mon attention. Il nous invite à goûter. À première vu il s'agit d'un risotto aux gambas, mais le tout baigne dans un jus à l'odeur exquise. Je ne me fais pas prier. Bien trop piquée par la curiosité, je m'empare de ma fourchette et prend une bouchée. C'est un délice dès la première cuillerée, je ne peux m'empêcher d'émettre un son appréciateur. Arthur me coupe dans ma dégustation:

- Tu aimes ?
- Oh oui c'est trop bon ! Je crois m'entendre gémir de plaisir.
- Ok c'est trop chaud là, calmez vous ! Rigole Jade.

Je lève les yeux de mon assiette pour essayer de comprendre la raison pour laquelle Jade a dit ça. Elle me regarde en haussant les sourcils rapidement avec un gros sourire. Je saisis tout de suite. En tournant la tête je tombe directement face au regard sombre d'Arthur. Il est rivé sur moi, brûlant d'envie. Les rires des uns et les compliments des autres me semblent bien loin tout à coup.

« *Est-ce possible de se liquéfier juste pour un regard ?* »

10

« Le jeu du chat et de la souris n'a pas de sens, quand une chatte sourit sous la caresse. » O. Puccino

Le repas se termine sur la même lancée que le début, c'est un vrai régale. Au dessert, nos papilles ont eu le droit à une délicieuse crème brulée. Cette fois-ci, j'ai été attentive à ne plus exprimer mon ravissement par bruitage. Les filles et moi-même prenons les devants et décidons simultanément de débarrasser la table. C'est le minimum que l'on puisse faire après cette belle réception en notre honneur. En bons gentlemans, ils ont cherché à refuser notre offre mais en bonnes ladys, nous avons remporté la bataille.

En revenant de nos besognes, les garçons avaient posé sur la table des bouteilles d'alcool, des softs et des dès. C'est sans peine que je devine la tournure que prend la soirée. Ils vont nous proposer un jeu d'alcool. Et ça ne loupe pas quand Jules lance :

- Les filles ça vous dit de jouer un peu avant de sortir ?
- Ça dépend vous voulez jouer à quoi ? Répond Jade du tac au tac.
- Soit on fait un jeu de dès, le 421, ou alors on fait simple avec un action vérité.
- Ah non ! Moi je ne veux pas apprendre les règles d'un nouveau jeu. Je suis nulle à chaque fois, je perds tout le temps et je finis complètement bourrée avant même que la soirée n'ait vraiment commencé ! Je suis ok pour action vérité. S'enflamme Camille pour défendre son choix.

On rigole tous de cette intervention et nous nous plions à sa volonté. Chacun des participants remplit son verre avant de commencer la partie. Emma Blonde demande:

- On se fait une ou deux partie maximum ? Car vu le nombre de joueurs qu'on est, le jeu risque de s'éterniser !
- Oui tu as raison, pas de problème. Consent Jules. Allez, je lance le jeu. Agathe, action ou vérité ? Surprise par le fait qu'il m'ait choisi, moi et pas Jade, je le regarde un peu perdue. Ce à quoi il me répond par un clin d'oeil que je ne comprends pas.
- Euh... Vérité je crois... Hasarde-je en ancrant mon regard à celui d'Arthur.
- Ok, alors est-ce que quelqu'un autour de cette table te plait ? Me demande-t-il.
- Oui ! Vous êtes tous sympa et...
- Non non, il te demande si quelqu'un autour de cette table te plait, pas si tu nous trouve sympathique, me coupe brusquement Arthur.
- Ok... Oui. Je m'empresse de boire une gorgée de mon verre.

Et même si ce n'est pas la règle du jeu. J'aurais du boire seulement si j'avais refusé mon gage. Mais tant pis cela me confère un semblant de confiance en moi. J'écoute que très vaguement la suite du jeu, trop absorbée par mes pensées, toutes tournées vers Arthur. Jusqu'à ce que se soit à son tour de jouer:

- Arthur, action ou vérité ? Demande Jade.
- Action. Il répond sans détour.
- Très bien, alors... Jade fait mine de réfléchir, pourtant j'anticipe déjà son défi. Embrasse Agathe.

Mon visage perd de sa couleur lorsque je comprends qu'elle a fait ce que je redoutais autant que je l'espérais. Je me tourne brusquement vers celle qui est censée être ma meilleure amie et la fusille du regard, quand elle me sourit avec espièglerie. Arthur coupe notre échange visuel.

- Je ne voudrais pas heurter la sensibilité de ton amie, ça à l'air de la déranger... dit-il de manière cinglante.

- Non mais que crois-tu toi ? Que je suis née de la dernière pluie ou quoi ? C'est juste un bisou pour un jeu, je ne vais pas en faire toute une histoire ! Je lui réponds hargneuse.

- Ah... Ok, excuse-moi ! J'ai du mal interpréter le regard noir que tu as lancé à Jade alors. Il me raille.

- Bon allez viens, qu'on en finisse ! Putain bande de gamins... Je râle dans ma barbe.

Tout le monde rigole. Du même temps il se lève et s'approche de moi d'un pas tranquille, tandis que de mon côté, mon sang pulse à travers tout mon corps. Je sens mon coeur battre à tout rompre. Je ne parviens pas à déterminer pourquoi mon organe vitale s'agite autant; est-ce mon attirance pour Arthur qui est en cause ? Ou est-ce parce que j'anticipe ce qui va suivre et les conséquences que cela aura ? Sûrement un mélange des deux. Je suis brusquement redressée sur mes deux jambes, pour faire face à cet homme qui me met dans tous mes états. Il place une main derrière mes cheveux, sur mon cou. Et l'autre en bas de mes reins, il me colle à lui. Il en profite pour me dire quelque chose que moi seule peut entendre:

- J'ai envie de faire ça depuis la première fois où je t'ai vu, Mais ce soir, c'est pire que tout.

Il pose ses lèvres sur les miennes. Au départ il se veut délicat, mais je me surprends à en vouloir plus. Alors de ma propre initiative j'intensifie le baiser. Si bien que nos langues finissent par se rencontrer. Mon corps bouillonne, sa prise sur moi se raffermie et me voilà blottie si près de lui, que je peux sentir sa proéminence contre le bas de mon ventre. Ce constat me fait redescendre sur terre. Je me recule, clairement rouge d'embarras et rejoins ma chaise sans dire un mot. Trop honteuse de ne pas avoir su refouler la pulsion qui m'est venue sans crier gare. Je sens le regard inquisiteur de Jade sur moi et décide que s'en est trop. Je m'excuse, quitte la table pour trouver une salle de bain où me rafraichir les esprits.

Après plusieurs portes ouvertes pour trouver cette fichue salle d'eau, je finis par tomber sur la bonne. La pièce est d'un blanc immaculé. Je rabats le battant de la lunette des toilettes et m'assois dessus pour me remettre de mes émotions. Que m'a-t-il pris ? Pourquoi avoir flanché aussi facilement ? Il est clair qu'à partir de maintenant plus rien ne sera plus pareil avec Léo. Je me suis jetée dans les bras du premier venu… Qu'est-ce que ça fait de moi ?

« Foutu cerveau incapable de fonctionner lorsque j'en ai besoin ! »

J'entends la poignet de la porte s'enclencher. Je ne prends même pas la peine de lever la tête pour vérifier qui est-ce. Il s'agira soit de Jade, soit d'Arthur.

- M'embrasser était si terrible que ça ?
- Ta tendance à me suivre sans cesse aux toilettes est plus que douteuse Arthur !
- Et ta tendance à fuir l'inévitable est plus qu'agaçante Agathe ! Me répond-il sur le même ton: lasse.
- Mais je ne comprends pas ton entêtement. La situation dans laquelle je me trouve n'est pas claire, et toi… Toi, tu fais tout pour semer le trouble ! Je m'énerve après lui.
- Mais qu'est-ce qui n'est pas clair bordel ? Ton « mec » t'a laissé partir sans émettre la moindre objection, pour ensuite te quitter pendant tes vacances ! Qu'est-ce qui n'est pas clair pour toi, putain !? S'emporte-t-il.
- Comment ça ? Qu'est-ce que tu sous-entends ? Encore heureux qu'il m'ait laissé partir ! Que penses-tu que ça aurait changé si toi tu avais été à sa place ? Que tu m'aurais retenu ? Je ne suis l'objet de personne figure toi, je suis libre de mes propres choix !

- Je n'ai pas dit le contraire. Mais quand on est en couple, on devient fou à l'idée de savoir sa femme à des kilomètres de soi, sans avoir la moindre nouvelle d'elle ! On ne la quitte pas sur un malentendu. On s'engueule oui, mais ça ne doit pas mener à la rupture. Je suis persuadée qu'au fond de toi, tu es d'accord avec moi !

- Je le sais ! Mais qui a dit qu'on était amoureux ? Ça fait qu'un mois qu'on est ensemble.

-Alors pourquoi tu lui accordes autant d'importance ? Il t'a quitté par téléphone, c'est quoi cette merde ? Il était bien d'accord avec ton départ c'est sûr ? Je hoche la tête pour lui signifier que oui, il l'était.

- Alors vous auriez dû trouver un compromis, s'il avait eu un minimum d'égard pour toi, il ne t'aurait pas jeté si facilement !

- Écoute je n'en sais rien, je ne suis pas dans sa tête. Le fait est que c'est la merde et que c'est de ta faute ! Je m'entends lui dire.

- Qu'est ce que j'ai fait que tu ne voulais pas réellement, dit moi ? Je vois ce que tu n'arrives pas toi-même à capter. Je sais que je ne te laisse pas indifférente, je l'ai ressenti le tout premier soir: quand tu étais à l'aise avec tous les autres sauf moi. Au resto ce midi, au dîner ce soir, quand tu m'as embrassé... tu te voiles la face sur ta relation. Alors je ne pense pas avoir foutu la merde, je te mets seulement la merde sous les yeux ! Voilà la nuance.

- Je ne t'ai pas embrassé je...

- Tu vois, tu es dans le déni ! Comme si avouer ton attirance pour moi était un pécher capital !

- Mais oui, ça l'est !

- Donc tu avoues ton attirance pour moi ? Rebondit-il.

- Oh tu m'énerves ! Oui tu m'attires et dans le meilleur des mondes on aurait pu vivre ce qu'il y'a à vivre entre nous. Mais en l'occurrence dans la vraie vie, je suis attachée ailleurs et ça change tout.

- Si tu étais réellement attachée, tu n'aurais pas eu de coup de coeur pour moi. C'est comme ça qu'on sait si on est avec la bonne personne. Ça te tombe dessus et plus rien ne peut te détourner d'elle.

- Qu'est ce que t'y connais toi en relation de couple ? Tu m'as dis tout à l'heure n'avoir jamais rien éprouvé d'assez fort, pour te poser avec quelqu'un ! Je me moque de lui.

- Tu as raison... Mais il y a des choses qui font ce que nous sommes, des choses que l'on n'a pas besoin de vivre pour en être persuadé. Moi quand j'aimerais quelqu'un, rien ni personne ne pourra m'en détourner et ça c'est clair !

- C'est beau et à la fois flippant ce que tu dis là, je rigole pour détendre un peu l'atmosphère.

- Tu as raison, il sourit en retour. Ce que je veux dire princesse, c'est que quand on aime quelqu'un pour de vrai il ne suffit pas d'un soir pour s'en détourner si facilement. Et ça, c'est incontestable. Comment tu l'as rencontré ton mec ?

- Je trouve ça bizarre d'en parler avec toi... Mais ok, si tu veux savoir ! Sur un site de rencontre... Je rougis instantanément en sachant pertinemment qu'il va se moquer de moi.

- Tu te fiches de moi ! Toi, sur un site de rencontre ? Mais pourquoi ?

- Parce que... Je ne sais pas, je m'attardais sur ma carrière, je ne voulais pas m'investir dans une relation personnelle. Je ne voulais pas me prendre la tête avec les mecs. Quand un jour, pour le fun avec Jade, j'ai fini par m'y inscrire. Finalement je trouvais ça plus simple d'être derrière mon écran. Moins de timidité tout ça...

- Ok... Et qu'est-ce qui t'a plus chez ce mec ?

- Il est beau, enfin par rapport à moi, tu vois ?

- Non. Explique toi ?

- Ben tu vois quoi... Je n'ai pas de quoi casser trois pattes à un canard ! Alors que lui est beau. Puis une part de son histoire fait qu'il est attachant aussi... Je suis mal à l'aise de lui dévoiler tout ça, pourtant j'ai une facilité déconcertante à me confier à lui. Il reprend:

- Tu me trouves comment moi ?

- C'est pas vraiment le sujet là... Je refuse de lui répondre.

- Ton corps a parlé pour toi tout à l'heure je connais déjà la réponse, même si j'aurais aimé l'entendre de ta jolie bouche, dommage ! Bref… raconte moi la suite de ton histoire.

- Il n'y a pas grand chose à dire de plus, on s'est vu, on s'est plu et on était ensemble. Jade le voit d'un mauvais œil… c'est tout ce qu'il y a raconter ! Je clôture.

- Ok, tu as un photo de lui ? Que je puisse avoir un visuel sur la concurrence quand même…

Je ne prends même pas la peine de lui répondre, peu réceptive à son humeur du moment, et dégaine mon téléphone. Je fouille un peu dans mes photos et lui en montre une où je suis avec Léo. C'est la seule photo dont je dispose d'ailleurs.

- Hum… ok. Si je suis un minimum honnête il n'est pas totalement laid. Mais son regard est fuyant. Arthur me rend mon téléphone.

- Et alors ? Il n'aime pas les photos c'est tout. J'ai assez des filles et de ma famille pour entendre que je fais fausse route, ne t'y mets pas, par pitié ! Allez viens, on retourne avec les autres, ça doit faire cent ans qu'on est ici !

- Agathe ? Il interrompt mon départ en me rattrapant par le bras.

- Oui ?

- Ça va te paraître bizarre ce que je vais te dire, mais toi et moi on finira ensemble. Pour le moment je respecte le fait que tu sois perdue, mais tu ouvriras les yeux. Et tu t'apercevras que j'avais raison. J'ai su dès le premier soir que tu seras à moi ! Je regarde fixement ses yeux et n'y perçois rien de plus qu'une profonde détermination. Pourtant je préfère prendre ses mots à la dérision.

- Soit tu as déjà trop bu, soit tu es fou ! Je préfère vivement la première option. Sinon j'ai un réel problème avec tous les hommes qui gravitent autour de moi ! Je me moque tout en le contournant.

- Rira bien qui rira le dernier. Je t'aurais Agathe ! Il crie pour que je l'entende dans le couloir.

En ressassant ses mots, des frissons me parcourent la peau. Seulement il ne s'agit pas de peur. Je suis folle, n'importe qui aurait fui suite à de telles paroles de la part d'un quasi inconnu, pourtant moi j'aime ça. Mon égo gonfle plus que de raison. De savoir que je fais naître la convoitise chez un homme aussi beau que gentil me flatte. Je crois bien qu'il s'agit là d'une première. Aucun homme ne m'a autant courtisé que celui-là. De savoir qu'il pourrait m'aimer envers et contre tout, remet beaucoup de choses en perspective. Quel est la place de Léo dans mon cœur ? Est-elle aussi grande que je le pensais ? Tant qu'il n'y avait que lui dans le décor, j'imagine que oui… Mais maintenant je ne sais plus. Depuis quand j'accorde autant d'importance aux paroles d'un homme ?

« Si une psy passe par ici… j'ai besoin d'aide ! »

En revenant m'installer dans le jardin avec les autres, le jeu bat son plein, mon retour passe inaperçu. Ils continuent encore quelques minutes avec deux ou trois questions, mais Blonde fini par y mettre un terme. Jules commande plusieurs véhicule pour nous mener au centre-ville. Nous profitons du temps de latence avant l'arrivée des chauffeurs, pour nettoyer notre terrain de jeu.

Jade essaie de m'interroger sur mon coup d'éclat de tout à l'heure, mais je préfère ne pas m'étaler sur le sujet ici et lui réponds simplement :

- Putain j'en sais foutre rien, je n'arrive pas à me contrôler !
- Oui j'ai vu ça ! Bien joué le roulage de pelle devant tout le monde, me répond-elle apparement fière de moi.
- Ah-ah-ah ! Magnifique oui ! J'ai un mec qui vit encore chez moi et pourtant ça ne m'empêche pas d'en embrasser un autre sans avoir la décence de me contrôler ! C'est fa-bu-leux !! J'ironise de mon cas.
- Détends-toi la nouille ma Jadounette, one life ! Glousse-t-elle.

En l'entendant rire comme une dinde, je me rends compte qu'elle est trop enivrée pour réaliser la situation. Toutefois même à jeun, je suis presque sûre qu'elle serait quand même du genre à se ravir de mon rapprochement avec Arthur, tant elle ne supporte pas Léo.

« Et bien, je ne suis pas aidée moi ! »

11

Cette fille finira par me rendre dingue. Je connaissais mon côté obsessionnel sur bien des aspects et le besoin irrépressible que tout soit sous mon contrôle. Mais je n'avais encore jamais été obsédé par quelqu'un. Il a suffit d'un regard posé sur elle pour que l'envie impérieuse de la contrôler s'empare de moi, ce fut la sensation la plus grisante qu'il m'ait été donné de connaître. Depuis notre rencontre je n'ai pas pu m'empêcher de penser à elle, quand on s'est quitté après la discothèque, je n'ai pas pu fermer l'œil de la nuit. Je pourrais décrire chacun de ses traits physiques et la reconnaitre à travers mille, même les yeux bandés. Je ne sais pas, il s'agit peut être de chimie, mais dès que je l'ai vu j'ai su que c'était elle que je voulais. J'arrive même à sentir les regards qu'elle me lance en toute discrétion, comme si une onde de chaleur se propageait dans mon corps.

Je n'ai rien inventé je sais qu'elle est aussi réceptive à moi que je le suis à elle. Mais pour le moment son cerveau n'arrive pas à l'assimiler. J'aime sa sensibilité masquée par ses excès de colère, son manque de confiance qui la rend parfois un peu empotée mais carrément trop mignonne. Et son regard... Oui son regard, tout passe à travers lui. Elle est tellement transparente, même si elle s'y refuse, que ça m'hypnotise. Je peux lire en elle comme dans un livre ouvert et mon besoin de contrôle n'en est que plus contenté en sachant cela. C'est la première fois qu'une femme a cet effet sur moi. Elle est physiquement tout ce que je recherche, une petite chose fragile dont il faut prendre soin mais assez forte de caractère pour me tenir tête, au cas où j'irais trop loin dans mes délires. Lorsque je l'ai vu se déshabiller à la plage j'ai cru devenir fou. Elle s'est pourtant dévêtue de manière négligée alors je n'ose imaginer l'effet qu'elle me ferait si elle y mettait une once de sensualité. Pire encore, elle n'a même pas conscience de sa beauté, et c'est encore plus séduisant selon moi. Ses yeux en forme de chat, d'un vert magnifiques, ont rythmé mes songes. Je n'arrête pas de m'imaginer les voir frémir sous mes coups de butoir. Cette pensée suffit à me donner le barreau. Comment expliquer l'emprise qu'elle a sur moi alors qu'un autre la possède déjà ?

J'entends de l'agitation dans le reste de la maison. Je ne sais pas combien de temps je suis resté ici, mais certainement trop longtemps. Il est certainement l'heure de prendre le départ. Je remet en place mon érection, autant que possible, puis me décide à descendre pour rejoindre mes potes et ma belle Agathe. Je vais devoir jouer le garde du corps pour éviter qu'un espèce de connard n'ait l'idée de se coller trop près d'elle. Quand elle s'est mise à danser hier soir, c'est comme si le reste de la salle s'était effacé pour la laisser briller. Elle est devenue solaire. Je comprends que les autres mecs aient envie de se rapprocher d'elle, mais c'est mort. Je pourrais devenir incontrôlable si je voyais ça de mes propres yeux. J'ai assez d'images en tête concernant son putain de mec avec elle pour me rendre fou. Rien que d'y penser, je sens la haine déferler en moi. Je préfère éviter le sujet de notre retour en France pour le moment, j'ai trop peur de perdre pied, je veux profiter à fond de ce que je peux prendre auprès d'elle. On avisera quand on sera rentrés, mais s'il y a bien une chose dont je suis sûre c'est que je ferais en sorte de la revoir.

Quand j'arrive en bas, elle est de dos, en pleine discussion avec sa meilleure amie. J'en profite pour l'étudier une fois de plus. Son petit cul moulé dans sa robe trop courte, à mon goût, me donne des idées peu catholique. Et c'est sans compter sur mon abruti de meilleur pote qui le remarque:

- Tu pourrais la baiser rien qu'avec tes yeux si tu le pouvais !

Rigole-t-il. Allez prends tes affaires on bouge !

- Ta gueule, ne parle pas d'elle comme ça ! Je réponds sur la défensive.

- T'inquiètes mon pote, c'est pas elle qui me fait bander ces derniers temps, au cas où tu ne l'aurais pas remarqué !

- Qui l'aurait cru, putain. Je souris en imaginant ce que ça donnerait si nous étions tous en couple.

- Ouais c'est clair, mais rien est fait mon pote ! Je dois te rappeler que son ex vit encore chez elle ?

- Tu as le don pour dire ce qu'il faut toi ! Et puis comment tu sais ça toi d'abord ? Putain... Laisse tomber je sais.

Mon regard se pose sur Jade. J'enrage à l'idée que mon meilleur pote en sache peut-être plus sur Agathe que moi, grâce à sa meilleure amie qu'il baise. Je le contourne et récupère ma veste dans le vestibule.

Pour se rendre au centre ville, Jules, Jade et Agathe sont avec moi dans un premier véhicule. Jules est assis devant à coté du conducteur, Jade d'un côté des sièges passagers arrière, moi de l'autre, Agathe se trouvant au milieu de nous deux. Je sens sa respiration tout près de moi, ce qui suffit à apaiser la tension que Jules à su faire monter en moi. Je glisse sa main dans la mienne. Je pense d'abord qu'elle va se retirer, mais finalement elle se laisse faire pour mon plus grand bonheur. Je me satisfait de ce qu'elle veut bien me donner. Ça en serait presque risible, tellement que je suis ridicule d'apprécier avec tant de vigueur, les petites miettes qu'elle daigne me laisser. Mais c'est plus fort que moi. Je l'ai dans la peau et même si je ne compte pas faire le canard avec elle, je veux bien être plus que ce que je ne serais jamais pour quelqu'un d'autre. Je l'ai rencontré il y a peu j'en ai conscience, mais je sens au plus profond de moi que c'est elle qui me fera vibrer. J'en ai baisé des meufs, j'ai essayé de me poser plus d'une fois mais ça n'a jamais pris. Aujourd'hui j'en ai beaucoup appris sur elle et ça me conforte encore plus dans mon idée. C'est elle que je veux.

Lorsqu'Agathe détache sa main de la mienne je ressens comme une pointe de colère, mais je ne laisse rien paraitre. D'autant plus que je me rend compte que nous sommes arrivés dans le centre ville de Salou, ce qui explique cette séparation brutale. On sort tous de la voiture et attendons le reste du convoi pour avancer vers toutes les discothèques. En les attendant nous discutons un peu:

- Alors les filles comment ça se fait que vous ayez choisi de venir ici en vacances ? Demande Jules.
- On avait envie de faire la fête, de changer un peu de décor. On a écrit pleins de destination festive sur des bouts de papier et après tirage au sort, on est tombé sur celle-ci. Souris Jade en repensant à ce que je pense être un bon moment avec ses amies.
- Oui à la base, nous étions tombées sur Ibiza, mais c'était pas le même budget alors on a repioché un autre petit papier ! Rigole Agathe de bon coeur.
- Tu étais obligé de dévoiler ce détail ? Râle Jade.
- Pourquoi pas ? Chacun vit à hauteur de ses moyens et c'est très bien ! C'est quoi ton problème Jade ? Se rebiffe Agathe. J'ai comme l'impression que ma lionne essaie de faire passer un sous entendu à son amie.
- Rien... C'est bon, laisse tomber... Répond Jade. D'après moi il n'est pas nécessaire d'essayer de comprendre les sauts d'humeur de Jade, mais c'est sans compter sur Jules.
- C'est quoi son problème à Jade ? Elle est cool, et la minute d'après, elle devient l'opposé de ce qu'elle était !
- Je pense que tu devrais lui poser la question, je ne dirais rien qu'elle ne t'ait pas encore dit. Mais c'est une fille qui mérite d'être connue, ne te base pas sur ce que tu vois ce soir, continue de creuser... Tu ne seras pas déçu, je t'assure. Agathe caresse le bras de Jules et rejoint son amie isolée un peu plus loin de nous.

C'était simplement pour rassurer mon pote qu'elle a posé sa

main sur son bras, mais ce simple geste suffit à me mettre en rogne. J'ai remarqué qu'elle était tactile avec son entourage, avec tout le monde en fait, sauf avec moi ! Pourquoi elle ne me touche pas ? Je frôle la bêtise et je me rends bien compte que mon obsession pour elle sera handicapant à bien des égards. Je n'arrive pas à lutter contre ses sentiments qui m'envahissent. La jalousie, la possessivité... Je l'ai dit, elle finira par me rendre fou, sans même le vouloir. Jules m'interroge du regard quand il se rend compte que je suis tendu:

- Ça va, ce n'est rien ! Je le rassure.

- Ben si, tu as forcément quelque chose, je t'ai senti te tendre en deux secondes, c'est quoi ton problème à toi aussi ? Il me crierait presque dessus.

- Je te fou mon poing dans la gueule la prochaine fois qu'elle te touche connard ! Je m'énerve en retour. Il explose franchement de rire.

- Putain mais t'es malade ! Et il continue à se bidonner, comme si je lui avais fait la meilleure des vannes. Ses rires finissent par se tarir et il me lance dans le plus grand calme:

- Plus sérieusement tu comptes le gérer comment quand elle rentrera chez elle et que son ex l'y attendra ?

- J'en sais rien putain ! Je ne préfère même pas y penser pour le moment. Je deviendrais sûrement encore un peu plus dingue. Je blêmis en l'avouant à voix haute. Jules égal à lui même, se marre. Il fini par reprendre son sérieux.

- Si ça peut te rassurer je crois qu'on est dans le même bateau. Jade est bizarre, elle souffle le chaud et le froid comme si quelque chose la retenait d'être elle même. Se confit mon ami avec cette faculté que lui seul a, de passer d'une émotion à une autre si rapidement.

- Putain on est pas dans la merde mec. Elles m'ont l'air compliqués les deux copines ! Je souris.

- C'est ça qui est bon, j'aime les challenges !

- Tu compares Jade à un challenge ou je rêve ? Je lui demande à la limite scandalisé par ses paroles.

- Putain mais tu as perdu tes couilles toi ou quoi ? On dirait une gonzesse à t'entendre parler ! Bien entendu que non Jade n'est pas mon challenge, c'était juste une façon de parler ! S'énerve Jules contre moi.

- Non, mais si tu gâches ton coup avec Jade, ça impactera forcément sur Agathe et tu connais, solidarité féminine, elle m'échappera ! Je lui réponds avec l'envie irrésistible de lui mettre une calotte derrière sa tête pour ne pas voir plus loin que le bout de son nez.

- Ah ouais... Tu es vraiment accro, c'est chaud !

- Ta gueule !

Au même moment où les autres arrivent, sauver par le gong comme on pourrait le dire, on décide d'un commun accord de boire un coup en terrasse avant de se rendre en boîte de nuit. Nous laissons d'abord entrer le groupe de filles à l'intérieur pour qu'elles réservent une table. Durant ce temps nous fumons tous une cigarette à l'extérieur en gardant un oeil sur elles. On échange un peu de tout et de rien, quand je reporte mon attention sur les filles qui sont à l'intérieur. Mon sang ne fait qu'un tour. Mon corps se propulse sans réfléchir vers la porte d'entrée alors que je vois un mec en train d'accoster ma meuf. Jules a dû voir la même chose que moi, car il me coupe dans mon élan.

- Reste ici deux secondes, tu n'es pas son mec Arthur, laisse la respirer.

- Connard ! Je peste après lui.

- Elles sont majeurs et vaccinées connard toi même, elles n'ont pas besoin d'un pitbull enragé pour recaler un mec ! Me sermonne-t-il.

- Tu me compares à un chien ou je rêves ?

Il rigole pour seule réponse et regarde de nouveau à l'intérieur, je décide d'en faire autant. Je vois Agathe me pointer du doigt, me faire un grand coucou et l'autre mec se rembrunir directement en m'apercevant. Je fais un signe de tête en retour. Quelque chose qui ressemble à « dégage sinon je te casses la gueule » puis fait un clin d'oeil à Agathe.

- Alors tu vois, elle n'a pas besoin de toi pour se débarrasser d'un mec ! Allez viens, on a tous fini notre clope, on rentre C-O-N-N-A-R-D ! Et il me prend par l'épaule pour me pousser à le suivre. Il reprend:
- C'est ton insulte fétiche du moment on dirait. Il se moque, j'ignore sa dernière raillerie puisqu'il a raison.
- Et dire qu'elle va se faire accoster comme ça toute la nuit, ça va être long ! Me lamentais-je.
- Mais non on va te faire boire, tu vas te détendre un peu, ça ne te fera pas de mal ! Tu n'y verras plus rien. Il rigole comme un demeuré.
- Ahah ! Allez lâche moi trou duc, je sais marcher tout seul ! Je le repousse gentiment. Je l'entends dire:
- Ah, une variante ! Il s'améliore.

Je ne tiens pas compte de sa remarque même si je dois l'avouer qu'elle prête à sourire. Je continue mon avancé en direction de la table des filles. Une fois devant celle-ci, Jules leurs lance:

- À peine arrivées, que vous vous faites déjà draguer ?
- C'était pas pour nous, c'était seulement destiné à Agathe, elle fait fureur en Espagne ! Glousse Jeanne.
- Pfff n'importe quoi toi ! Pouffe Agathe.
- C'est vrai elle a raison, tu fais fureur où que tu ailles… je lance un peu froidement malgré moi.

Ça a le mérite de faire sourire tout le monde. Sauf Agathe et moi. Je n'ai pas envie d'entendre à quel point elle plait aux autres connards de cette planète. Jen suis déjà pleinement conscient puisque j'en fais parti. Mais j'ai déjà bien assez à gérer avec son ex à la con. Une serveuse arrive à point nommé pour prendre nos commandes, nous dictons à chacun notre tour ce que nous souhaitons boire quand le mien arrive :

- Et pour vous qu'est-ce qu'il vous ferait plaisir ? Me demande-t-elle avec un français approximatif.
- Whisky on the rock. Je lui réponds froidement comme à mon habitude.
- Tout de suite, j'arrive ! Me lance-t-elle en prenant déjà la route vers le bar.

La serveuse revient quelques minutes plus tard avec l'intégralité de nos boissons, qu'elle dépose au centre de la table. Lorsqu'elle fini sa tâche, elle se tourne vers moi, prend ma main et m'y glisse un papier tout en affichant un sourire plus que suggestif. Cette rouquine me laisse de marbre mais pour tester les réactions d'Agathe, je décide de rentrer dans le jeu. Je la remercie par un clin d'oeil et la laisse filer vers ses prochains clients. Je regarde délibéremment le bout de papier avant de jauger la réaction d'Agathe. C'est sans surprise que son numéro y est inscrit, je froisse le papier et fait mine de le mettre dans ma poche de mon pantalon.

Je sens déjà le courroux d'Agathe sur moi. Des flammes de convoitise dansent dans ses beaux yeux verts. C'est tout ce que je souhaitais, elle brûle de la même jalousie que moi et ça me plait. J'irai vers elle tout à l'heure. Pour le moment, je lui fais mon plus beau sourire, me penche pour récupérer mon verre et bois une gorgée. En espérant qu'elle n'ait pas l'esprit rebelle sur ce coup là et que cette mascarade ne se retourne pas contre moi.

« L'espoir fait vivre à ce qu'on dit ? »

12

« La jalousie n'est qu'un sot enfant de l'orgueil, ou c'est la maladie d'un fou. » P-A. Caron de Beaumarchais

Je sens naître en moi une colère sous-jacente. Derrière ce que j'espère être une attitude des plus neutre, je rêve de tordre le cou de la serveuse pour avoir oser lui donner son numéro. Mais je rêve également de castrer Arthur pour l'avoir accepté et glissé dans sa poche.

« Il lui fait un clin d'oeil en plus... Non mais je crois rêver ! »

Je suis verte de jalousie. Je sens le cercle vicieux s'installer en moi car au plus je rumine, au plus le sentiment se renforce. Il choisit bien évidemment le moment où je perds le contrôle de mes émotions pour m'observer. Je bois un coup pour me redonner contenance, si bien que je descends le verre d'une traite et le repose d'un coup sec sur la table après être tombée d'accord sur la marche à suivre. Je sens qu'il ne m'a pas quitté une seconde des yeux.

« J'ai des envies de vengeance maintenant... »

À son air suspicieux, je sais sans aucun doute qu'il a deviné le fond de mes pensées. Je découvre en cet instant précis, que nous avons déjà une connexion lui et moi. Un regard est suffisant pour comprendre l'autre. Ce constat me fait froid dans le dos, car même avec Léo, avec qui je suis depuis un moment, cette symbiose ne s'est jamais établie. Mais l'heure n'est pas à l'analyse profonde de mes relations, je dois mettre à exécution mon plan de vengeance et pour ça je dois me débrider un peu. Je demande à Jade:

- Eh ! Ça te dit des shooters avant d'aller en boîte ?

- Oui carrément, commande à ta copine, ironise-t-elle sur la serveuse. Elle se fera une joie de servir notre table ! Pouffe-t-elle.

- Tu trouves ça marrant toi ? Je l'interroge vexée qu'elle rigole à mes dépends.

- Oui plutôt, entre lui et toi, il n'y en a pas un pour rattraper l'autre ! Se moque-t-elle.

- Tu ferais mieux de te taire, t'es aussi nulle que moi avec ton Jules ! Je me marre discrètement.

- C'est clair tu as raison ! Allez commande lui à boire, pour alimenter ma bonne humeur... me supplie mon amie avec ses yeux de Cocker.

- Ok si tu veux ! Vaincue par sa moue attendrissante, je hèle la serveuse sur son passage.

Je n'ai de toute façon pas d'autre choix que d'avoir affaire à elle, puisque c'est elle qui gère notre partie de salle. Elle prend ma commande de shooters pour la tablée puis s'en va, non sans un regard énamouré en direction d'Arthur. Cependant celui-ci reste de marbre pour ma plus grande joie.

« Vous voyez mon sourire de conspiratrice là ? »

Il a très bien compris que ma vengeance ne saurait tarder et se prépare à la sentence. Au même moment, Jade me propose :

- Pourquoi tu ne chopperais pas la serveuse pour lui dire qu'Arthur est ton mec ? Ta crise de jalousie passerait incognito puisque les garçons n'ont pas l'air de piger grand chose à l'espagnol... Qu'est-ce que tu en penses ?

- J'en penses que tu as trop bu et que ton idée est nulle. La plus nulle que tu es eu jusqu'à ce jour d'ailleurs ! Je refuse catégoriquement.

- Ah bon et pourquoi ? Se renfrogne Jade.

- De un: on a plus quatre ans. De deux: je ne suis pas sa copine, il ne me doit rien. De trois: s'ils comprennent l'espagnol, ce que je crois moi, ça serait trop la honte. Et de quatre: mon espagnol est nul !

- Tu ne connais pas le traducteur sur le téléphone ? Me demande sérieusement mon amie.

- Jade tu rigoles n'est-ce pas ? Tu ne retiens que ça de tout ce que je viens de te dire ? Je rigole nerveusement car je sens qu'elle va finir par réussir à m'embarquer dans sa connerie.

- Allez ! Rigole un peu, ça va être marrant ! Attends je recherche sur internet comment lui dire que c'est ton mec ! Jade se bidonne de rire en recherchant sa traduction sur son téléphone.

- J'ai trouvé !! S'exclame-t-elle. Voilà ce que tu dois dire : « Ves a ese hombre de ahi ? » Tu pointeras du doigt Arthur à la fin de cette phrase, elle hochera sûrement la tête et c'est à ce moment là que tu lui diras « está bien, es mio no lo toques ». Je te donne la traduction, ça veut dire: tu vois l'homme là-bas ? C'est le mien, pas touche !

- Tu es beaucoup trop folle pour mon bien être ! C'est beaucoup trop long, je ne retiendrais jamais tout ça et puis je vais bégayer. Malgré son idée complètement déjantée, je n'arrive pas à garder mon sérieux quand je vois mon amie essayer de défendre « mon » territoire avec autant d'ardeur.

Comme si elle avait entendu que l'on parlait d'elle, la serveuse refait son apparition avec tous les shooters sur son plateau. Elle les dépose au centre de la table mais choisi délibérément d'aller au plus proche d'Arthur, si bien que sa poitrine frôle son dos.

« C'est la goutte d'eau qui fait déborder mon vase ! »

J'interpelle la serveuse. En cet instant, je ne réfléchis que trop peu aux conséquences de mes actes. Je suis juste mon instinct de convoitise. Elle s'abaisse pour mettre son oreille à hauteur de ma bouche.

- Ves a ese hombre de ahi ? Je lui montre Arthur du bout du doigt. Elle hoche la tête avec des coeurs dans les yeux. J'arbore

mon sourire diabolique puis reprends:
- Està bien, es mio, no lo toques !

Son sourire retombe en un clin d'œil, quand le mien s'agrandit sans peine. Finalement c'est Jade qui avait raison, c'était plutôt jouissif de faire ça. Elle lance un regard noir en direction d'Arthur et prend la fuite. Satisfaite de moi mais néanmoins consciente d'avoir agi comme une gamine, je me tourne vers Jade.

- Olala si tu avais... vu sa tête... comme moi je l'ai vu... ooooh... c'était trop drôle ! Elle est écroulée de rire sur la table.
- Méchante ! Mouahaha, même si j'avoue que j'ai aimé faire ça. Le petit démon qui sommeil en moi a pris son pied je l'avoue.
- Tu t'es gavée, ahah, c'était trop bon de voir sa tête se décomposer ! Elle se tord toujours de rire.

Lorsque je pose mon regard sur Arthur, il est tout sourire avec des yeux brillants de désir, je comprends que mon petit numéro ne lui a pas échappé. C'est à mon tour de lui lancer un clin d'oeil, jubilant de sa réaction. Pourtant, cela n'éteint pas mon besoin de revanche, le prochain mec qui me draguera sera mon dommage collatéral.

« Oeil pour oeil, dent pour dent ! »

Après un long moment à refaire le monde avec mes copines, le moment de quitter cet endroit se fait sentir. Nous sommes tous plus ou moins éméchés. C'est dans cet état, que nous nous présentons devant les videurs de la boîte de nuit. Ici on dirait que la seule condition pour se voir refuser l'entrée c'est d'être ivre mort, car nous n'avons eu aucune difficulté pour rentrer dans les établissements. Celui-ci est complètement différent de celui où nous étions hier. On pourrait se croire au far west, il y'a des drapeaux américains étendus un peu partout, des femmes avec des chapeaux de cowboys et des hommes avec des holster, ce genre de ceinture où l'on peut y glisser un pistolet. On est tous surpris du décor, car l'extérieur ne faisait rien transparaitre sur le genre de soirée qui se tramait à l'intérieur. Nous décidons tout de même de rester pour l'ambiance qu'il y règne. Après avoir sympathisé avec un serveur français nous apprenons qu'il s'agit simplement d'une soirée déguisée. Si nous voulons revenir demain soir, il faudra être dans le thème « saturday night fever ».

Je danse comme une folle avec les filles lorsque les lumières se tamisent. Le volume de la musique, lui, ne me parait pas diminuer. Une main attrape la mienne par surprise et m'entraine si vite vers l'arrière qu'il m'est impossible de me retourner sans tomber au milieu de la foule. La panique me submerge immédiatement pensant à un kidnapping ou pire, alors je cherche mes amies parmi les autres clients. Quand je les vois toutes hilares, je fais tout de suite le rapprochement et comprends sans tarder qu'il s'agit d'un strip-teaseur qui me traine derrière lui. Je déteste ce genre de show, elles le savent très bien. Elles se moquent clairement de moi.

« Et je ne déteste pas tous les shows non plus. Par exemple si c'était Channing Tatum qui me trainait derrière lui... Je rigoooole... presque ! »

De manière générale, je trouve qu'ils manquent tous de virilités à s'effeuiller et se frotter sur nous comme des chiens en chaleur, ça me répugne mais c'est mon avis personnel car je vois bien la frénésie des femmes m'entourant. En temps normal j'aurais refusé d'être prise en otage pour ce genre de spectacle, mais soit, cette nuit je me plierai au jeu. Je fais l'impasse sur mon aversion et accepte de me laisser faire uniquement parce que je sais que c'est le plan parfait pour rendre Arthur vert de jalousie et me jouer un peu de lui, comme il a souhaité le faire avec moi toute à l'heure. J'essaie de le trouver dans la foule, en vain. Je suis éblouie par un stroboscope, mais je sais que lui ne peut pas me louper. Le cow-boy m'a installé sur une chaise en plein milieu de la grande scène. La musique de son show commence à retentir, sa danse également pourtant je souhaite déjà en finir. Je me prête quand même au jeu, même lorsqu'il prend mes mains dans les siennes pour les faire glisser le long de son torse. Arthur doit fulminer devant ce spectacle et je prends un malin plaisir à le faire bouillir davantage.

La musique se termine, et le danseur m'invite à quitter la scène. C'est avec une joie non dissimulée que je m'échappe pour rejoindre les autres. J'ai à peine le temps de descendre une marche que je suis propulsée sur une épaule que je devine appartenir à Arthur. Il me porte comme un sac à patate en plein milieu d'une boîte de nuit, comme si de rien était. Je tape son dos en lui ordonnant de me relâcher.

« Il s'agit plus d'une petite tape pour la forme que pour le fond... Vous voyez ? »

Quand il me repose, il me faut un petit temps d'adaptation pour comprendre que nous sommes dans un coin à l'écart de toute agitation.

- Cro-Magnon, toi pas content ? Je rigole à la vue de son de son être irradiant la colère tout en remettant en place mes cheveux.
- Tu as aimé Agathe ? Me demande-t-il de manière peu aimable.
- Bof, tu sais il lui manquait un peu de muscles quand je l'ai touché, je l'aurais préféré un peu plus baraqué ! Je me moque de lui.
- Tu te fous de ma gueule !? Tu as aimé ça putain !? S'énerve-t-il après moi.
- Tu as perdu la tête ou quoi ? C'était pour rire ! Et toi tu te fous pas de ma gueule d'accepter le numéro d'une nana sous mes yeux alors que cinq minutes avant tu me faisais la sérénade !? Je perds patience à mon tour.
- Ah c'est donc ça... On y vient, tu es jalouse donc ?
- Pfff mais ça va pas non ! Tu rêves, pourquoi je devrais être jalouse ? Tu n'es pas mon mec, tu me dois rien !

Sans dire un mot, il attrape mon cou de sa grande main et me plaque contre le mur qui se trouve juste derrière nous. Il ne me sert pas assez fort pour m'étrangler, mais assez pour me faire comprendre qu'on en est plus au stade de la rigolade.

- Écoute moi bien attentivement Agathe, je ne suis pas ton mec, tu as raison. Pour le moment... Il se colle à mon corps et poursuit sa tirade tout près de mon oreille:

- Ce que tu as fait ce soir, c'est la dernière fois ! J'ai cru devenir fou quand je t'ai vu partir avec ce connard de strip teaser ! Je reste toujours silencieuse dans l'attente de ce qui va suivre.

- Tu me fais perdre la tête putain, j'étais prêt à lui casser la gueule sur scène, c'est Jules qui me retenait !

« Game Over Arthur... »

Sauvagement, ses lèvres se posent sur les miennes si bien que je ne prends même pas le temps d'apprécier ma victoire et me laisse submerger par ce flot de sensations. J'ai l'impression qu'il est partout sur mon corps en même temps, je sens ses mains s'aventurer, sur mes fesses, sur mon ventre, monter jusqu'à mes seins. Ma respiration est par saccades, les à-coups que fait ma poitrine en est la preuve. Il m'embrasse dans le cou, prends la direction de mes seins, mais je ne le laisse pas faire. J'ai encore besoin de le sentir, alors je prends son visage en coupe et le ramène à ma bouche. Je l'embrasse vivement, lui mord la lèvre, frotte ma langue contre la sienne. Il me soulève, mes jambes s'enroulent naturellement autour de son corps massif. Par instinct je presse mon intimité contre son membre dur pour assouvir le désir qui monte en moi. On s'embrasse de plus belle, quand tout à coup, Arthur s'éloigne de ma bouche:

- Putain Agathe, j'en veux plus !

Son souhait, même s'il est totalement en accord avec le mien, me fait revenir à la raison. Je prends conscience qu'il avait ses mains partout sur moi il n'y a même pas deux secondes et que j'ai adoré ça au point de presque perdre pied dans le couloir d'une boite de nuit. Et pour couronner le tout, j'ai adoré ça alors que je ne devrais pas, pour la simple et bonne raison... Léo.

- Putain Arthur qu'est-ce qu'on a fait ? Je me lamente en posant ma tête sur son épaule. Il me redresse sans attendre.

- Ah non ! Ne me dis pas que tu regrettes ?! Me gronde-t-il.

- Non ! Enfin si... Je regrette juste la situation dans laquelle nous sommes. Est-ce que je dois te rappeler...

- Non, te donne pas cette peine, vraiment. Putain... ! Tu comptes faire quoi avec lui ? Le virer de chez toi à ton retour ? J'ai l'impression qu'il me supplie en me posant sa dernière question. Sentant mon stress affluer dans mon sang je me soustrais de ses bras, le charme est rompu. Je remets ma robe en place.

- Honnêtement je n'en sais rien Arthur, tu débarques comme une fleur, en souhaitant des choses que je ne suis pas en mesure de te donner, tu t'accroches tout de même et lorsque que je te laisse un peu de place tu essaies de m'étouffer avec tes questions auxquelles je n'ai pas encore de réponses !

- Ça ne me parait pas bien compliqué d'y répondre après ce que tu m'as laissé te faire !

- Je ne vais pas relever ce que tu insinues en le disant de cette manière ! Mais ce n'est pas aussi simple que tu le penses, il vit chez moi, il a des problèmes avec la justice...

- Pardon ? Me coupe Arthur.

- C'est rien, il s'agit juste d'une affaire de stup'...

- C'est une blague ? Non seulement il te quitte, mais en plus il se paie le luxe de rester chez toi durant ton absence et cerise sur le gâteau, le mec n'est pas clean ! Et bordel, malgré tout ça, tu hésites toujours entre lui et moi ?

- Déjà tu vas arrêter de me couper sans cesse parce que tu m'énerves ! Et ensuite tu résumes notre histoire à de la merde, mais tu ne sais que ce j'ai bien voulu te dire ! Ne crois pas tout savoir de moi ! Et en ce qui te concerne... Putain j'en sais rien, tu m'attires mais si je n'avais pas été dans cette situation, il ne se serait jamais rien passé entre toi et moi ! Je m'agace face à Arthur.

- Tu sais quoi ? Je me casse ! Et pour ta gouverne je n'ai rien insinué tout à l'heure, tu m'as laissé faire parce que tu en avais envie ! C'est un fait, pas une insinuation et il serait temps que tu en tire les conclusions qui conviennent. Je vais prévenir Jules, toi, retourne avec les autres !

« Y'a que la vérité qui blesse mon grand ! Rrrh il m'énerve ! »

Je le regarde s'effacer progressivement au milieu de la foule. Pour eux, la fête bat encore son plein. C'est la première fois qu'il abandonne si facilement, il n'avait encore jamais battu en retraite après avoir essuyé un refus de ma part. Qu'est-ce qui a changé ici ? Peut-être qu'il s'est aperçu que je n'en valais pas la peine. Peut-être qu'il a enfin pris conscience dans quoi il s'embarque en persistant avec moi. Peut-être que je l'ai tout bonnement offensé aussi, et même si ce n'était pas ma volonté, je ne m'excuserais pas d'avoir été honnête. Car je ne changerai pas d'avis tant que je n'aurai pas revu Léo. Je dois rentrer en France, et une fois que j'y serai, j'aviserai. Mais il est trop tôt pour m'avancer sur quoi que se soit. Il y'a deux jours j'étais persuadée que Léo avait une place bien à lui dans mon coeur, aujourd'hui je n'en ai plus l'impression. Il y'a deux jours Arthur m'irritait au plus haut point, aujourd'hui il m'a fait vibrer par diverses émotions. Émotions que l'on ne peut pas ressentir pour une personne lambda. Pour Léo je n'ai pas le souvenir d'avoir eu des sensations aussi vivaces aussi vite dans la relation et pourtant j'ai sauté le pas pour me mettre en couple avec lui. Mais peut-être que j'ai oublié parce que la rancoeur a pris le pas sur tout le reste.

Toutes mes questions ne trouveront pas de réponses tant que je n'aurai pas Léo en face de moi je le sais. C'est pour cette raison que je dois garder mon cap: je prendrais une décision ferme et définitive quand je serais rentrée chez moi. Quant à Arthur, je ne lui ai jamais rien promis et je ne crois pas m'être entendue dire que ce moment scellerait le début d'une quelconque histoire. Je comprends tout à fait qu'il soit vexé, même moi je suis frustrée de ne pas pouvoir lui apporter les réponses qu'il souhaite. Mais si je venais à prendre une décision ici, tout de suite, je choisirais Arthur car je n'ai pas l'impression d'être assez lucide sur ma relation avec Léo. Pour le moment je suis en colère contre lui de m'avoir jeté sans le moindre remord, mais qu'en sera t-il à mon retour ? Je ne veux pas faire espérer quoi que se soit à Arthur, au risque de le blesser encore un peu plus. Et entre Arthur et Léo mon coeur balance.

« Carpe diem. Putain de proverbe à la noix ! »

13

« La vie serait plus douce si on se levait plus tard parce que les soirées seraient plus longues. » F. Ardant

Je me réveille avec un mal de tête atroce. Je m'étire et roule sur le côté pour me rendormir quand je sens quelque chose de chaud à côté de moi. Prise de panique, je me relève d'un bond dans le lit.

- Rendors toi, il ne s'est rien passé si ça peut te rassurer ! Me chuchote Arthur encore endormi, il me tire par l'épaule pour me recoucher.

Je me laisse faire, trop choquée sur l'instant pour émettre une quelconque objection. J'essaie de me remémorer la fin de soirée d'hier, ou devrais-je dire le début de matinée. Je me souviens très clairement m'être disputée avec Arthur et de son départ de la boite de nuit. Mais après ça, tout est un peu flou, je dois forcer mon esprit à se rappeler du reste.

Après qu'Arthur soit parti, j'ai rejoint les autres. Je crois avoir bu un verre de plus avec Jade pour encaisser le départ précipité de celui qui quelques minutes auparavant me plaquait contre un mur sans ménagement. Je me souviens de Jules essayant de me tirer les vers du nez pour savoir ce qui avait bien pu se passer pour que son ami soit énervé au point de vouloir quitter la soirée. Mais j'ai préféré ne rien lui révéler. En revanche je me rappelle parfaitement de Jade sautiller de joie lorsque je lui ai fait part de mon baiser avec Arthur. Finalement mes souvenirs ne sont pas tant brouillés que ça, puisque petit à petit j'arrive à retracer les petits bouts manquants de cette fin de soirée. La musique s'est atténuée, l'éclairage de la boîte de nuit s'est au contraire ravivé.

C'était le signe de la fin. Le mouvement de foule vers la sortie nous a poussé à en faire de même. Et nous voilà sur le trottoir du cette-ville dans l'attente d'un Uber pour rentrer au camping.

- Agathe, les garçons proposent que nous allions chez eux pour faire un after ça te dit ? Glousse Jade éméchée et heureuse de pouvoir prolonger la soirée auprès de Jules.

« Qui suis-je pour l'en empêcher ? »

- Ok si tu veux ! Je lui dis, heureuse à mon tour de pouvoir accéder à sa requête sans me prendre la tête grâce à l'état d'ivresse dans lequel je me trouve.
- Oh trop cool ! Merciiiii ! Tu es trop ma meilleure amie toi !

Je vais pour lui répondre, mais c'est au même moment que je vois une ombre surgir sur le côté. C'est Arthur, la mine sombre, qui s'avance vers nous. Des sentiments contradictoires prennent tout à coup possession de moi: la colère. Parce qu'il soit parti comme un voleur après notre conversation. Mais aussi la joie de voir que finalement, il ne soit pas si loin. Toutefois mon irritabilité l'emporte sur la douceur de le retrouver et je lui lance:

- Je croyais que tu avais mieux à faire toi ! Qu'est-ce que tu fais encore ici ?
- Je restais dans les parages au cas où. Me répond-il placidement.
- Au cas où quoi ?! Je reprends ses termes avec vigueur.
- Laisse tomber... Et ta colère n'a pas lieu d'être, alors calme toi tigresse !
- Comment ça ? Je ne peux pas me mettre en colère après que tu sois lâchement parti c'est ça ?! Je fulmine.
- Peut-être que ton incapacité à m'en donner plus était une raison suffisante pour partir ?! Il s'énerve en retour.

Et je me tais, laissant mon silence répondre pour moi. Je sais qu'il a raison, j'en aurais sûrement fait autant si j'avais été à sa place. Il m'observe le temps de ma réflexion et je vois ses muscles se détendre, peut-être est-ce dû au fait que je n'ai pas surenchéri. Nous avons encore attendu le Uber quelques minutes puis avons rejoint la villa des garçons.

Finalement le trajet en voiture a fait retomber le soufflé, si bien que je ne suis plus dans l'optique de poursuivre les festivités. Je m'éclipse vers Jade et les autres filles pour leurs signaler que je préfère dormir. Lorsque j'eus fini, je vois Arthur au bas des escaliers m'attendant, sans doute pour m'indiquer où sera mon lit pour la nuit. Un discours silencieux s'établit entre nous, quelque chose qui pourrait ressembler à:

- Suis moi je vais te montrer où tu peux dormir !
- Oh, merci c'est gentil.

J'ai quand même demandé à Arthur si je pouvais me doucher avant de dormir, requête qu'il ne m'a pas refusé. Il m'a même offert un tee-shirt et un caleçon à lui. J'ai pu me glisser dans le lit sans ma tenue de soirée et sans l'odeur du tabac froid qui me répugne même en tant que fumeuse. Il s'est également douché, puis a fini par me rejoindre dans le lit. Au départ j'étais tendu de partager la même couche que lui, mais après ce qu'il s'était passé dans le couloir du club, cette réaction était inappropriée.

- Agathe ? M'interroge Arthur me coupant dans mes pensées.
- Oui ?
- Je t'attendrais le temps qu'il faut, même si ça doit prendre des lustres avant que tu ouvres les yeux. Même si je dois en chier de te voir avec un autre. Même si je pète des câbles de temps en temps. Tu m'as retourné le cerveau, je ne peux pas lutter.

Il n'attend pas ma réponse et m'enlace dans le lit. Cette révélation, bien qu'elle ne soit pas inédite, me réconforte. Ou peut-être est-ce son câlin qui me procure cette sensation ? Sans m'attarder plus longtemps sur la question, l'esprit trop embrumé par l'alcool ingurgité, je ferme les yeux me sentant en sécurité et à ma place. Rassurée par mes souvenirs finalement intacts, je m'autorise à me rendormir. Mais c'était sans compter, un énorme raffut venant du couloir. Comme si deux poêles à frire s'entrechoquaient pour sonner le glas de notre nuit bien trop courte.

- On se réveille, bande de fainéants ! Une longue journée nous attend ! Hurle celui que je présume être Jules.

Je rigole en imaginant la réaction que Jade aura quand elle comprendra que c'est son Jules qui est responsable de sa séparation avec Morphée.

« Qu'il se prépare pour la tornade, il n'est pas prêt. »

Arthur me demande ce qu'il me fait rire, je lui explique:

- J'espère pour Jules que Jade était déjà réveillée avant qu'il ne se décide à réveiller la maison avec ses casseroles, sinon il va en prendre plein la tronche ! Je pouffe en imaginant la scène. Il rigole en retour.

- J'imagine oui, mais il a raison ! Aujourd'hui, une grosse journée nous attends. Et d'après moi vous n'avez pas le nécessaire, ce qui veut dire qu'il faut encore que vous retourniez au camping vous changer.

- Quel est le programme du jour ? Je demande méfiante. Et pourquoi j'ai la nette impression d'être toujours la dernière au courant des activités prévues ?

- Peut-être parce que tu ne t'y intéresse pas ! On va aller sur une petite île, où se dérouleront plusieurs activités. Hier, en repartant de la plage, un rabatteur nous a accosté, on s'est dit que ça pouvait être cool, alors on a pris des pré-ventes pour nous tous.

- Tu crois que c'est compatible avec la gueule de bois ? Je me plains en m'étirant.

- Faut soigner le mal par le mal, lève toi princesse ça va être bien tu verras !

Il me tire de la couette pour me pousser à sortir du lit. C'est ce que je fais non pas sans râler, je suis un peu comme Jade. Les réveils sont très difficiles chez moi, nous ne sommes pas meilleures amies pour rien, il y a beaucoup de similitudes entre nous.

Je traine des pieds pour retrouver le reste des filles. Je les vois toutes affalées dans le canapé encore à moitié endormies. Finalement aucune d'entre nous, sommes du matin à en juger par leurs têtes. Je me jette sur Jade pour rejoindre le gang des dormeuses, quand elle me bloque dans ma chute.

- Tu as pas oublié quelque chose Agathe ? S'esclaffe-t-elle en m'examinant de la tête au pied.
- Quoi donc ? Je lui demande ne sachant vraiment pas de quoi elle parle.
- Ben regarde toi, selon moi tu as oublié un détail important avant de quitter la chambre. Les filles rigolent toutes. Alors je m'observe et m'aperçois, qu'en effet je suis descendue dans le salon avec pour seuls vêtements, ceux que m'avaient prêté Arthur.
- Oh pétard ! Je me moque de moi-même. J'imagine que je dois remonter pour me changer ! J'en ai pour deux minutes, partez pas sans moi hein ! Je crie à travers le couloir pour qu'elles m'entendent bien.

Je cours en direction de la chambre d'Arthur et tombe face à un spectacle qui me laisse sans voix. Je le vois, encore humide de la douche qu'il vient de prendre, serviette sur les hanches, ses cheveux en bataille et mal séchés qui gouttent sur le reste de son corps...

« J'ai très soif tout à coup moi... »

Un peu prise au dépourvue par cette belle vision, j'en perds mes mots:

- J'étais venue... Euh... Je me racle la gorge puis poursuis:
- Récupérer mes affaires... Je ne savais pas que... tu étais...

« Si beau ? Non je ne peux pas lui dire ça ! »

- Que tu étais si peu habillé ! C'est la seule chose qui me vient à l'esprit. Il rigole.
- Qu'est-ce qu'il se passe princesse ? Me voir à la sortie de la douche te fais bégayer ?
- Non... Non... Dien entendu que non ! Je réponds à la hâte refusant de lui donner raison.
- Hum... J'en ai pourtant bien l'impression ! Il se met à tourner autour de moi. J'aime te voir avec mon tee-shirt. Et savoir que mon caleçon se frotte à ton intimité me rendrait presque jaloux de lui ! Tout un tas d'idées déferle en moi là, mais si me voir en serviette t'intimide, je ne pense pas que tu sois prête à entendre ce que j'aimerais te faire !
- Je ne suis pas intimidée, j'étais simplement surprise c'est tout ! Je m'explique sur la défensive. Il en profite pour se caler dans mon dos, si proche que je peux sentir son érection au creux de mon dos. Il me rapproche brusquement de lui en tirant sur mon bassin de ses deux mains.
- Je ne te crois pas, je sais l'effet que je te fais. Et si tu n'es pas encore prête à m'en donner plus, tu ferais mieux de vite récupérer tes affaires et de déguerpir, avant que je ne réponde plus de rien !

Un moment d'hésitation, puis je me retire de son attention pour courir vers mes affaires. Sur le chemin retour pour quitter la pièce, je me sens quand même irrémédiablement attirée par lui. Alors je m'arrête à sa hauteur, me hisse sur la pointe des pieds, attire son visage entre mes mains et lui susurre:

- Le jour où je serais prête, j'espère que tu seras à la hauteur de ta vantardise ! Je lui vole un bisous et m'enfuis pour rejoindre les copines, qui je l'espère ne sont pas parties sans moi.

Rassurée de les voir toutes encore avachies sur le canapé, je file à la salle de bain pour remettre mes habits de la veille. Je n'aime pas du tout faire ça. Autant que je ne suis pas du genre à faire des fioritures, autant que je déteste porter des vêtements coup sur coup sans un lavage au préalable. Il me tarde d'arriver au camping pour retrouver ma petite valise de vêtements propres. Une des filles est avertie que nos chauffeurs nous attendent. J'entends Jeanne me crier de me dépêcher si je ne veux pas partir toute seule. Je déverrouille la porte et me précipite vers elle. Arthur est dans un coin du couloir et nous observe quitter les lieux. Il me fait un clin d'oeil et repart rejoindre ses potes.

Ce n'est pas la première fois qu'il me fait un clin d'œil, mais celui-ci était plus une promesse qu'autre chose. La promesse que quand il m'aura enfin, je paierais nulle sans doute le fait de l'avoir allumé pour m'enfuir la seconde suivante. Je m'aperçois que je me suis glissée dans le Uber sans prêter attention aux filles qui m'accompagnent. Je suis avec les deux Emma. Ça me va très bien, ce n'est pas parce que Jade est celle avec qui j'ai le plus d'affinité, que je n'aime pas être avec les autres. Bien au contraire, je les adore toutes mes amies. Je voudrais faire la conversation, mais je vois bien qu'elles ne sont pas d'humeur, ni la blonde, ni la brune. Même le chauffeur ne nous adresse pas un mot. Ce silence apaisant m'oblige à retourner dans mes pensées.

Pensées, toutes tournées vers Arthur. C'est terrible car j'ai quasiment occulté Léo de mon esprit. Même s'il reste dans un coin de ma tête et de mon coeur, je n'arrive pas à lui laisser la place qu'il avait lors de mon arrivée ici. Je ne suis pas en mesure de déterminer si c'est parce qu'il m'a quitté sans me laisser une chance de m'expliquer et parce que ma rancune l'a emporté sur mon affection ou si c'est parce qu'Arthur me hante. Je crois quand même savoir que s'il n'y avait pas eu Arthur pour me retourner la tête, je serais restée en boucle sur Léo. Ça aurait sans doute gâché l'entièreté de mes vacances et j'aurais rendu mes amies dingues. Alors finalement peut-être que je devrais remercier Arthur d'être tombé sur ma route... Ou peut-être devrais-je être reconnaissante envers Léo de m'avoir quitté pour laisser une place à Arthur ? Quoi qu'il en soit Arthur fait sa place dans mon coeur petit à petit. Et même si j'essaie de garder mes distances avec lui, n'étant pas encore au claire avec Léo, cela devient de plus en plus compliqué.

Peut-être devrais-je prendre un moment pour téléphoner à Léo et lui expliquer la situation ? Mais pourquoi devrais-je le faire alors qu'il n'a eu aucun scrupule à me larguer sous prétexte qu'il y avait des mecs avec nous ? Sans même donner la chance au bénéfice du doute. Je n'arrive pas à comprendre la cause exacte de son comportement, je crois d'ailleurs que c'est ça qui m'affecte le plus.

Est-ce par fierté bafouée qu'il a décidé de me jeter ? Est-ce aussi facile de son côté à passer à autre chose que ça l'est du mien ? Dans quel état d'esprit est-il ? Est-ce qu'il s'envoie en l'air avec d'autres filles, dans mon lit, dans mon appartement ? Je sais que je n'aurais jamais toutes les réponses à mes questions par un simple coup de téléphone. Et tant que je ne saurais pas tout ce que je veux savoir je n'arriverais pas à mettre un terme définitif à mon histoire avec Léo. En conséquence Arthur devra faire preuve de patience pour obtenir ce qu'il veut de moi. Pour autant, le fait que j'évoque de mettre un terme définitif à mon histoire avec Léo révèle bien des choses, car il y a encore deux jours de cela c'était clairement inenvisageable. J'ai l'impression de ressentir les choses de manière décuplées ici, un peu comme si nous étions dans une bulle et que tout le reste de ma vraie commençait à s'effacer petit à petit pour ne garder que les personnes présentes ici, dans mon esprit.

« *La suite, aux prochains épisodes comme dirait Jade.* »

14

Nous voilà en attente du bateau qui nous mènera sur l'île où se déroulera notre journée. Après avoir pris une douche, préparé nos affaires et avalé le médicament utile à dissiper notre veisalgie -plus connu sous le nom de « gueule de bois »-. Nous avons rejoint le point de ralliement communiqué par Jules.

- Vous êtes prêtes pour la journée qui nous attend les filles ? Nous sollicite gentiment Jules.
- On a une tête à être prêtes !? L'agresse Camille.
- C'est vrai que vous avez toutes l'air au bout du rouleau, cachées sous vos lunettes de soleil ! Il se moque.
- Ahah très drôle ton mec Jade ! La prochaine fois qu'il nous réveille avec une poêle à frire, alors qu'on dort depuis quoi ? Genre deux heures ? Je lui couperais les mains pour qu'il ne puisse plus jamais tenir une casserole de sa vie !

Sa mauvaise humeur prête à sourire mais sa menace complètement folle, elle, me fait rire sans que je ne puisse me contenir. Pourtant elle n'a pas tord: on manque de sommeil, le réveil offert par Jules est franchement à revoir.

- Allez ! On va quand même bien rire ! Essaie de tempérer Jeanne.
- Tu riras moins quand je te vomirais dessus ! Sale traîtresse joyeuse. Se rebiffe Camille. Tu devrais râler avec moi, toi !

Nous explosons encore tous de rire devant une Jeanne qui pâlit à vu d'oeil face à son amie. La connaissant, elle a dû se vexer au moment où Camille l'a insulté de traître. Pourtant elle a affaire à son mauvais caractère bien plus souvent que nous, mais ça ne l'empêche pas d'en être affectée la plus part du temps.

- T'inquiètes pas ma petite Jeanne, tu connais Camille ça lui passera aussi vite que ça lui est venue ! La rassure Emma Blonde.

- Mais oui, nous on sait que tu n'es pas une traîtresse ! Rajoute Emma Brune.

Le réconfort ne prenant pas effet sur elle, nous la laissons bouder dans son coin. Finalement elles ne sont pas meilleures amies pour rien ces deux là, aussi boudeuses l'une que l'autre. Le bateau arrive pour l'embarquement. Nous montons dedans, d'après les dires du capitaine que l'on peut entendre depuis les hauts-parleurs, il faut compter environ trente minutes de traversée. Quand le navire démarre, je sens mon estomac se soulever et commence à appréhender la suite du trajet. Je n'ai jamais été une grande fan des sensations que peuvent procurer la vitesse, les manèges ou même les bateaux... Mais je refuse d'être malade, alors je prends sur moi, ne parle à personne et me concentre pour ne pas dégobiller tout ce que j'ai bu durant la nuit. J'entends Arthur m'interpeller mais je ne lui prête pas attention. Heureusement Jade me connait assez pour pouvoir lui expliquer la raison de mon absence temporaire. Je sens une main se glisser dans la mienne en signe de réconfort, et même si ça me fait plaisir, ça n'apaise en rien mon mal de mer. Le trajet m'a semblé durer une éternité quand nous accostons à côté du ponton, pour rejoindre la petite crique.

« On ne devrait pas être sur île nous ? Rien à faire en faite, mes pieds vont de nouveau toucher la terre ferme ! »

Après avoir repris mes esprits et bu beaucoup d'eau, je suis de nouveau apte à m'insérer dans le groupe que forme mes amies et les garçons. J'en profite pour demander des explications sur le fait que l'on nous ait vendu cette excursion comme une journée sur une île, alors que nous sommes finalement dans une crique. Arthur m'explique que le flyer donné par le rabatteur, indiquait bien une île, peut-être était-ce plus attractif pour les touristes comme nous. Les organisateurs nous expliquent le concept de cette excursion. Heureusement, ils parlent plusieurs langues dont le français. Ici, nous pourrons pratiquer plusieurs activités nautiques, comme la bouée ou la banane tractée. Une buvette est installée sur place pour se restaurer et des activités sur la plage sont également prévues. Bien entendu nous pouvons rester sur le sable pour se dorer au soleil. Pour le moment, nous décidons de poser nos serviettes de plage quelque part pour se reposer à minimum avant d'attaquer les « hostilités ». Je me retrouve inexorablement postée entre Jade et Arthur. Jules se trouvant de l'autre côté de mon amie.

« Un quatuor auquel je commence à m'attacher soit dit au passage... »

- Alors tu n'as pas kiffé la traversée ? Me demande Arthur d'un ton que je sais légèrement moqueur.

- Je n'aime pas toutes ces sensations de base, alors ajoute à ça une bonne gueule de bois, c'est pire que tout ! Je pouffe.

- Ouais je l'avoue, pas top le combo ! Mais tu as assuré en évitant de dégueuler dans le bateau alors félicitation princesse !

- Merci ! Je réponds tout sourire, ravie qu'il ait apprécié ma performance.

- Alors tu voudrais commencer par quelle activité ? S'enquiert-il.

- Une sieste c'est possible ? Je l'implore presque comme le ferait un enfant puis me reprends:

- Non je ne sais pas trop, je me rallierai à la majorité je pense. Même si pour être tout à fait honnête, j'ai bien peur de ne pas apprécier grand chose à part ça là-bas. Je lui montre la buvette du bout du doigt. Et ma serviette ici même ! Il rigole franchement.

- Tu voudrais faire une journée farniente en faite ?

- Dans l'idée, oui ça m'aurait bien plu ! Toi, par contre tu vas kiffer ta journée ! Des sensations comme tu les aimes. Je présume sachant qu'il aime les motos.

- C'est clair ça va être cool ! Dommage que tu n'aimes pas, j'aurais aimé partager ça avec toi... Il me semble déçu.

- Je n'ai pas dit que je n'en ferais pas, j'ai dit que je n'apprécierai pas. Je vais quand même rentabiliser la journée ne t'inquiètes pas ! D'ailleurs puisqu'on en parle, c'est vous qui avez payé nos billets d'accès et la traversée en bateau alors tu me diras combien je te dois ? Un sourire se dessine sur ses lèvres.

- Même pas en rêve que tu me rembourses... Enfin pas en monnaie en tout cas, après j'imagine toutes sortes de remboursement...

- Pfff ! T'es bête toi ! Je le coupe sachant pertinemment qu'il suggère un petit remboursement en nature. Mais venant de lui ça me fait rire plus qu'autre chose.

- Quoi !? Me répond-il en faisant semblant d'être offusqué. Toutes les occasions sont bonnes pour négocier ton corps ! Arthur m'offre son plus beau sourire.

- Je vois ça ! Je lui fais un clin d'oeil en retour.

La matinée défile dans une ambiance agréable et détendue. Un peu avant midi, n'y tenant plus et après avoir rabâché à qui veut bien l'entendre que je pourrais manger comme un ogre, nous achetons de quoi nous sustenter à la buvette. Une fois le ventre plein, je me sens prête à participer aux activités nautiques. Après avoir digéré, nous nous partageons en trois groupes. Un de six personnes comprenant: Jade, Jules, Arthur, les deux Emma et moi pour la bouée tractée. Un autre avec Camille, Jeanne, Thomas et Théo, pendant que deux autres restent sur la plage pour surveiller nos affaires. Les organisateurs nous donnent à chacun un gilet de sauvetage. Ils prennent du temps pour aider les deux Emma à convenablement sécuriser leurs harnais, tout en les draguant grossièrement. Quand vient notre tour à Jade et à moi, Arthur et Jules, se dressent tels des remparts devant nous, pour empêcher les organisateurs de reproduire le même manège.

« Jalouuuux ? On adoooore ! »

Enfin tous affublés de nos gilets, notre tour arrive pour monter dans la bouée ronde. Encore une fois je me retrouve entre Jade et Arthur. Quand le moteur du petit -mais puissant- bateau retentit pour commencer le manège, je prends une grosse bouffée d'air pour me donner le courage d'affronter cette épreuve. Au départ je me dis que ça va aller, que je pourrais tenir à se rythme sans soucis. Mais petit à petit la vitesse augmente et les secousses également. Il faut se cramponner pour éviter une petite voltige dans l'eau. Tous les autres rigolent à gorge déployée quand moi... Je cris. Je cris tellement fort que je crois qu'ils se moquent de moi également. Entre le fait d'avoir peur dans l'eau noire des profondeurs, profondeur remplit d'algues et de gros poissons, gros poissons qui pourraient me mordre....

« Olala ça recommence, je panique ! »

Je ne me sens pas bien, à deux doigts de tourner de l'oeil, heureusement pour moi le bateau ralentit. Le conducteur souhaite dresser le bilan de ces premières minutes. N'appréciant aucunement l'expérience, je lui demande s'il est possible de le rejoindre sur son bateau à lui. J'ai beaucoup trop peur pour rester encore une minute de plus sur cette bouée de malheur. Il accepte, et me voilà face à une nouvelle angoisse. Même si je désire plus que tout grimper à bord du bateau, je suis d'abord obligée de descendre dans l'eau, eau noire des profondeurs, profondeur remplit d'algues avec de gros poissons... Je sens mon coeur qui s'emballe, ma vision qui se trouble...

« Je vous ai déjà dit être une drama queen moi aussi ?! »

- Prends ma main, je vais aller dans l'eau avec toi, tu verras tout se passera bien ! Essaie de me rassurer Arthur.
- Moi je saurais tous vous réanimer en cas de problème, mais vous ? Qui me sauve hein ? Si je meurs dans la mer aujourd'hui ?! Je hausse le ton dans les aigus au fur et à mesure de ma tirade,

faisant rire tout le monde tant j'exagère.

« Moi-même, j'aurai pu rire d'une telle comédie. Si je n'en étais pas l'actrice principale... Ça va de soi ! »

- Allez arrête tes conneries, tu vas pas mourir aujourd'hui ! Tu me fais confiance ? Me demande-t-il.
- Euh ouais... Je crois... Je réponds hésitante.
- Ok, alors je saute le premier et tu sauteras dans mes bras d'accord ? Je hoche la tête ne pouvant rien faire d'autre. Il se jette à l'eau et m'attends les bras ouvert.
- Allez saute Agathe, t'inquiètes pas ! C'est tellement profond que tu ne pourrais même pas toucher le fond même si tu le voulais !

Et je fais ce qu'il me demande tout en douceur. Pour ne pas précipiter mon arrivée dans l'eau je décide de m'assoir au bord de la bouée. Pour imager la scène, je n'ai même pas eu la tête engloutie par l'eau tellement que la hauteur depuis laquelle j'ai sauté était minime, d'autant plus qu'avec le gilet de sauvetage je n'ai même pas pu couler. C'est un peu plus rassurée que je suis Arthur vers le bateau. Malheureusement les choses se compliquent de nouveau pour moi, le conducteur m'indique que pour monter à bord je dois me hisser à la force des bras car son échelle est cassée. Je blêmis au fur et à mesure qu'il me fournit les informations. Une fois de plus, tout le monde rigole. Et encore en chevalier servant, Arthur me dit:

- Essaie de te hisser et moi je te pousse ok ?
- Tu ne perds pas le nord, une occasion en or pour me mettre la main au cul ! Je l'entends rire de bon coeur, en même temps que nos amis qui assistent à la scène.

Je suis ses directives et tend les bras hors de l'eau pour essayer de me hisser sur le bateau tout en sentant ses mains sur ma croupe. Heureusement qu'elles y étaient d'ailleurs, car sans l'impulsion qu'il m'a donné, je n'aurai jamais réussi à toucher le rebord de l'appareil pour y grimper. Une fois dans le navire à moteur, je me sens rassurée. Je me retourne pour voir où se trouve Arthur, mais il est déjà reparti sur la bouée. Le matelot, si j'ose l'appeler ainsi, m'indique où me tenir et remet les gazes pour tracter la bouée. Je suis franchement perplexe, car je n'arrive pas à déterminer si je me sentais mieux sur la bouée ou sur le bateau. Mon rêve ultime en cet instant est de revenir sur la terre ferme. Je suis tout autant secouée sur l'un que sur l'autre, la seule différence c'est qu'ici, je n'ai pas l'impression de pouvoir tomber à l'eau aussi facilement que sur la bouée.

Le tour de manège se termine enfin et moi je reprends de mes couleurs. Le bateau nous dépose au plus près mais nous devons faire le reste à la nage pour aller jusqu'à la plage.

- J'imagine que l'on ne te verra plus jamais sur une bouée et ce jusqu'à la fin de tes jours ? Me demande Jade hilare.
- Tu imagines très bien ! C'était la pire expérience de toute ma vie ! Je rigole tout de même.
- Tu nous as fait rire, ça valait le coup de voir ça au moins une fois dans sa vie ! Me taquine Arthur.
- D'ailleurs toi... J'étais bien trop pressée de monter dans le bateau pour te dire quoi que se soit... Mais tu ne t'es pas gêné de me tripoter les fesses ? Je pouffe.
- J'aurai été bien bête de ne pas en profiter ! Et ne compte pas sur moi pour m'en excuser princesse !
Tu m'étonnes, je murmure pour moi-même.

« Suis-je normale d'apprécier le désir qu'il a de vouloir user de mon corps quelque soit la situation ? »

Je retourne sur ma serviette afin de me remettre de mes émotions. Le groupe ayant fait la banane tractée revient à peu près au même moment que nous. Ils racontent leurs expériences, nous la nôtre. Après avoir bien ri à mes dépends, ils decident de faire la bouée tractée à leurs tours. Raphaël et Louis restés sur la plage tout à l'heure se joignent à eux, l'activité pouvant comprendre six membres.

Du temps de leurs absences, et sans concertation, nous nous octroyons une sieste sous le soleil chaud d'Espagne. Probablement trop épuisés par le manque de sommeil et le trop pleins de sensations que m'a procuré l'activité nautique, je m'endors rapidement.

Le son du mégaphone des organisateurs nous tire de notre roupillon, ils déclarent les festivités ouvertes et invitent tous les participants à les rejoindre près de la buvette. Je m'étire et râle, forcée de constater que depuis notre arrivée, aucun réveil ne s'est fait en douceur.

- Putain mais c'est une malédiction ou quoi ? On va pouvoir se réveiller paisiblement ici ou quoi ? S'énerve Jade.
- Je pensais à la même chose ! Depuis qu'on est arrivées, on a que des réveils en fanfare ! Je confirme les paroles de mon amie.
- Oui, soit dit en passant, le premier réveil de merde c'était de ta faute je te rappelle !
- Comment ça de ma faute ?
- C'est qui, qui se faisait harceler par son mec ?! Surement pas moi ! Vocifère Jade.
- Comme si c'était de ma faute j'aurai aimé poursuivre ma nuit ce jour là, tout comme toi ! Et je te rappelle que c'est plus mon mec !
- Ça l'était à ce moment là en tout cas !
- Ok les filles, temps mort ! Sentant la mayonnaise monter, Jules essaie de nous calmer. Sans y parvenir puisque j'enchaine:
- Non mais c'est quoi ton problème Jade ?! Tu cherches quoi au juste ?
- Rien je te rappelle juste les choses telles quelles sont !
- Tu es bizarre toi, des fois ! Je me casse !

Je me dirige vers les rochers que je vois un peu plus loin. Je m'interroge sur le comportement de Jade. Même si je sais qu'elle n'est vraiment pas d'humeur lorsqu'elle se réveille et qu'il n'y a pas forcément d'explications à son comportement, ça me fait quelque chose qu'elle ait affiché une partie de mon intimité devant les garçons. Devant Arthur plus précisément. C'est pour cette raison que je suis montée sur mes grands chevaux en retour. Je connais assez bien mon amie pour savoir qu'elle n'était simplement pas d'humeur et qu'il n'y a pas de méchanceté derrière notre échange. Qui plus est, le fait qu'elle me fasse remarquer que le réveil abrupt de la veille soit de ma faute, me fait culpabiliser. Culpabiliser d'avoir réveiller mes amies sans le vouloir, et culpabiliser de ne pas avoir entendu les appels de Léo. Je réalise soudain que si j'avais répondu plus tôt à mon téléphone peut-être qu'il ne m'aurait jamais quitté. Tout s'emmêle de nouveau dans ma tête, jusqu'à maintenant j'ai normalisé ma relation avec Arthur. Peut-être sous de mauvais prétextes ? Je n'ai plus d'attaches réelles avec Léo puisqu'il a pris la décision de me quitter, mais il a peut-être pris cette décision parce que je l'ai négligé en quelque sorte ? Si telle est le cas, alors je deviens la méchante de l'histoire ? Et je suis encore plus à blâmer, quand quelques heures après m'être faite larguée je me réfugiais déjà dans les bras d'un autre...

- Je te vois te renfermer sur toi-même à vu d'œil ! Qu'est-ce qu'il se passe dans ta petite tête ? Me demande Arthur visant dans le mille. Je ne lui réponds pas et m'assois sur le premier rocher qui me semble confortable. Il a surement dû me suivre sans que je ne m'en aperçoive.

- Parle moi ! Insiste-t-il. Je finis par lui expliquer non sans mal tout ce qu'il se passe dans ma tête.

- Si tu t'es réfugiée dans mes bras c'est parce que ce que tu ressentais pour lui n'était pas aussi fort que tu le pensais. Et regarde les barrières que tu laisses encore entre nous malgré le fait que tu ne sois plus avec lui, tu luttes en permanence ! Il est toujours là en travers de mon chemin et ça me fait bien chier d'ailleurs ! Bref ce que je veux dire c'est que tu n'es pas la mauvaise fille qui trompe son mec. C'est lui qui t'a quitté et ne t'a plus donné de nouvelles alors que tu te trouves à plus de 600 kilomètres de la maison. C'est lui le bâtard.

- Oui mais imagine que tu sois mon mec et que tu apprennes à mon retour que j'ai été attiré par un autre au point de presque baiser avec lui, comment tu réagirais toi ?

- Je suis presque sûr que tu ne voudrais pas savoir comment je réagirais, mais si j'étais ton mec, tu ne serais pas partie pour ce genre de délire. Tu n'aurais jamais suivi tes copines ici, vacances réservées ou non. Quand bien même tu serais partie, je ne t'aurais jamais quitté sans avoir la preuve irréfutable que tu ai commis l'irréparable. Quand l'amour est fort, tu ne peux pas tout envoyer péter sur un simple mal entendu. Sauf si l'amour est superficiel alors là, il n'est pas difficile de passer à autre chose.

- Tu parais si sûr de toi... Je rigole nerveusement, gênée par le fait qu'il se livre avec autant de sincérité quand pour moi tout est si compliqué.

- En deux jours seulement, je suis tout le temps ici. Il me tapote la tempe. Je reste silencieuse en attendant la suite, car je sais qu'il n'a pas fini.

- Alors imagine ce que ça donnerait si tu m'aimais ? En plus d'être dans ton esprit, je serais ici. Il commence une caresse au niveau du sternum pour finir sa course de manière subtile sur mon sein gauche.

- Tu ignorerais tous les autres, parce que je te donnerais tout ce dont tu as besoin. Tu n'aurais été attiré par personne et tu n'aurais presque baisé personne ! Quand tu accepteras de lâcher prise, alors tout prendra sens dans ton esprit...

- Merci Arthur même si tu es carrément présomptueux, j'ai l'impression que tu m'aides à résoudre pas mal de problèmes... Un petit silence s'installe. Puis je reprends:

- Même si pour être totalement honnête, depuis que je t'ai rencontré j'ai l'impression que tu es responsable de la plupart de mes soucis ! Je rigole pour détendre l'atmosphère qui se veut lourde après toutes ces allégations.

- On aura résolu tes problèmes quand tu m'auras succombé

princesse !

« Effleure moi encore la poitrine et ça ne saurait tarder ! »

15

« La vie n'est qu'un synonyme de conflits et
nous laisse peu de répit. » C. Chaplin

Ce soir nous avons choisi de faire bande à part des garçons.
Après notre longue journée à la crique et le manque de sommeil
accumulé, nous étions tous éreintés. Cette décision a été prise
à l'unanimité, toutefois je ne saurais affirmer avec conviction
qui en a été à l'initiative. Au moment où nous avons rejoint les
autres, après notre session confession avec Arthur, je me suis
mise en retrait du groupe. J'avais trop d'informations en tête,
trop de données incohérentes les unes avec les autres. Nous
devrons reprendre le cours de nos vies dans presque deux jours,
pourtant je suis persuadée que plus rien ne sera plus comme
avant. Je n'arrête pas de me questionner sur la suite que je veux
donner à mon histoire avec Arthur.

Une partie de moi souhaite simplement vivre cette relation
sans avoir à en chercher le sens. Arthur est tombé comme un
cheveux sur la soupe dans ma vie et je serais malhonnête si je
refusais d'admettre que j'aime sa présence. Mais une autre part,
elle, est convaincue que mes sentiments pour lui sont amplifiés
par le fait que nous soyons dans le cadre des vacances. Oui c'est
vrai, il est constamment avec moi depuis que nous sommes ici. Il
n'a de cesse de me faire des leçons de moral sur ce qu'est l'amour,
et comment lui m'aimerait. À force de l'entendre, il me donne
envie d'en faire l'expérience. Ça me laisse songeuse, j'aimerais
être aimée comme d'après ses explications. Pourtant mon esprit
me force à refréner mes ardeurs avec un énorme panneau
lumineux, sur lequel est inscrit « LÉO ». J'ai l'impression d'être

dans un cycle infernal, duquel je n'arrive pas à m'extirper. Un coup c'est blanc, un coup c'est noir. Et c'est pour cette raison qu'une soirée sans avoir Arthur dans les parages me fera le plus grand bien.

« Est-ce normal de penser autant ? »

- On mange quoi les filles ? Nous interroge Brune.
- Des pâtes ? Suggère Jeanne
- Ouais carrément, c'est simpe,rapide et efficace ! J'acquiesce avec entrain, heureuse d'être coupée dans mes réflexions.
- Ok, c'est parti ! Tape des mains Brune avec énergie.

D'où trouve-t-elle cette force de faire le repas ? Moi je suis affalée sur le transat posé devant la tente et exténuée par l'idée même de faire quoi que se soit. Pourtant, il va bien falloir que je trouve une once de motivation pour bouger, car c'est à mon tour d'aller me laver. Je récupère mes affaires propres préparées un plus tôt, puis file aux sanitaires, non sans prévenir que je mettrais le couvert à mon retour.

Après mille et une élucubrations sous la douche, j'en ai conclu que je veux vivre tout ce qu'Arthur me propose. Mais je ne souhaite pas couper les ponts avec Léo non plus. Je veux être là pour lui malgré tout. L'aider à retrouver une vie stable comme il aspire tant à le faire. Reste à savoir si ces deux aspirations sont compatible. C'est forte de ces résolutions que je rejoins les filles à la tente. Et comme convenu j'ai mis la table, nous avons diné les pâtes que nous a gentiment préparé mon amie, puis sommes restées un bon moment à table pour bavarder.

« Je ne ferais aucun scoop sur le sujet de notre conversation: les mecs !! »

- Alors Agathe tu en es où avec Arthur ? M'interroge Camille.
- Vous ne voudriez pas commencer l'interrogatoire par Jade ?
- Pourquoi moi ? Se rebiffe ma meilleure amie. Non, vas-y

Agathe, on t'écoute...

- Bon d'accord ! Alors j'ai bien réflechi. Arthur me plait vraiment, mais je ne souhaite pas lâcher Léo pour autant.

- Dis nous en plus ! S'impatiente Jade.

- Je souhaite bien respecter mes engagements auprès de Léo. Et je veux Arthur.

- Ok... Et tu imagines pouvoir combiner les deux ?

- Pourquoi pas ?

- Parce que Léo t'a quitté, qu'il ne mérite pas ton aide et ensuite parce que je doute qu'Arthur accepte. Quel mec voudrait que sa meuf soit présente pour son ex ? Jade semble sceptique.

- Oui mais je ne peux pas me dérober à mes obligations envers Léo, alors je n'aurai pas mieux à lui proposer.

- Quels obligations ?

- Léo passe en jugement dans quelques semaines et a besoin de stabilité pour éviter la prison. Je peux lui donner tout ça. Grâce au toit qu'il a sur la tête, au boulot que je lui trouvé et à la relation qu'on a, même si elle est foutue, personne n'est obligé de le savoir.

- J'aimerais savoir quelque chose: quand tu t'es mise avec Léo, tu avais conscience dans quoi tu t'embarquais avec lui ?

- À moitié dirais-je, très rapidement j'ai surpris une conversation avec son avocat... Il a fallu que je lui demande des explications.

- Ah ! Parce qu'il ne t'avait pas rien dit, tu l'as mis sur le fait accompli en plus ! Et ça n'éveille toujours aucun soupçon en toi ? Le mec emménage chez toi après quoi ? Une semaine de relation, et toi tu me dis qu'il a besoin de stabilité pour éviter une grosse peine ! Tu ne fais toujours pas le rapprochement ? Elle s'énerve cette fois.

- Jade, n'essaie pas me faire croire que Jules sait tout de toi après quelques jours de relation ? C'est comme ça, on ne se dévoile pas complètement dès le début d'une histoire !

- Mais ce n'est pas pareil ! Je ne mets pas un boulet à le cheville de Jules en l'embarquant dans ma vie, il peut en sortir quand il le souhaite ! Léo aurait dû t'informer des tenants et des aboutissants pour que tu puisses juger de toi-même l'ampleur que représente un engagement avec lui ! Et s'il ne l'a pas fait c'est qu'il n'est pas totalement honnête avec toi.

- Ou simplement qu'il avait juste peur d'aborder le sujet, ou honte ! Pourquoi tu vois le mal en lui ?

- Parce que je le sens pas ce mec, tout est allé trop vite entre vous, et avec son hisoire de procès en plus sur le dos... Tu es tombé à point nommé voilà ce que je pense moi !

- N'importe quoi, ça existe les coups de coeur ! Je fulmine.

- Ah ben oui, si bien, qu'il lui a fallu seulement une toute petite incartade de ta part pour t'évincer ! Tu parles d'un coup de coeur toi... se moque-t-elle.

- Ok les filles, on se calme. Jade tu vas peut-être un peu trop loin dans tes propos ! Emma blonde essaie d'atténuer les paroles de Jade.

- Pas du tout ! Je sais que vous en pensez tout autant que moi, sauf qu'aucune d'entre vous n'a le courage ou l'envie de lui faire ouvrir les yeux ! Enrage Jade.

C'en est trop pour moi, mes yeux commencent à s'embuer. Je préfère quitter la table avant de craquer totalement devant elles. Je me dirige vers mon petit espace attitré. De là où je suis, j'entends Brune chuchoter:

- Pourquoi tu la pousse autant Jade ? Tu lui as fait de la peine, tu nous as toutes ralliées à tes propos, et même si tu as raison sur le fait qu'on est toutes d'accord avec toi, nous ne l'aurions jamais dit de cette manière !

- Oui mais je voudrais qu'elle ouvre les yeux ! Ça me rend folle qu'elle ne soit pas plus attentive à ce qu'il se trame sous ses yeux. Elle finira par se rendre compte qu'elle a été utilisé et on aura rien fait pour l'en empêcher. Emma Blonde prend la parole à son tour:

- Oui mais tu ne peux pas l'obliger à accepter ta vérité à toi. À trop la pousser, tu pourrais aller à l'inverse de ce que tu souhaites pour elle. Elle pourrait finir par s'éloigner de nous en se sentant incomprise par exemple. Elle a décidé de se donner pleinement dans cette relation, et rien de ce qu'on lui dira, pourra l'en dissuadée. Alors laisse la faire, au final elle fait de mal à personne à vouloir aider un pauvre mec ! Et si elle vient un jour à souffrir d'avoir été utilisé par Léo, et ça même si on l'avait mise en garde, c'est pas grave ! Cette expérience lui servira de leçon pour avancer et c'est tout ce qui compte, elle s'en remettra.

- Je le sais tout ça... J'aurais simplement voulu lui éviter une déception inutile. Mais comme tu dis on sera là... Je la laisse un peu souffler puis j'irais m'excuser après... Conclut Jade.

Blonde a toujours eu ce petit truc en plus pour apaiser les esprits. Elle est celle qui est la plus compréhensive ici. Elle a des avis bien à elle aussi bien entendu, mais sa façon de les défendre ne te donnera jamais le sentiment que le tien est inférieur au sien. Et ça, ce n'est pas donné à tout le monde. Mais elle se trompe sur une chose: Léo ne m'utilise pas. Et cette image qu'ils ont tous de moi, où je suis son pantin, me révolte. Je ne suis pas une petite chose qu'on manipule, et je refuse l'idée que quelqu'un puisse m'utiliser. En cet instant plus qu'un autre, je suis une myriade de sentiments. La sollicitude dont font preuve mes amies me touche. La méprise qu'elles ont quant à la vraie nature de ma relation avec Léo m'énerve. Le silence des unes et le boucan de l'autre durant cette confrontation m'affligent. Comment est-ce possible de ressentir tout ça en même temps ?

« Je suis un produit défectueux, ce n'est pas possible autrement. »

J'ai vraiment l'impression de me laisser couler sous la tonne d'émotions que je ressens. La sensation d'être dans une impasse et que je ne m'en sortirais jamais pour savoir quel est le chemin à suivre. J'ai toujours été doué pour cerner les autres humains avec facilité, j'arrive à décrypter sans difficulté les comportements des uns et des autres. Pourtant depuis que j'ai mis les pieds en Espagne, j'ai le sentiment d'avoir perdu la seule chose qui ne me faisait pas défaut jusqu'alors. Est-ce que je manque vraiment de jugement sur les intentions de Léo ? Je suis la principale intéressée dans cette histoire et serais-je la seule à ne pas voir ce que tout le monde s'évertue à me faire entendre ? Non, je ne suis pas naïve, je suis sûre que Léo a été sincère avec moi dès le départ. Peut-être que des choses ont changé en cours de route, mais je n'ai pas rêvé le coup de coeur.

Mes perceptions ne peuvent pas être à ce point biaisées, c'est impossible que je me sois trompée là-dessus. Et si tel est le cas alors la chute sera d'autant plus douloureuse, car non seulement ma fierté en prendra un coup, mais en plus, je n'aurais plus foi en mon propre jugement. Un goût amer s'empare de moi, le même que j'ai ressenti lors de ma toute première rupture amoureuse. Celui de se faire rouler dans la boue par quelqu'un en qui on croit. L'envie de m'allumer une cigarette devient beaucoup trop présente pour l'ignorer, alors je vais en chercher une et me prépare à sortir quand Jade fait son entrée dans la tente.

Elle ne pipe pas mot, me tend les bras et je m'y réfugie sans réfléchir.

- Je suis désolée si je t'ai blessée une fois de plus ma Agathe ! Mais j'ai tellement peur pour toi. Je m'emporte sans prêter attention au fait que je pourrais te blesser en te partageant mes doutes.
- Je vous ai entendu chuchoter après mon départ de la terrasse. Je ne sais pas quoi te dire, c'est un méli-mélo de sentiments dans mon coeur et je n'arrive pas à distinguer laquelle prend le dessus... Je me lamente.
- Je sais, je vois bien que tu es tourmentée et je m'excuse encore une fois si je suis en partie responsable de ta contrariété.
- Tu es une infime partie. En réalité j'ai l'impression d'ête submergée par un tas d'émotions que je n'arrive pas à gérer. Tout ça est tellement inattendu... Je combat des pensées toutes plus contraires aux autres, ça en est fatiguant.
- Oui je comprends. Je te dirais bien d'écouter ton coeur, mais

je crois que ce conseil irait à l'encontre de ce que je souhaite pour toi. Tu t'enfermes dans une histoire qui ne t'apporte rien de positif. Au contraire tu t'empêches de vivre celle qui à l'air de te faire vibrer...

- Je ne sais pas... Tu as sûrement raison. Tu veux fumer une clope avec moi et me parler de toi et Jules ? Ça me rassure de savoir que tu es aussi perdue que moi. Je moque d'elle pour faire retomber le niveau de sérieux de la conversation.

- Ahah, oui allons fumer... Histoire de nous encrasser les poumons en plus d'avoir le cerveau déjà bien enfumé...

- Pff t'es bête ! Je rigole.

Lorsqu'on ressort de la tente, les filles ont disparus. Elles ne sont plus sur la terrasse, je questionne alors Jade:

- Elles sont où les filles ?

- Je ne sais pas, elles sont peut-être allées aux sanitaires !

- Ah oui, c'est vrai ! Alors parle moi de toi ! Je tape dans mes mains, impatiente d'en savoir plus sur son état d'esprit et son histoire avec Jules.

- Ben je l'aimes bien, il m'aime bien, on s'aime bien quoi... Mais je ne sais pas trop où ca va nous mener tout ça...

- Tu lui as expliqué ta situation ? Je l'interroge quasiment sûre qu'elle ne l'a pas fait.

- Non, tu m'imagines lui dire « au faite je dois te dire: mon ex ne me lâche pas la grappe, il m'harcèle à tel point que je n'arrive pas m'en débarrasser, si bien qu'on couche encore ensemble » ? Le ton emprunté me faire rire.

- C'est vrai que tourné de cette manière, ça ne donne pas trop envie de rester !

- Oui mais si je le dis d'une autre façon, j'édulcore la réalité alors je préfère garder le silence pour le moment. Se justifie mon amie.

- Oui mais ne rien dire ce n'est pas mieux tu sais, imagine qu'il le découvre par lui-même quand on rentrera, tu lui diras quoi ?

- Je ne sais pas... Je préfère ne pas y penser pour le moment et vivre l'instant présent. Et puis quand on rentrera, peut-être qu'on se perdra de vue. Tu sais le retour à la réalité, tout ça... Je n'aurais au moins pas gâché ce qu'il y'avait à vivre ici avec mes problèmes.

- Mouais, ça m'étonnerait beaucoup que vous vous perdiez de vue, on habite à quinze minutes même pas les uns des autres...

- Pff je ne sais pas ! On est vraiment des cas désespérées. Les vacances étaient censées nous faire du bien, nous apaiser l'esprit. Elle rit avant de finir sa phrase. Finalement on va rentrer encore plus contrariées que ce qu'on était avant de partir !

- C'est clair tu as raison ! Mais on rentrera avec des beaux souvenirs en tête et ça c'est quand même cool. Puis il nous reste encore un jour plein pour profiter...

- Oui arrêtons de faire les dépressives là, ça craint ! Elle rigole puis me demande. Elles sont toujours pas revenus les filles ? Ça fait un moment qu'on papote non ?

- Ouais c'est vrai... On devrait peut-être s'en inquiéter non ?

- Déstresse, je sens ta panique arriver...

- Je vais chercher mon téléphone pour appeler une des filles ! On ne sait jamais.

Je me précipite dans la tente et pour récupérer l'appareil que j'avais mis en charge. Je rejoins Jade sur la terrasse et me pose à coté d'elle avant de passer l'appel. Mes yeux tombent sur un message datant d'il y a vingt minutes:

Arthur Royer: Je vois tes copines à la villa, mais toi tu n'y es pas. C'est quoi ce délire ?

C'est vrai ça ! Pourquoi les filles sont parties à la villa sans nous le dire ? Elles auraient pu interrompre notre discussion au moins pour nous prévenir de leurs départs, non ? Et puis je croyais qu'on avait dit vouloir passer des vacances entre filles ! Merde, c'est quoi cette manie qu'on a prise de rester avec les garçons ? Ce n'est pas à notre habitude. D'aussi loin que je me souvienne on a toujours fait bande à part avec le sexe opposé. On ne copine pas avec eux. Mais vu la tournure qu'a prise la soirée je peux comprendre leurs fuites. Ce soir, tout est parti en vrille parce qu'on a encore mis sur le tapis le sujet épineux qu'est Léo. Si j'écoutais les avis des unes et des autres sans broncher, peut-être qu'on ne se serait pas disputer avec Jade. Et peut-être qu'on aurait pu rester toutes ensemble comme c'était convenu à la base. Jade me sort de mon mutisme.

- Jules m'a envoyé un message. Arthur et lui nous rejoignent. J'ai reçu le SMS, il y'a 20 minutes, ils ne devraient plus tarder ! Elle saute presque de joie.

- Quoi ? Ici ? Au camping ? Mais ça va pas la tête ? Regarde nos tronches, il faut qu'on se prépare !

Elle me coupe dans ma panique. Ma meilleure amie prend mes épaules et me fait pivoter sur moi-même. Mon dos est maintenant collé à son torse, je vois sa main se brandir devant mon visage pour m'indiquer un point au fond de l'allée.

- Je crois que c'est trop tard pour le ravalement de façade, ce soir on sera nature peinture ! S'esclaffe-t-elle.

« D'après ma mère, le sourire d'une femme est son plus beau maquillage... »

16

Tels des cow-boys, Arthur et Jules fendent l'allée des tentes pour rejoindre la nôtre. Sur leurs passages, les lampadaires à détecteur de mouvements postés devant chaque tente, s'éclairent. Depuis que Jade me les a montré arriver au loin, je crois bien ne pas avoir bougé d'un iota. Sauf mes lèvres... En souvenir de cette phrase que ma mère me disait chaque fois qu'elle me surprenait à me maquiller. Mais je me suis vite départie de mon sourire quand j'ai assimilé le fait qu'ils débarquaient dans notre bulle, sans y avoir été convié. Non mais qui fait ça ? Et puis s'il souhaitait me voir sous mon meilleur jour il n'avait qu'à prévenir de sa venue. Et puis s'il n'est pas content aussi c'est pas grave. Quand Arthur se matérialise devant moi, je remarque tout de suite sa mine sombre.

« Qu'est-ce qu'il a lui aussi ? »

- Pourquoi tu n'étais pas à la villa avec les autres ? M'agresse Arthur.

- Oula ! Bonsoir à toi aussi, que me vaut le plaisir de ta présence ici ? Sauf erreur de ma part tu n'as pas été convié ! Je ne peux m'empêcher de le remettre à sa place, alors que sa venue non organisée me stresse plus qu'elle ne me fait plaisir.

- Ce qu'Arthur voulait dire c'est: Salut les filles ! Comme vous n'étiez pas à la villa, on s'est dit qu'il fallait venir vous voir pour vérifier si vous alliez bien ! S'empresse de corriger Jules pour détendre l'atmosphère.

- C'est trop de sollicitude pour nous ça ! Minaude Jade. Ce que voulait dire Agathe c'est: On est contentes que vous soyez venus !

- Ça vous dérangerait d'éviter de parler à notre place ? Enchaine Arthur.

- C'est clair ! Je le soutiens.

- Ah ben voilà, on est tellement mieux quand nos binômes respectifs sont sur la même longueur d'ondes. Blague Jules.

Mes poils se dressent à l'évocation du mot « binôme » utilisé par Jules. À la manière dont les lèvres de Jade ont frétillé au moment où se mot a franchi la barrière de sa bouche, je sais qu'elle aussi a bloqué sur ce terme. C'est fait drôle d'entendre la personne que l'on apprécie plus qu'un simple binôme utiliser ce nom pour qualifier la relation. C'est un peu comme si il négligeait son histoire avec Jade pour la reléguer au simple rang de collègue de travail. Je sais pertinemment qu'il s'agit juste d'une maladresse de sa part, ou d'une mauvaise interprétation de la nôtre. Je voudrais dissiper le malaise qui s'est installé chez Jade, mais mon état d'esprit n'était pas de faire ami-ami à la base. Au contraire je voulais rentrer en conflit avec Arthur pour s'être imposé sans avoir demander mon avis. Si bien que je ne sais pas quoi dire pour rebondir. Alors je lance sans réfléchir:

- Ça vous dit de visiter le camping ? Je frise la débilité lorsque je suis prise de court.

« Ma "maitrise de soi" n'est vraiment pas au point... »

Tout le monde rit ou sourit, en fonction de leurs propensions naturelles, à ma proposition complètement absurde et hors contexte. Ma proposition inappropriée à le mérite de détendre ma meilleure amie, elle reprend alors contenance:

- Vous voulez boire un coup ? Propose-t-elle gentiment avec un petit clin d'oeil à mon attention.

- Ça dépend, tu nous propose quoi ? Demande Jules.

- Alors... Elle rigole. Il n'y aura pas grand choix: de la vodka et des softs c'est tout !

- Va pour une vodka alors ! S'enthousiasme Jules.

- Ok, répond simplement Arthur égal à lui même.

Arthur n'est jamais trop enjoué ou jamais trop en colère. On dirait qu'il est sans cesse dans le contrôle. Parfois il laissera apparaître ses dents lors d'un sourire ou d'un éclat de rire furtif. Comme s'il se guindait, pourtant lorsqu'on est que tout les deux il est plus accessible. Mais cette facette de lui me plait, j'aime qu'il ne soit pas abordable si facilement, ce côté taciturne. Qu'il ne se donne pas une image pour plaire aux autres, ou répondre aux attentes des gens qui souhaitent la plupart du temps avoir une personne avenante face à eux. Il se fou du « qu'en dira-t-on ». J'aimerais être comme ça moi aussi. Cependant, pour l'instant la seule chose qui me pousse à être moi sans trop réfléchir c'est...

- Va pour une vodka aussi !

- On peut parler ? Me sollicite Arthur.

- Oui bien sûr ! Je lui dis.

- Ok... Euh... Viens on va visiter le camping ! Il sourit en référence à ma proposition de toute à l'heure.

- Ahah, je te suis ! Il me tend sa main que j'accepte sans hésiter.

On marche un petit moment en déambulant dans les allées du camping, accompagnés du chant des grillons.

- Alors tu vas me dire pourquoi vous n'étiez pas à la villa avec les autres filles ? Réitère-t-il une seconde fois, mais cette fois-ci de façon plus douce.

- Parce qu'elles sont parties sans nous le dire, je hausse les épaules comme si la réponse allait de soi.

- Comment ça, elles sont parties sans vous le dire ? Vous vous êtes disputées ?

- Non... Enfin si... Avec Jade mais ce n'est pas important. Je suppose qu'elles ont du s'eclipser quand Jade m'a rejoint dans la tente. Et soit parce qu'on prenait trop de temps, soit pour nous laisser de l'intimité, elles n'ont pas signalé leurs départs. On s'est aperçues de leurs absences après avoir eu fini de s'expliquer. C'est à ce moment là que j'ai lu ton message, et que Jade a lu celui de Jules, puis pouf comme par magie tu t'imposais à ma vue...

- Pourquoi vous vous êtes disputées et pourquoi Jade a dû s'excuser ? Il me demande sans même relevé mon allusion à sa présence forcée.

- Putain, mais c'est terrible ça de vouloir tout savoir tout le temps... Tu ne vas pas me lâcher c'est ça ? Je souris connaissant déjà la réponse.

- Exactement. Alors j'attends...

- On a eu une conversation houleuse au sujet de mon ex, elle m'a dit des choses qui m'ont blessé alors qu'elle voulait juste me faire comprendre quelques petites choses et voilà. Je résume à la va-vite mon histoire.

- De ton ex ? Pourquoi tu as parlé de lui ? Arthur se renfrogne immédiatement.

- Tu aurais préféré que je parles de toi ? Si ça peut te consoler tu étais le sujet principal mais de façon inéluctable on est passées de toi à lui ! J'essaie de le rassurer.

- Pourquoi est-ce inévitable que lui et moi soient associés dans la même conversation ?

- Parce que j'ai réflechis... Et qu'il fait parti de ma vie tout autant que toi maintenant. Je réponds franchement.

- Putain tu vas me rendre fou ! Je ne comprends pas, tu n'as pas signé un contrat avec lui, alors pourquoi tu ne veux pas l'évincer de ta vie ? Il hausse le ton.

- Ce n'est pas si simple. S'il te plait épargne moi une autre dispute. Je n'en ai vraiment pas l'énergie ! Je le supplie presque.

- Je sais pas si j'arriverais à rester calme quand on sera de retour en France. J'ai déjà du mal à l'être ici, alors qu'est-ce que ça sera quand on sera rentrés ? Je veux au moins savoir, tu comptes lui redonner une chance s'il t'en redemande une ?

- Non. Je réponds de manière catégorique.

- Alors comment envisages-tu de vivre à ton retour ? Sous le même toit que lui ? Tu as une chambre d'amis ? Le faire dormir sur le canapé ? Ou partager le même lit que lui ? Propose-t-il les dents serrés.

- Je ne sais pas, je n'ai qu'une chambre. Et combien même on partagerait le même lit, je sais quand même me tenir ! Je soumets cette éventualité davantage pour tester ses limites que par conviction. Car je sais d'office que je ne dormirais pas avec lui, il ira sur le canapé.

« C'est mon côté diablesse qui parle ici ! »

- Tu te fou de ma gueule pas vrai ? Il m'attrape brusquement par le menton pour encrer son regard au mien. Si j'apprends que tu partages le même lit que lui, Agathe, c'est moi qui disparaîtrait de ta vie. Je peux être patient et compréhensif sur bien des points, mais ne joue pas avec moi, j'ai mes limites.

Je peux lire dans ses yeux la sincérité de ses propos. De mon côté, les mots me manquent. Alors par impulsion, je m'arrime à ses cheveux lui intimant l'ordre silencieux de m'embrasser. Il ne se fait pas prier, son baiser est sauvage et décousu. Toute l'excitation refoulée depuis des jours refait surface à cet instant. C'est comme si rien d'autre autour de nous n'existait, pourtant il m'empêche d'approfondir notre échange. En maintenant sa prise dans mes cheveux pour me garder à distance, il m'implore d'une voix emplit de désir:

- Promets-moi que je serais le seul à avoir accès à ton corps ?
- Oui... Je suis incapable d'en dire plus, tant sa possessivité m'excite.
- J'ai-dit-promets-moi ! Sa prise sur mes cheveux se raffermit à chacun de ses mots.
- Je le promets... Je murmure dans un souffle, exaltée par ses ardeurs.

Sans ménagement, il reprend sa torture sur mes lèvres, me lèche, me goutte. Il se promène vers mon cou, sur lequel il me marque d'un suçon, me mord. Je n'ai jamais ressenti une telle frénésie avant lui. Je sens mon rythme cardiaque s'accélerer. J'en veux plus, je ne veux pas m'arrêter, pourtant il le faut avant que ça n'aille trop loin. Lui et moi ça sera explosif quand je pourrais me donner entièrement à lui je le ressens au plus profond de moi. Je m'éloigne de sa prise, et vois dans son regard le feu qui bouillonne en lui. Mais je n'ai pas besoin de lui donner d'explication, il comprend que le moment n'est pas encore venu.

« Encore moins au milieu du camping entre deux bungalows, pour le côté romantique on repassera ! »

Il colle son front au mien, clairement frustré d'avoir été coupé en si bon chemin.

- Oh princesse, j'en peux plus de ces douches froides à répétition...
- Console toi en te disant que plus l'attente est longue, plus ça sera bon... j'essaie de l'apaiser tout en l'allumant subtilement.

Pour toute réponse, il m'embrasse avec ferveur, nos langues se mélangent de nouveau. Je glisse mes mains à la lisière de son pantalon pour me maintenir à quelque chose de stable, tant mes jambes vacillent. Arthur palpe mes fesses, mes seins, j'ai l'impression de sentir ses mains de partout sur mon corps. Mais l'atmosphère devient encore plus brulante qu'elle ne l'était, lorsqu'il me soulève afin de me transporter vers un arbre un peu plus en retrait. Il s'empare de mon téton à travers mon débardeur pour le sucer avec vigueur. Quelque chose en moi, à ce moment là, disjoncte, si bien que je me frotte à lui tant mon envie de lui est impérieuse. Je m'entends lâcher des sons de satisfaction. Encouragé par mes halètements, il glisse sa main sur mon intimité, sans qu'elle ne soit réellement en contact avec ma peau. Il est au dessus de mon short et frictionne ma féminité sans relâche jusqu'à ce que la délivrance soit sur le point de me soulager.

- Putain bébé tu m'excites tellement, je l'entends susurrer à mon oreille. Viens, laisse toi aller, m'encourage-t-il.

Je succombe à mon plaisir et explose dans un baiser que je souhaite révélateur de ce que je ressens. Magique, irrationnel, impétueux et dévastateur. J'essaie de me remettre de mes émotions lorsqu'on aperçoit qu'un des bungalow de l'allée voisine s'éclaire. Arthur m'intime l'ordre de bouger d'ici avant que l'on ne se soit chopés pour exhibitionnisme. Arrivés à notre tente, je remarque les lèvres gonflées de Jade, le bout du nez tout rouge de Jules, les cheveux ébouriffés chez l'un comme chez l'autre et ne peut m'empêcher de sourire au fait que l'on vient de les interrompre.

- Je vois qu'on a eu les mêmes divertissements me taquine Jade ouvertement devant Jules et Arthur. Je ne peux m'empêcher de rougir. Sans même lui avoir répondu, Jade comprend qu'elle a visé juste. Mais Arthur dérobe, pour mon plus grand plaisir, l'attention qui était sur moi jusqu'alors et demande à ma copine:
    - Ils sont où nos verres ?
    - Ah ben oui ça donne soif tout ça ! Explose-t-elle de rire devant ma mine déconfite. Mais je ne peux pas m'empêcher de la rejoindre dans son fou rire qui se veut communicatif.

Vers minuit, nous prenons la décision d'envoyer un message aux filles, pour savoir si elles comptent rentrer ou non. Pour espérer avoir une réponse, on pense qu'il est préférable de l'envoyer à chacune d'entre elles, en priant pour qu'au moins une d'elle daigne nous répondre assez rapidement. C'est Jeanne qui nous confirme qu'elles ne rentreront pas. Nous avions déjà préétabli que les garçons resteraient dormir avec nous si les copines restaient à la villa. C'est donc sur cette note que la soirée s'achève et que chacun de nos « binômes » respectifs rejoint son lit. Habituellement nous partageons le même lit avec Jade, alors pour cette fois elle sera dans le lit des Emma. Bien entendu la nuit se déroulera en tout bien tout honneur, étant donné que les cloisons entre nos dortoirs sont extrêmement fines. Personne ici ne tient à assister aux performances sexuelles des uns et des autres.

« Faut quand même pas déconner ! »

Alors que je sens qu'Arthur commence à s'endormir, je me décide à lui poser la question qui me taraude depuis tout à l'heure :

- Arthur...
- Hum...
- On est un binôme ? Je demande sur la réserve.
- Pas du tout, c'est encore une des conneries à Jules ça ! Il s'esclaffe.
- Alors qu'est-ce qu'on est ? Je le questionne prudemment.
- Ce que tu veux qu'on soit, du moment qu'il n'y a plus que toi et moi. Pourquoi tu me demandes ça alors que c'est toi qui met un frein à notre histoire ? Ça serait plutôt à moi de te demander, qu'est-ce qu'on est Agathe ?
- J'aimerais être plus qu'un binôme pour toi. Mais je souhaite aussi rester présente pour Léo, je sais qu'il a besoin de mon aide...
- Je ne comprends pas pourquoi tu me demandes ce que je veux de toi, si toi, tu n'es pas prête à me donner ce que je veux. C'est comme si tu remuais le couteau dans la plaie. Et pourquoi tu tiens tant à l'aider ? Qu'est-ce que tu ne me dis pas ?

Je lui raconte alors ce que j'ai dit aux filles tout à l'heure et ce que j'ai confié à Jade lors de notre conversation en tête à tête. Durant tout mon récit, il ne m'a pas coupé. Mais j'ai senti son corps se crisper à plusieurs reprises : lorsque j'ai évoqué le fait qu'il avait élu domicile très rapidement après m'avoir avoué ses problèmes judiciaires. Quand je lui ai avoué que Jade pensait qu'il m'utilisait à des fins stratégiques en vue de son procès. Arthur n'a pas ouvert la bouche depuis le début de ma confession, ça m'inquiète alors je me lance pour rompre le silence :

- Tu es bien silencieux…

- Je ne préfère pas l'ouvrir pour le moment, je suis trop à vif pour te dire le fond de ma pensée tout en te ménageant, me dit-il avec hargne.

- Pourquoi trop à vif ? Qu'est ce que j'ai dit de mal ?

- Agathe je t'ai dit pas maintenant ! Puis je suis claqué de toute façon. Je veux dormir. Bonne nuit !

Il se détourne et se positionne au plus loin de moi. Je rumine dans mon coin pour savoir quels propos ont bien pu l'énerver au point qu'il ne souhaite plus en discuter avec moi. Il a toujours su m'écouter et échanger même si mes mots ne lui plaisaient pas. Qu'est-ce qui a changé ce soir ? Est-ce à cause de ce que nous avons partagé tout à l'heure ? Je suis persuadée que c'est en rapport. Mais est-ce parce que je me suis un peu plus libérée à lui et qu'inconsciemment son côté mal dominant, protecteur, s'est intensifié au point qu'il n'est plus capable de communiquer calmement avec moi ? Ou est-ce parce qu'il se rend compte que la situation est plus complexe qu'il ne l'imaginait ?

Je n'arrive pas à fermer l'oeil depuis maintenant ce qu'il me semble être une éternité, je tourne et vire dans le lit sans arriver à trouver la position qui favorisera mon endormissement. J'en ai plus qu'assez de rester allongé sans trouver le sommeil, alors discrètement je me redresse et commence à sortir du lit, quand Arthur s'agrippe à mon poignet:

- Où tu vas ?

- Je n'arrive pas à dormir, je vais aller sur la terrasse écouter un peu de musique avec mes écouteurs. Je lui explique.

- Non reste ! Ce n'est pas une requête mais un ordre.

Habituellement je me serais rebiffée face à ce genre de comportement mais avec lui, je ne le fais pas, presque jamais d'ailleurs. Je ne saurais en expliquer la raison, peut-être que son charisme me pousse à apprécier son côté autoritaire et canalise mes envies de rébellion par moment. Ou peut-être qu'après son rejet de tout à l'heure, cela m'apaise qu'il souhaite toujours m'avoir auprès de lui. Je me rallonge à ses côtés le plus silencieusement possible. Je note à moi-même que son sommeil est peu profond car j'ai vraiment pris le soin de ne faire aucun geste brusque pour éviter de le réveiller. Arthur me tire au plus prêt de lui, alors je me positionne naturellement au creux de son corps. Le sommeil fini par me gagner et une fois de plus je m'endors avec pleins de questions sans réponses.

« Avec trop on se perd. Avec moins on se trouve… À moi de faire le tri dans mes pensées. »

17

« On ne peut jamais tourner une page de sa vie sans que s'y accroche une certaine nostalgie. » E. Belisle

La chaleur me sort de mon sommeil. Le soleil tape sur la tente, et le corps chaud d'Arthur m'enveloppant n'aide en rien. Mon téléphone est bien trop loin pour vérifier l'heure qu'il est, et si je bouge je prends le risque de réveiller le koala agrippé à mes côtes. Pourtant les quarante degrés ressentis ont raison de moi, si bien que je décide de m'extraire délicatement de l'emprise d'Arthur. Il râle et se tourne vers le sens opposé duquel il était.

Mon téléphone affiche sept heures cinquante-huit, lorsque je prends la sortie de la tente. Étant donné que le reste de la troupe est encore endormie, je décide de m'occuper du petit déjeuner. Le pyjama que je porte pouvant faire office de tenue décontractée, me permet de déambuler dans les rues sans trop de préparatifs. Je me dirige au sanitaire pour faire ma toilette et pars en direction du supermarché où nous sommes allées le tout premier jour. Arrivée devant l'enseigne, je m'aperçois que les portes du magasin sont encore closes.

« C'est donc ça la vie de retraité ? Attendre que les magasins ouvrent ? »

Je rebrousse chemin, souriant toute seule à ma réflexion et gardant espoir que je puisse trouver le nécessaire pour organiser le petit déjeuner. Je me remémore mes vacances de jeunesse avec mes parents et me rappelle que bien souvent, les camping disposent d'une petite supérette, où il est possible d'acheter les aliments de premières nécessités.

« Bon, même s'il y en a une, encore faut-il qu'elle soit ouverte ? »

Après avoir enfin trouvé ce que je convoitais tant, me voila de retour à la tente, accompagnée de mes victuailles. À la supérette du camping, j'ai pu trouver du pain et des fruits frais. Pour le reste: le beurre, la confiture, la pâte à tartiner ou le café, thé et lait, nous avions acheté le nécessaire à notre arrivée. C'est dans la bonne humeur que je dresse la table de notre festin. Toutefois, une fois ma tâche accomplie et en m'installant sur la chaise pour attendre le réveil des autres, la nostalgie s'empare de moi. Il s'agit de notre dernière journée ici, demain à la même heure, nous chargerons les voitures de nos valises pour rentrer chez nous. Le coeur serré, je pense à notre retour en France. Les retrouvailles avec Léo, son procès à venir, la reprise du boulot et ce que tout ça impliquent. Je suis tirée de mes pensées par mon amie:

- Olala ! Tu as sorti l'artillerie lourde pour nous faire plaisir de bon matin ? Un petit déjeuner comme je les aimes ! Oh, je suis trop contente ! Merci ma Agathe ! Elle m'enlace pour me remercier.

- Tu seras moins contente si tu dois lorgner sur tout ça trop longtemps en attendant le réveil des garçons ! Je rigole à sa mine déconfite, réalisant ce que je viens de lui dire. Cette fille est tellement expressive que je devine qu'une idée vient se former dans son esprit. Alors je reprends:

- Allez crache le morceau, quelle est ton illumination du moment ? Je l'interroge.

- Ahah, tu es trop ma meilleure amie toi ! Je n'ai même pas besoin de parler que tu me comprends ! Et si le jour de notre revanche avait sonné ? Son regard de conspiratrice ne me dit rien qui vaille.

- Qu'est-ce que c'est que cette histoire encore ? Je souris, me demandant bien ce qu'il se trame dans sa tête.

- Tu te souviens du réveil à la poêle à frire ? Notre vengeance va être terrible ! Suis-moi ! Elle me tire par le bras et m'entraine à sa suite sans attendre mon avis.

Je rigole de sa folie. Je connais mon amie taquine, elle est toujours vive, pleine d'esprit et de malice. En revanche je ne sais pas si Jules à déjà eu affaire à ce côté là de sa personnalité. Si ce n'est pas le cas, il en aura un aperçu ce matin, c'est certain.

Nous revenons devant la tente à pas de loups. Jade s'était emparée d'une casserole avant de prendre la direction des sanitaires. Nous voilà maintenant devant notre logement avec un récipient remplit d'eau. Eau, qu'elle prévoit de balancer en plein visage de Jules. Je tiens absolument à voir ça de mes propres yeux. Jade me fait signe de garder le silence, alors je la suis, curieuse du spectacle à venir. Elle me regarde et lance un compte à rebours silencieux à l'aide de ses doigts: 3, 2, 1, go !
- Oh putain de merde ! Mais ça va pas non ? Hurle Jules en se levant du lit comme une balle pourrait rebondir.
- Qu'est-ce qu'il se passe ? Arthur crie en retour à son meilleur ami et en ayant certainement fait le même bond que lui.

Notre fou-rire est tel qu'il nous est impossible d'aligner plus de deux mots l'un après l'autre. Je suis pliée en deux, et Jade pleure de rire.

« La vengeance est un plat qui se mange froid ! »

Après avoir reçu tous les noms d'oiseaux possible et imaginable par les deux garçons à cause de ce réveil brutal, nous décidons qu'il est temps de se faire pardonner. Nous les invitons à nous rejoindre en terrasse lorsqu'ils seront de meilleur humeur pour déguster le petit déjeuner. Arthur sort le premier de la tente, fait un signe de main à ma meilleure amie en guise de bonjour et se dirige vers moi. Son bisous dans le cou se veut chaste et délicat. Il prend place à côté de moi sans dire un mot. Il ne faut pas plus de trente secondes pour voir apparaître un Jules contrarié à l'embrasure de la porte de la tente. C'est Arthur qui rit en premier, mais son rire se veut contagieux alors nous finissons tous par le rejoindre et le petit déjeuner se déroule dans la joie. Ma nostalgie du matin, envolée, pour profiter pleinement du moment présent.

- Alors les filles qu'est-ce que vous voulez faire aujourd'hui ? Demande Jules, toujours enclin à l'organisation de nos journées.

- Comme c'est notre dernier jour aujourd'hui, on avait prévu de se faire une journée farniente ! Ça vous dit ? Jade essaie de camoufler sa déception à l'idée de passer son dernier jour ici avec détachement.

- Ah oui c'est vrai… C'est notre dernier jour… Euh… Oui oui ok avec plaisir ! Jules feint son engouement visiblement contrarié aussi.

- Et toi tu restes avec moi ? Je demande à Arthur.

- Tu penses que je vais te laisser ? Tu rêves toi. Me répond-t-il laconiquement.

Les garçons nous ont proposé de passer notre journée farniente à la villa avec eux. Après avoir établi avec les autres filles que nous les rejoindrons à la maison d'ici peu, chacune a fait sa liste des affaires utiles pour la journée à venir que nous devions prévoir pour elles. Nous en avons fait de même pour nous, puis le chauffeur convié par les garçons pour nous mener à villa est arrivé. Ce trajet sera le dernier que notre quatuor fera et mon estomac se noue à cette idée. J'aime les petites habitudes que nous avons déjà pris tous les quatre, j'aime la facilité avec laquelle tout cela s'est établi. J'ose espérer que cette symbiose sera encore d'actualité à notre retour en France. Lorsque la course prend fin, Jules donne un billet au chauffeur et celui-ci nous laisse tous les quatre devant la demeure. J'ai le sentiment que l'instant est lourd de sens pour chacun d'entre nous.

« Toutes les bonnes choses ont un fin, et putain ça fait chier ! »

Arthur rompt le moment en se dirigeant vers la porte d'entrée, Jules le suit, suivi par Jade et moi main dans la main. À notre arrivée dans la maison l'ambiance est toute autre, la musique est à fond. Ils profitent déjà du soleil pour s'amuser au bord de la piscine. C'est tout naturellement que nous ravalons notre vague à l'âme et rejoignons le reste de notre équipe. Durant toute la journée nous avons alterné entre des phases de mélancolie et des phases de joie. Mais c'est en fin de journée que l'euphorie s'est emparée de moi. Arthur m'a invité à diner au restaurant ce soir, en tête à tête:

- Pour notre dernière soirée en Espagne, m'a-t-il dit avec des yeux de merlan frit.

Fort heureusement pour moi, mon baise-en-ville contient tout le nécessaire pour la soirée à venir. Mon amie Eva, m'a fait connaître ce mot tout récemment et je trouve très cocasse de l'utiliser ici en sachant la tournure que prend ma relation avec Arthur. Même si je ne crois pas pouvoir être prête à faire l'amour avec lui ce soir, je me dois d'être parée en cas de dérapage incontrôlé. J'ouvre donc mon sac contenant toutes mes affaires et m'attelle aux préparatifs. J'en sors mon shampoing favori à base de kératine pour me laver les cheveux, mon gel douche pour le corps, et m'insère dans la grande baignoire dont dispose la salle de bain attenante à la chambre d'Arthur.

Après avoir passé ce que je pense être plus d'une demie heure dans le bain, je me décide enfin à en sortir. À peine ai-je mis un pied dehors que j'aperçois dans le reflet du miroir, la poignet de la porte s'enclencher. Je sais pertinemment que je n'ai pas le temps d'aller chercher la serviette oubliée sur le lavabo plus loin. Alors tout en sachant qu'il ne peut s'agir que d'une personne, je me fige.

« *Mieux vaut éviter de finir à quatre pattes… non ? Ça serait dommage d'être à genoux à ses pieds, n'est-ce pas ?… »*

Il se cloue sur place lorsqu'il me voit dans mon simple appareil. Je peux voir son corps se tendre, ses mâchoires se serrer, son regard s'assombrir en l'espace d'une seconde. Cette vision m'empêche de dire quoi que se soit, alors c'est lui qui prend la parole:

- Si tu penses que je vais m'excuser pour le dérangement tu peux toujours rêver. Il referme sa porte puis, met un pied devant l'autre pour se ranger à mon niveau.

- Je n'en attendais pas moins de toi...

- Putain, Agathe! Cache moi ce corps si tu ne veux pas me voir perdre le contrôle! Il me donne son ordre en resserrant sa prise sur mes hanches pour me rapprocher de lui.

- Je t'ai déjà vu perdre le contrôle... Je réponds, feignant l'indifférence.

- Oh non tu n'as encore rien vu princesse!

Je n'ai pas le temps de comprendre ce qu'il est en train de faire, que je suis déjà propulsée sur le rebord du lavabo. Il se glisse entre mes jambes, et se rue sur mes lèvres pour les gouter avec avidité. Je sens ses doigts calleux passer sur mes cuisses pour finir leur course au niveau de mon cou. La chair de poule s'empare de moi, j'en voudrais plus. Tellement plus... Je le soupçonne de lire dans mes pensées, quand comme pour répondre à ma supplique silencieuse, il se courbe face à ma poitrine. Il enrobe, grâce au creux de sa main, un de mes sein, puis saisie le téton de l'autre entre ses dents. Il alterne entre succion délicate et morsure cinglante. Ce mélange exquis de douceur et de douleur me pousse à gémir. Sans crier gare, deux doigts s'engouffrent dans ma féminité et m'encourage à bouger au même rythme que ses va-et-vient.

- Tu vas me rendre fou. Cette fois-ci tu ne m'échapperas pas! Promets Arthur en ralentissant ses allers et venues dans mon vagin.

- Oh! Ne t'arrêtes pas... Putain!

- Ne t'inquiètes pas je n'en ai pas fini avec toi.

D'un mouvement brusque, je me retrouve d'un seul coup

pieds joints sur la terre ferme, devant l'homme qui me fait perdre la tête. Ses yeux emplis de convoitise m'excite davantage. Sans tarder, je m'agenouille devant lui. Si un doute commence à s'immiscer en moi, il se dissipe aussitôt lorsqu'une lueur de luxure brille dans son regard, ce qui ne manque pas de me ragaillardir. Je baisse son short de bain et me retrouve face à son sexe encore maintenu dans son boxer. Je n'ose plus le regarder, prenant réellement conscience qu'il n'y aura plus de retour en arrière après ce que je m'apprête à faire. Qu'importe, nous avons déjà brulé bien trop d'étapes pour s'arrêter en si bon chemin. Ses mains s'agrippent à mes cheveux par anticipation quand son sous-vêtement tombe sur ses chevilles. Inconsciemment, je m'humecte les lèvres à la vue de la proéminence de son sexe. Sans plus tarder, j'amorce le début de ma fellation. Pour l'aguicher, je commence par faire glisser ma langue le long de sa verge tout en ancrant mes yeux aux siens. Sans rompre le contact visuel, j'introduis l'entièreté de son sexe dans ma bouche et commence à le sucer doucement pour attiser son désir. Petit à petit, j'intensifie la succion, guidée par la cadence qu'il m'impose. Lorsque je pense le mener à la jouissance, il tire sur ma chevelure pour m'obliger à me redresser.

Nos bouches rentrent violemment en fusion, nos langues se mélangent, nos salives se mêlent l'une à l'autre. Bientôt nos corps ne feront qu'un et prise dans la ferveur du moment, je ne réalise avoir été déposé au bord du lavabo qu'au moment où je sens son sexe frotter mon entrée. Arthur m'observe en attendant ce que je suppose être: mon accord pour approfondir notre rapport charnel. Incapable d'aligner un mot dans cet état, j'ondule devant lui, afin qu'il comprenne que je souhaite passer à l'ultime étape. Sans se faire prier, il s'insère en moi délicatement comme pour apprécier le moment tant attendu.

- Putain Agathe ! Tu es si étroite ! Ses allers-retours commencent enfin.

Je perds définitivement pied lorsqu'il stimule mon clitoris avec perfection tout en maintenant le rythme de ses coups de butoir. S'en est trop pour moi, j'explose de plaisir, suivi de peu par l'orgasme de mon partenaire.

- Arthur ! Oh mon dieu !

- Je préfère que tu m'appelles par mon prénom s'te plait.. Ironise-t-il.

- Pff ! T'es bête ! Je rigole à sa bêtise. Je souhaite descendre du lavabo pour aller me rincer quand il attrape mon bras pour me maintenir prêt de lui.

- On ne s'est pas protégé. Ça signifie beaucoup pour moi. Il rive ses yeux sombres aux miens et je comprends que la légèreté du moment est passée. Il reprend:

- Je suis clean et je suis persuadé que tu l'es aussi. On fera quand même une batterie de test à notre retour en France. Mais je te préviens tout de suite, si tu poses ne serait-ce qu'une main sur ton ex après ce qu'il s'est passé entre nous, je te promets que tu découvriras mon coté sombre... Je le saurais, je lis en toi comme dans un livre ouvert.

Je ne sais pas quoi répondre à cette mise en garde, bizarrement j'acquiesce juste d'un signe de tête incapable de la ramener, face à cette part de noirceur que je ne peux qu'imaginer, mais dont j'arrive à cerner l'ampleur sans grande difficulté. Il m'embrasse comme pour sceller mon consentement silencieux.

Après avoir fini les préparatifs, chacun de notre côté, pour éviter une nouvelle incartade, nous sommes enfin prêts pour se rendre au restaurant qu'à réserver Arthur. Étant un fin cuisinier, je me suis faite la promesse à moi-même que je choisirais sûrement le même plat que lui pour ne pas être déçue de mon repas. Lorsque j'empreinte les marches pour me rendre au rez-de-chaussée, je suis surprise du spectacle qui s'offre à moi. Arthur est en bas avec ses potes, ils rigolent tous ensemble et je me rends compte qu'il s'agit là d'une des rares fois où je le vois rire à gorge déployée. Je suis heureuse de le voir ainsi, une part de moi ne pouvant s'empêcher de croire que notre rapprochement y est pour quelque chose. Ses cheveux brun en bataille lui confère un air de bad boy sexy. Sa chemise en lin tombant négligemment sur son pantalon retroussée lui donne l'impression d'être un gentil garçon. Finalement c'est bien de cela qu'il s'agit, Arthur est un mélange; mi-ange mi-démon. Son look est cohérent avec la personne qu'il est. Et j'aime beaucoup.

« Je devrais descendre les escaliers avant de me faire repérer en pleine séance de voyeurisme, non ? »

Ma robe orange étant bien trop près du corps, elle m'empêche une trop grande amplitude dans mes foulées. De forme asymétrique avec des fronces de chaque côté j'espère qu'elle fera forte impression auprès de mon cavalier. J'ai choisi de tirer mes cheveux avec une queue de cheval et de mettre des créoles pour agrémenter ma tenue. Au niveau du maquillage, pour ne pas changer je suis restée aux bases avec du mascara, du fard à joue et un peu de baume aux lèvres goût cerise. Je descends enfin la dernière marche quand Arthur se retourne dans ma direction. Son sourire s'efface aussi tôt pour laisser place à quelque chose de bien plus sombre.

« Suis-je folle de préférer son côté sauvage à son côté tendre ? »

Quand je le vois se rapprocher de moi, tel un prédateur voulant croquer sa proie, je me dis que je serais folle si au contraire, je n'aimais pas son côté sauvage. Il n'a pas besoin de me complimenter car je sais, à sa façon de me manger des yeux, que j'ai fait un sans faute.

- Prête pour notre dernière soirée loin de tout ? S'enquiert Arthur.
- Plus que prête…
- Parfait, en route bébé ! Il me tend son bras tel un gentleman.

18

Comme convenu je fais les mêmes choix gustatifs qu'Arthur et c'est sans hésitation que j'affirme m'être régalée du début jusqu'à la fin du repas. L'établissement à l'ambiance feutrée était également très beau. Ce premier tête à tête au restaurant est incontestablement une réussite. Cela fait maintenant plus de dix minutes qu'Arthur s'est éclipsé, j'explique son absence prolongée en supposant qu'il s'est rendu aux toilettes et qu'il est surement parti régler la note. Mais alors que je commence à perdre patience et me lever pour partir à sa recherche, je le vois s'approcher avec son perpétuel regard sombre.

- Où comptais-tu aller ? M'interroge Arthur froidement.
- À ta recherche !
- Ah... Il s'adoucit d'emblée, mais en comprenant sa réaction, je reste stupéfaite.
- Ne me dis pas que... Arthur ? Tu ne croyais quand même pas que j'allais partir en douce ?! Je lui demande incrédule.
- Pff n'importe quoi !

Je le vois danser d'un pied à l'autre, mal à l'aise et ne peux m'empêcher de m'esclaffer face à sa méprise. Son comportement irrationel m'interroge pas par moment. Mais je crois que mon côté obscur aime sa part légèrement obsessionnelle. Je pense qu'on est aussi névrosés l'un que l'autre, d'une manière différente, quand lui est torturé par certaines choses, moi je le suis pour d'autres.

« Sinon comment expliquer que je cautionne ce genre de

comportement ? »

Pour la plupart des filles, cela les feraient fuir. Un mec que l'on connait à peine, pour qui l'on est déjà le fruit de ses pensées et de son obsession, ça n'a rien de très sain de prime abord... Pourtant moi, c'est ce qui m'attire encore un peu plus vers lui. Mon retour en France s'annonce bien compliqué. Comment ferais-je pour vivre sous le même toit qu'un autre alors que celui qui me fait vibrer n'y aura pas sa place ? Je me refuse de partir sur ce terrain glissant pour le moment, car si demain j'aurais tout le loisir pour penser ma situation sous tous les angles, ce soir je veux profiter pleinement du moment présent. Surtout que notre soirée est encore loin d'être finie.

Nous arrivons devant un grand bâtiment qui à première vue ne paie pas de mine. Instantanément je me demande ce que l'on peut bien faire ici, Arthur m'avait donné deux consignes pour la soirée: emporter des affaires de change pour le lendemain et prévoir mon maillot de bain. L'un comme l'autre ne m'ayant pas servi pour le moment, je pense que nous sommes devant la raison pour laquelle je devais prévoir tout cela.

- Où sommes-nous ? Je m'enquiers auprès de mon cavalier.
- Tu comprendras très vite. Viens ! Il me tend sa main, je la prends et le suis sans poser plus de question.

Nous entrons dans l'immeuble et je reste sans voix. Si l'extérieur me laissait dubitative sur le lieu, l'intérieur lui, ne laisse place à aucun doute. Nous sommes dans un hôtel somptueux. Le marbre beige au sol, le mobilier minimaliste de l'accueil et les lignes des murs donnent un côté sophistiqué sans qu'il ne paraisse guindé. Pendant l'analyse de l'endroit, Arthur s'est chargé des modalités d'arrivée avec l'hôtesse. Je le regarde se diriger vers ce que je suppose être l'ascenseur, puis se tourner dans ma direction pour vérifier que je sois bien à sa suite. Ne m'y voyant pas, je vois la confusion passer dans son regard. Quand ses yeux tombent dans les miens, je perçois sa question silencieuse: « qu'est-ce qu'il se passe? ». Je lui réponds simplement par un sourire qui je l'espère se veut rassurant et le rejoins. Pourtant mes méninges travaillent à plein régime...

« Depuis quand un mécanicien gagne bien sa vie au point de pouvoir payer un si bel endroit ? Qu'est-ce que je ne sais pas ? »

Je décide de taire mes questions pour l'instant, ne souhaitant pas gâcher le moment. Les portes de l'ascenseur s'ouvrent devant un grand couloir, du même goût que le hall de réception. Arthur s'arrête devant une porte et glisse la carte magnétique dans la serrure prévue à cette effet pour l'ouvrir. Je suis les pas de mon guide et pénètre dans l'antre qui sera le notre pour la nuit. La chambre est épurée, très claire, un peu similaire à la décoration présente dans la villa louée par les garçons. J'apprécie vraiment ce style dans les intérieurs, cela me confère un sentiment de calme de sérénité. J'ai l'impression que les volumes des pièces sont sublimés par leur sobriété et la luminosité. Encore une fois je suis conquise et je me dois de lui dire:

- C'est vraiment magnifique ici Arthur !
- C'est pour cette raison que tu restes muette depuis tout à l'heure ?

Ne m'attendant pas à ce qu'il entre dans le vif du sujet si rapidement je suis prise au dépourvue et me retrouve à ne plus savoir quoi répondre. Il est pourtant clair qu'Arthur ne fait jamais de détours et n'hésite pas une seule seconde à demander lorsque quelque chose le préoccupe, alors pourquoi m'étonner ? Je prends mon courage à deux mains et décide de lui expliquer les raisons de mon comportement, sous son regard inquisiteur:

- Oui et non... Cet endroit est tellement beau qu'il doit coûter très cher. Je me demande simplement ce que je ne sais pas à ton sujet, qui te permettrais de nous offrir une telle soirée... En le verbalisant à voix haute j'ai conscience que cette interrogation puisse paraître déplacer, mais j'ai l'impression de manquer une pièce essentielle sur la vie d'Arthur et ce sentiment me procure une sorte d'insécurité.

- Je savais qu'en t'organisant une telle soirée tu serais curieuse d'en savoir plus. Comment un mécanicien peut-il s'offrir tout cela n'est-ce pas ? Me demande-t-il avec dédain.

- Oui en effet comment est-ce possible ? Je réponds sur le même ton.

- Tu ferais mieux d'être un peu plus suspicieuse envers Léo et un peu moins avec moi !

- Pourquoi tu me parles de lui tout à coup ? Je te pose une simple question qui me parait vraiment essentielle pour en savoir plus à ton sujet ! Mais ton emportement me fait penser que j'ai sûrement soulevé quelque chose que tu souhaites garder sous silence. Et figure toi que je vis mal les secrets. Alors soit tu me dis, soit je me casse !

- Ben ça valait le coup d'organiser cette soirée, putain ! Je n'avais pas saisi que l'argent avait une telle importance à tes yeux ! Me dit-il avec méprise.

- Non mais ça va pas la tête ?! Espèce de con ! Pour qui tu me prends ?! Je t'ai raconté ma vie, tu sais beaucoup de choses à mon sujet et profiteuse ne fait clairement pas parti de mes attributs ! Je quitte un ex-dealeur ce n'est pas pour en retrouver un autre dans la foulée !!! Espèce de con ! Je me casse ! Je tourne les talons, m'apprête à ouvrir la porte quand Arthur m'empêche de sortir de la chambre.

- Putain, je suis désolé Agathe... Je suis con tu as raison... C'est juste que tu as mis en évidence quelque chose dont je ne suis pas fière et que je n'aime pas évoquer...

- Dis m'en plus, où je me barre ! Je lui cris dessus. Encore sous le coup de la colère.

- Ok, ok ! Mes parents sont avocats. Ils sont connus et reconnus dans leurs domaines, c'est à la fac de droit qu'ils se sont rencontrés. Tous deux aiment défendre n'importe qui... Leurs train de vie est plutôt fastueux. Ils travaillent pour beaucoup de personnes connues...

- Pourquoi tu ne me l'as pas dit avant ?

- Parce que je n'aime pas en parler et que je ne suis pas en accord avec leurs choix. Même si je les aimes profondément, ils préfèrent défendre les plus riches au détriment de cause plus nobles. Alors l'argent qu'ils ont mis de côté depuis mon enfance, je l'utilise quasiment jamais. Parce que je n'aime pas d'où il provient.

- Et moi qui me suis imaginée le pire, j'étais loin de me douter de tout ça... Je suis désolée d'avoir douté de toi Arthur...

- C'est normal ! J'ai pas géré. Excuse moi princesse...

- Et ton choix de carrière a été accepté par tes parents ? Je demande, consciente qu'un parent ayant une bonne situation souhaite bien souvent la même chose pour son enfant.

- Ils s'en fichent, pour eux je dois être heureux avant tout... Je reste quand même persuadé qu'ils auraient souhaité que je suive leurs traces. Si tu avais vu leurs joies quand ils ont su que Jules souhaitait devenir avocat aussi...

- Euh... Jules ? Ton Jules ? Celui de ma Jade ? J'ai le sentiment d'avoir loupé un épisode là.

- Oui oui celui-là même ! Il commence à se faire un nom lui aussi et je suis content pour lui du moment qu'il est heureux dans sa vie mais ce n'est pas ce que je souhaitais pour la mienne et mes parents ont respecté mon choix.

- Et c'est tout en ton honneur d'avoir suivi une autre voie que celle que tes parents auraient souhaité pour toi. Celle qui te plaisait réellement... Mais je reste quand même choqué de savoir que Jules est avocat... Tu vois, comme quoi l'habit ne fait pas le moine ! Je rigole à mon expression sortie d'une autre époque.

- C'est clair tu as raison ! Bon assez parlé ! Mets-toi en maillot j'ai une surprise !

- Encore !? Je ris, cours vers mon sac d'affaire précédemment posé au bord du lit et file en direction de la salle de bain pour me changer.

Arthur est donc issu d'une famille riche, quand moi je viens d'une famille modeste. Je suppose que cela n'aura pas grande importance pour ses parents étant donné qu'ils acceptent son mode de vie bien en dessous du leurs. Ils ne doivent pas être pédants comme peuvent l'être parfois les gens aisés et j'apprécie cela. J'enfile mon maillot de bain. Je me fais la remarque qu'il serait temps d'aborder le sujet de notre retour, prévu pour demain matin, une bonne fois pour toute. Nous pourrons profiter pleinement après avoir évoqué tous les sujets épineux. Je sors de la salle de bain forte de ma récente résolution et tombe sous l'oeil appréciateur de mon beau ténébreux. Aucun mot ne sort de sa bouche. Il n'en a réellement pas besoin, dans ses yeux sombres je vois briller une lueur de luxure qui me fait monter le rouge aux joues sans que je puisse contrôler quoi que se soit. Je n'ai jamais été désiré de cette façon, c'est aussi grisant que c'est effrayant. Et le mélange de ces deux sentiments me font sentir plus vivante que jamais. Il se rapproche de moi d'un pas de loup, et me sers contre lui. Je sens son entrejambe gonflée, mais je préfère taire mon ressenti en l'embrassant. Il faut d'abord que l'on parle du sujet qui fâche.

Arrivés sur le toit, mon souffle se coupe. Nous surplombons toute la côté obscurcie par la nuit avec pour seuls éclairages, ceux des villes. C'est magnifique.

- Waouh... C'est vraiment trop beau !
- Ce qui l'est réellement, c'est de voir tes réactions, tu es tellement expressive que ça donne envie de te faire plaisir toutes les deux minutes... Tu es vraiment différentes des autres Agathe.
- Pfff n'importe quoi !
- Si, j'en ai connu des filles, crois-moi, mais aucune n'a su retenir mon attention comme tu as su le faire.
- Humm... À la base je n'ai pas voulu ça tu sais, enfin ce que je veux dire c'est que je n'ai pas cherché à avoir ton attention...
- Oui je le sais bien, c'est peut-être ça qui a fait le différence après tout. Il m'attire à lui, me caresse la joue et brusquement

s'empare de mes épaules pour me pousser dans l'eau. Le temps de ma chute, je l'insulte à plusieurs reprises mentalement puis ressors de la piscine en rigolant. Il se jette à côté de moi en faisant une grosse bombe, m'éclaboussant au passage. Je me rue sur lui pour essayer de le noyer dans un esprit bon enfant. Mais je suis vite rattrapée par la réalité quand après avoir bu quatre fois la tasse je n'ai toujours pas réussi à le faire bouger ne serait-ce qu'un tout petit peu. Je change alors de tactique :

- Stop ! Ok t'es trop fort, je rends les armes ! Je vais boire toute la piscine si tu continues.
- Et oui, tu ne peux pas lutter ma petite ! Il fanfaronne.
- Pff, tête que tu as ! Je me moque de lui. C'est plus facile quand on s'en prend à plus faible que soi...
- Ah, vous les femmes, c'est quand vous le voulez que vous êtes plus faibles ! Tu n'as pas réussi à m'avoir tant pis, c'est comme ça ne soit pas mauvaise joueuse princesse !
- Oui tu as raison. Je me rapproche à la nage dans le but de me cramponner à lui. Une fois ma cible atteinte, je l'embrasse aussi fougueusement que possible si bien que j'en perdrais presque mon objectif premier. Je l'embrasse dans le cou, puis sur le torse et me décide à faire un peu d'apnée pour me diriger vers son maillot de bain afin d'entreprendre quelque chose d'un peu osé. Parfait, il est loin d'imaginer ce que je m'apprête à faire. Arrivée à hauteur de son membre, je m'empare rapidement de ses deux jambes et le soulève du sol pour le couler. Ne s'y attendant pas, je réussis à le faire chavirer sans problème.

- Alors on fait moins le malin maintenant, non ? Je rigole en le voyant émerger à la surface.
- Espèce de fourbe, tu me le paieras... Mais ne t'inquiète pas j'ai bien cerné ton côté revanchard. Tu m'y reprendras plus princesse.
- Ahah oui c'est vrai ! Je n'aime pas être le dindon de la farce !
- C'est drôle que tu dises ça, parce que ça me parait être le cas avec ton Léo.

- Autant j'aime ton côté droit au but, autant parfois je me demandes pourquoi tu l'ouvres ! Vexée, je nage vers la sortie de la piscine, mais je suis vite stoppée dans mon élan lorsque que je sens ma cheville retenue par la main d'Arthur.

- Fallait bien parler de lui à un moment, non ? Alors puisqu'on y est, restons-y. Je ne fais pas de détours et tu le sais. Du coup, tu comptes faire quoi demain en arrivant chez toi ? Il m'interroge.

- Comment ça ?

- Il sera sûrement affalé sur ton canapé ce con, alors qu'elle sera ta réaction quand tu le verras ?

- Euh... Je lui dirais "Bonjour" ? Je ris.

- Hilarante ! Me rabroue-t-il

- On est plus ensemble Arthur, que voudrais-tu que je fasses ?

- Je ne sais pas, tu as l'air de lui accordé encore assez de crédit... Alors je m'interroge.

- Non mais je te coupe tout de suite, si j'ai couché avec toi c'est que je considère ma relation avec Léo fini, comme il me l'a fait savoir d'ailleurs. Mais par contre, oui, j'ai encore des responsabilités envers lui. Et c'était ça qui me bloquait pour aller plus loin avec toi, car je ne savais pas comment gérer ça. C'est d'ailleurs toujours d'actualité.

- C'est simple, tu le laisses se débrouiller comme un grand !

- Arthur ! J'peux pas lui faire ça à quelques semaines de son procès. Ça jouera forcément en sa défaveur lors du jugement et s'il partait en prison à cause de moi, je m'en voudrais !

- À cause de toi ? Mais ça va pas non ? C'est toi qui lui a demandé de dealer ?

- Non, mais...

- Mais rien du tout, s'il en est là où il en est, c'est à cause de lui et uniquement de ses choix. Il a dealé, il t'a laissé partir en Espagne toute seule, il t'a quitté et tu dois encore l'héberger en plus de tout ça ? Non mais je rêve, ne sois pas bête quand même.

- Ne m'insulte pas ! Je me suis engagée et je respecte mes engagements, même si quelques aspects de notre relation ont changé. Tu as raison, se sont ses choix, mais je me suis engagée à l'aider à s'en sortir. Si je dois l'héberger jusqu'à la fin de son procès pour lui éviter la prison ferme je le ferais, je suis quelqu'un de parole ! Je ne t'ai pas pris en traitre Arthur, tu savais qu'à mon retour en France, il serait toujours dans le paysage. À toi de me faire confiance si tu le souhaite, mais je pensais que c'était le cas vu la tournure qu'à pris notre relation !

- C'est le cas, c'est en lui que je n'ai pas confiance.

- Écoute c'est le serpent qui se mord la queue, soit tu acceptes la situation comme exposée depuis le départ, soit on arrête ici !

- Ah oui, t'es comme ça toi ? J'ai pas mon mot à dire ? Tu le choisis lui, même après tout ce qu'il s'est passé entre nous ?! Il perd patience et je vois dans ses yeux que j'arrive à son point de rupture alors je décide m'adoucir.

- Je ne le choisis pas Arthur ! Je lui caresse la joue en lui affirmant cela. Je t'ai choisi toi. J'aurais pu camper sur mes positions et t'évincer de ma sphère... Mais l'attraction qui nous lie tous les deux est bien plus forte que tout. Comprends-moi bien, s'il ne m'avait pas quitté tu n'aurais rien obtenu de moi parce que je suis loyale. Par contre même s'il a pris la décision de me larguer, je me suis d'abord engagé pour l'aider à se sortir de la merde et ça, je ne veux pas le gâcher en le foutant dehors. Alors je te choisis toi et l'apaisement de mon esprit, si je peux lui éviter la prison c'est tout. Tu comprends ?

- Ok... Oui je peux comprendre, mais si lui veut te reconquérir à ton retour qu'est-ce que tu feras ?

- Il n'en aura pas l'occasion quand il saura ce qu'il se passe entre toi et moi. Je ne compte pas te cacher ou je ne sais quoi, il aura les tenants et les aboutissants, juste un toit où crécher. C'est tout ce qu'il obtiendra de moi.

- Et si tu es appelé à la barre pour témoigner en sa faveur qu'est-ce que tu feras ? Tu comptes parjurer ?

- Bonne question... Tu mets le doigts sur un de mes tourments. J'espère de tout coeur ne pas y être appelé. Déjà, je ne compte pas me présenter à son jugement, en mettant mon absence sur le fait d'une indisponibilité professionnelle et j'aviserais en fonction de celui-ci. Ne m'angoisse pas plus que je ne le suis déjà s'il te plait !

- Je ne veux pas t'angoisser, je veux juste que tu comprennes dans quoi tu t'embarques si tu le laisses vivre chez toi !

- Je le sais et je n'ai pas besoin de toi pour en avoir conscience. C'est pour ça que je ne voulais pas de toi au départ parce que je savais que ça serait une galère sans nom. Par contre toi, tu ne t'ai pas posé les questions nécessaires avant de me faire tomber dans tes filets on dirait !

- Si mais j'aurais espérer que tu choisisses l'autre option; celle de le foutre dehors !

- Bon Arthur, stop ! Je t'ai dis ce que je voulais faire, est-ce que tu acceptes ou pas ? On ne va pas épiloguer pendant deux heures, la finalité sera toujours la même.

- Tu me donnes un ultimatum en faite ?!

- Mais on dirait que tu atterris seulement aujourd'hui toi ! Je ne te donne rien du tout ! Arrête de me faire passer pour la méchante dans cette histoire, je ne t'ai pas menti sur ma situation. Tu n'as pas hésité une seconde quand il s'agissait de me baiser alors continue sur cette lancée et ça sera très bien pour tout le monde ! Je fulmine, il m'a rarement autant énervé qu'en cet instant.

- Oui mais depuis je t'ai baisé et les choses ont évolué, je ne tiens pas à ce qu'il te baise tu comprends pas ça putain ?! Il m'agrippe par les cheveux et m'oblige à me coller à lui. Tu es à moi, maintenant et je ne veux pas qu'un autre puisse avoir accès à toi ! Sa possessivité mêlée à son énervement ont le don de me calmer instantanément. Alors je lui réponds:

- Je le sais, et tu seras la seul, je te l'ai déjà dit.

- Redis le ! Il raffermit sa poigne dans ma chevelure.

- Je suis à toi Arthur !

- Putain... Tu me rends fou, tu me le rediras quand je te baiserais ! Il me fait tourner sur moi même de façon à ce que mon dos soit plaqué contre son torse, relâche la pression sur mes cheveux et fait passer sa main ferme sur mon cou, entre mes seins, sur mon ventre pour venir finir sa course dans ma culotte de maillot de bain.

« Putain ! C'est certain maintenant, je suis folle… Folle de lui. »

19

« La réalité, quelle qu'elle soit, est bien plus belle que l'illusion… » S. Guitry

Arthur m'a déposé ce matin au camping. Les filles et moi avions convenu qu'à neuf heures et demie dernier délai, nous devions toutes nous retrouver à la tente. C'est chose faite, nous sommes toutes devant nos lits respectifs à boucler nos derniers bagages. Les filles sont heureuses de rentrer à la maison, sauf Jade et moi. Nous allons retrouver nos vies problématiques tout en espérant que les garçons feront toujours partie du décor. Jade sera de nouveau confronté à l'emprise qu'exerce son ex sur elle, et moi au poids lourd que va devenir Léo dans ma vie. Mais c'est ainsi que va la vie, nous avons pris des décisions et c'est à nous d'en assumer les conséquences. Il est temps d'arrêter de m'apitoyer sur mon sort pour motiver mon amie qui n'en mène pas large.

- Jade ! C'est toujours bon pour ce soir ? Je demande dans l'espoir de lui faire changer les idées.
- Qu'est-ce qu'il y a ce soir ? M'interroge-t-elle avec des gros yeux, signe qu'elle a surement oublié quelques détails quant à notre retour.
- Je dois dormir chez toi ce soir… Je lui rappelle.
- Ah ! Ça ! Oui je m'en rappelle, je croyais que j'avais oublié quelque chose de plus important. Elle rigole d'elle-même.
- Oh ben c'est gentil ! Je fais semblant de m'offusquer.
- Ne me fais pas dire ce que je n'ai pas dit ! Elle relève la tête de sa valise pour m'observer et se rend alors compte que je la charrie: Et moi qui tombe dans le panneau ! J'allais me justifier…

165

Elle se moque d'elle-même, je la rejoins puis elle reprend:

- Je pensais à notre retour ! Il va de nouveau me faire chier et je ne sais pas comment je vais m'en débarrasser... Ma meilleure amie se plaint de son ex.

- Ne t'en fais pas, on aura tout le loisir ce soir d'établir un plan bien stratégique. Ne te mine pas, en plus tu n'es plus toute seule maintenant, Jules t'aidera.

- Hum, on verra... À sa réponse, je comprends qu'elle ne s'est toujours pas confiée comme je le lui avais conseillé.

- Jade ? Je l'interpelle, comme on pourrait le faire une maman avec son enfant qu'elle soupçonne d'avoir fait une bêtise.

- Oui ? Elle me répond telle une petite fille prise sur le fait accompli.

- Ne me dis pas que tu n'as rien dit à Jules ?

- Oh... Je n'ai pas eu le courage de gâcher notre dernière soirée ensemble ! C'était tellement bien, on a rit, grignoté, picolé, baisé et tout ça on la recommencé je ne sais combien de fois. Je n'avais pas le coeur à plomber l'ambiance avec mon histoire glauque.

- Putain... Jadou ! Tu devais lui en parler hier soir avant de rentrer... Tu ne fais que retarder l'inévitable et plus tu tarderas moins ton histoire sera acceptée...

- Pff ! Je le sais. J'ai merdé... Bref stop. On verra ! Bouclons nos valises et on avisera à notre retour à la maison. Par contre, rappelle-moi... Pourquoi tu dors à la maison ce soir ? Je souris, Jade et sa cervelle de moineau.

- Parce que sinon tu avais trop de détours à faire. Entre Brune et moi alors on avait convenu ça. Et je n'en suis pas mécontente, car je n'ai pas hâte de remettre un pied chez moi... Oh, ne me dis pas que tu changes d'avis pitié ! Je la supplie.

- Ahah ! N'importe quoi ! Je ne me souvenais plus la raison c'est tout. Tu restes autant que tu veux à la maison et tu le sais, mais tout comme moi, il faudra bien que tu affrontes la réalité ma petite !

- Alala, on est dans de beaux draps toi et moi, pas une pour rattraper l'autre ! Je me moque de nous deux.

- C'est clair, mais au moins on se sert les coudes dans nos galères et ça, c'est l'essentiel.

- Oui, tu as raison ! J'opine de la tête pour donner plus de poids à mon approbation. Jade me fait un clin d'oeil, et nous finissons de remballer nos affaires l'esprit un peu plus léger.

Après avoir fait quasiment plus de la moitié de la route retour pour rentrer chez nous, il est temps de changer de conducteur. Je n'en peux plus, je suis fatiguée, mes yeux devenaient lourds. Pour éviter l'accident bêtement, je prends la direction de la première aire d'autoroute afin d'effectuer le changement. Jade prends le relais. Je me glisse à l'arrière pour me reposer et Brune prends la place du co-pilote pour tenir compagnie à la nouvelle conductrice. Je profite de mon nouveau confort pour vérifier mon téléphone et flâner un peu sur les réseaux sociaux avant de faire une petite sieste. Quand je prends connaissance des quatre notifications d'Arthur, je sais que je ne dormirais pas tout de suite:

Arthur Royer: Tu fais bonne route ? Nous on va pas tarder à partir là. Putain je deviens dingue en sachant que tu rentres chez toi et que l'autre con sera avec toi. Viens chez moi ce soir !

Arthur Royer: J'espère que tu conduis, ce qui expliquerait ton silence…

Arthur Royer: Putain je sais pas si je vais réussir à garder mon calme, je perds déjà patience alors que je suis persuadé que tu conduis. Je vais être parano. Je le sais, je m'énerve par anticipation.

Arthur Royer: Tu m'as rendu fou princesse.

Ce mec est complètement dingue, ça fait à peine quatre jours que l'on se connait.

« Je ne devrais pas recevoir ce genre de messages au bout de quatre jours n'est-ce pas ? »

Je suis persuadée que si un spécialiste du comportement humain analysait notre relation à Arthur et moi, il dirait que son comportement se rapproche de l'obsession. Et pourtant, bien qu'il frise la psychose à mon sens, cela fait battre mon coeur de façon effréné. En définitive, il dirait que notre relation est malsaine. Et même si j'ai conscience de cela, je ne peux pas mettre un frein à ses ardeurs car moi aussi je ressens cette exaltation lorsqu'il s'agit de lui. J'ai toujours souhaité être le centre d'intérêt d'une personne que je convoite également. J'ai déjà été la cible d'un ou deux mecs obsessionnels à mon égard mais comme je ne ressentais rien pour eux, cela me faisait froid dans le dos, je les prenais pour des psychopathes. Mais ici, alors que mon intérêt est tout aussi partagé cela me fait vibrer. Je décide de lui répondre:

Moi: C'est normal de jubiler devant tes messages ? C'est grave docteur ? Le petit diablotin qui sommeille en moi a omis de te faire part d'un détail... Léger détail hein ! Je dors chez Jade ce soir. J'aime être ton obsession... C'est toi qui m'a rendu folle.

Sa réponse ne tarde pas.

Arthur Royer: Que vais-je bien pouvoir faire de toi pour avoir oser cet affront ? Ça me laisse un jour de répit. Ouf pour ma santé mentale ! Enfin ce qu'il en reste depuis que je te connais...

Son message me fait sourire. C'est tellement fluide entre nous. J'ai l'impression qu'on est sur la même longueur d'ondes et pour la première fois de ma vie je le sentiment d'avoir trouvé mon alter égo. J'oserais peut-être même dire mon âme soeur. Après ce constat que devrais-je penser de moi ? Si je disais de lui qu'il est fou, je ne suis guère mieux. Ce que je ressens au bout de quatre jours n'est pas normal. Pourtant c'est bien là...

Moi: J'ai beaucoup d'idées qui me viennent en tête. Mais quoi qu'il en soit à partir du moment où tu fais partie du châtiment, ne pense pas que cela me punira. Au contraire il s'agirat plutôt d'une récompense. Je serais prête à recommencer mille fois s'il le fallait. Et si ta santé mentale te fais défaut depuis quelque temps, sache que la mienne aussi est défaillante lorsque tu es concerné.

<u>*Arthur Royer:*</u> *Bizarrement aucune idée chaste ne m'est venue à l'esprit en te lisant. Heureusement, ma bite est cachée sous mon sac à dos que j'ai eu la bonne idée de garder sur mes genoux. Alors si je comprends bien, on est devenus fou ensemble ?*

<u>*Moi:*</u> *Fou l'un de l'autre ? Ça serait fou d'en être persuadée si tôt et complètement fou de l'affirmer aussi rapidement... Mais comme dit auparavant, ma santé mentale me fait défaut ces derniers jours alors bon...*

Je viens de lui avouer à demi-mot que j'étais amoureuse de lui, je ne sais pas s'il le comprendra comme j'ai voulu le lui faire comprendre mais quoi qu'il en soit le message est passé.

« Comme on dit: comprendra qui pourra ! »

Mais je me sens de départir de mon impassibilité, Arthur ne répond plus à mon message. Justement celui où je lui déclarais à moitié ma flamme. Peut-être est-ce parce que je lui ai fait peur ? Il a compris mon message subliminal et pense que je suis folle ? J'ai tout gâché, je dois me dépêcher de trouver autre chose pour faire diversion et ne pas le faire fuir. Pourtant je ne sais plus quoi lui dire. Rien ne me vient, c'est l'essence même de ce que je suis dans ma vie personnelle: un peu de stress et je ne suis plus capable de réfléchir convenablement. Heureusement que je ne suis pas comme ça dans ma vie professionnelle parce que sinon bon nombre de mes patients seraient quatre pieds sous-terre à ce jour. Mon téléphone vibre à plusieurs reprises et mon souffle se coupe en attendant de lire le message que j'attendais tant.

<u>*Arthur Royer:*</u> *Pourquoi tu réponds plus ?*

<u>*Arthur Royer:*</u> *Putain je ne capte pas. C'est surement pour cette raison que tu ne me réponds pas. Je me parle à moi-même sur un*

message qui t'est destiné. Vraiment tout va bien chez moi...

Arthur Royer: J'ai reçu ton message. Putain... Je ne crois pas que tu sois aussi folle que je le suis. Car moi je peux l'affirmer dès maintenant: je suis fou de toi Agathe. (J'ai capté ton message subliminal, et avoue que tu étais en stress en attendant ma réponse ?)

« Mon coeur me lâche putain ! »

Moi: Oui je l'étais. Tu m'as bien cerné sur ce point. En revanche concernant ma folie, tu n'as pas bien saisi l'ampleur de celle-ci à mon avis. Mais soit, j'aime l'idée de devoir t'en faire prendre conscience.

Arthur Royer: Commence par arrêter avec tes sous-entendus et ça sera déjà un bon début Agathe...

Moi: C'est toi qui aime aller droit au but, moi j'aime bien faire des petits détours.

Arthur Royer: Tant que tu ne fais pas de détours chez Léo, ça me convient...

Moi: T'es lourd à force... Lui et toi ce n'est pas comparable. Je n'ai jamais ressenti ça. D'ailleurs je n'ai jamais joui autant qu'hier et c'est toi qui en est le seul responsable...

Arthur Royer: N'associe plus jamais l'orgasme et Léo dans le même message si tu tiens à la vie. Je donnerais beaucoup pour revivre un de ces moments, là, tout de suite. Je te laisse princesse. C'est à mon tour de conduire. Je t'écris dès que je peux.

Moi: Et moi donc. À toute.

Les filles devant, sont en pleine conversation. Je n'avais même pas prêté cas à leur discussion tellement que j'étais prise dans celle que j'avais avec Arthur. Il m'a complètement chamboulé celui-là. Ça n'a pas été faute d'essayer de lutter contre l'attirance que j'avais déjà pour lui, mais c'était bien trop fort. Il me fascinerait presque. J'ai cru pouvoir tomber amoureuse avec un premier et je le suis réellement tombée avec un deuxième en même pas quatre jours, alors même que je m'étais jurée de ne plus jamais retomber dans les bas fonds de l'amour.

« Je suis vraiment dotée d'un mental d'acier... Y'a pas à dire ! Comme pour les régimes... Ahah »

Je décide qu'il est temps de m'assoupir un peu. Le remue-méninge suffit pour l'instant, rien ne sert de trop analyser, les faits sont là, c'est ainsi. Je suis réveillée par une porte qui claque. J'ouvre les yeux et remarque que nous sommes au bas de chez Brune. À mieux y voir, je la vois trainer sa valise derrière elle et partir en direction de son immeuble. Je m'étire pendant que Jade me demande :

- Bien dormi la marmotte ?
- Oui ça m'a fait du bien, la voiture m'a toujours bercée d'aussi loin que je me souviennes. Je souris aux souvenirs qui me viennent en mémoire. Ceux de nos départs en vacances avec mes parents.
- Cool, allez passe devant, je fais pas taxi encore ! Me taquine gentiment mon amie.
- Oh dommage ! J'ironise et me glisse sur le siège passager pour rejoindre Jade à l'avant du véhicule, sans même en sortir pour faire la manoeuvre.

Cela fait maintenant trois heures que nous sommes blottis dans le canapé tout moelleux de ma meilleure amie. Une heure que l'une comme l'autre attend désespérément un message de nos mecs. Heureusement qu'ils faisaient leurs retours en même temps que le nôtre, car nous serions certainement devenues folles s'ils avaient prolongés le séjour en Espagne.

- C'est quand même fou d'être accro comme ça en si peu de temps ! Qu'est-ce qu'ils nous ont fait ces mecs ? M'interroge Jade.
- Va savoir... Ils nous ont envouté ?

- Putain ! Je déteste être comme ça ! Allez vient ma Agathe, sortons, faisons quelque chose, je vais devenir folle...

- Quoi ?! Sortir, mais ça va pas non ? Tu n'es pas fatigué après le voyage qu'on vient de faire ? Je suis ko moi !

- Faut combattre le mal par le mal, allez suis moi, tu verras ça ira mieux dans dix minutes ! Jade me tire par le bras pour me sortir de mon coin tout chaud du canapé.

Elle prend nos sacs à main déposés sur son meuble d'entrée. Nous descendons les escaliers de son immeuble en trombe, pour bloquer devant la porte du hall d'entrée. Arthur et Jules se tiennent à l'entrée du bâtiment, à la recherche de ce que je suppose être l'interphone de mon amie. Je jette un regard à celle-ci qui parait aussi incrédule que moi devant le spectacle qui se joue devant nous. Ils ne nous ont toujours pas repéré grâce à la vitre teinté de sa porte, quand le téléphone de Jade se met à sonner. Elle répond sur haut-parleur:

- Allô ?

- Oui, on est en bas de chez toi beauté, ouvre-nous s'te plait !

Elle raccroche, son visage illuminé par la nouvelle. Pourtant je décèle son espièglerie dans son regard et sens qu'elle s'apprête à faire un mauvais tour à Jules. Elle me chuchote:

- On va ouvrir la porte de l'intérieur et se cacher. Quand les lumières s'allumeront à leurs passages, on leur fera peur. Ils ne s'attendront pas à nous voir dans le couloir.

- Ok ça marche, je te suis !

On se met dans un recoin où le détecteur de mouvement ne nous voit plus et attendons que la lumière s'éteigne pour appuyer sur le bouton actionnant l'ouverture de la porte. Lorsque la porte s'ouvre, les garçons s'engouffrent dans le hall, et la lumière s'allume. Nous profitons de ce moment, pour bondir en criant un énorme « bouh » sur nos copains respectifs. Arthur reste stoïque comme à son habitude, mais Jules, lui fait un bond de deux mètres. Ce qui nous fait mourir de rire avec Jade. Même Arthur se fou de son meilleur ami.

- Putain mais ça va pas non ?! Vous auriez pu me faire faire un arrêt cardiaque bandes de folles ! Nous rouspètes Jules.
- Qu'est-ce que vous foutez dans le hall avec vos sacs à mains ? Nous interroge Arthur. Il a l'oeil celui-ci.
- On avait prévu de sortir un peu, lui dit Jade.
- Pourquoi ? Il s'adresse uniquement à moi cette fois-ci.
- Parce qu'on avait besoin de faire passer le temps... J'hasarde à lui répondre.
- Et pourquoi ? Réitère Jules.
- Parce qu'on tournait en rond à attendre un message de votre part bande de nazes ! Se rebiffe Jade.
- Oula, pas contente la tigresse ! Elle sort les griffes. On est venus directement chez toi je te signale Jade, c'est le moment de te radoucir tu ne penses pas ? Jules infantilise mon amie et la connaissant je sens poindre le début des hostilités.
- Et tu ne sais pas prévenir lorsque tu débarques chez les gens toi ? Parce que j'aurais pu être en bonne compagnie si tu vois ce que je veux dire -je te signale- !
- Et comment, puisqu'Agathe a dit à Arthur dormir chez toi ?
- C'est pas parce qu'Agathe est présente que ça m'empêche...
- Ah non ! Ne me mêlez pas à votre dispute hein ! Je continue:
- Me voici en traductrice officielle de la furie, elle est juste en colère d'être en colère d'avoir attendu si longtemps pour avoir un message de ta part. Est-ce que tu lis entre les lignes ou pas ?
- Non je ne comprends pas... Me réponds Jules perdu après ma traduction, pas si claire que ça apparement.
- Elle est énervée d'être rester sans nouvelles de toi si longtemps. Mais surtout elle est énervée de l'impact que ça a sur elle. Parce qu'elle tient à toi plus qu'elle ne le voudrait laisser paraître. Tu comprends ? Demande Arthur à son ami.
- Bon, arrêtez de parler pour moi ! Je suis là, je vous signale. Bref on ne va pas rester plantés dans le couloir. Suivez-moi !

Nous ordonne Jade, clairement embarrassée d'être démasquée par Arthur.

- Ah ok cool ! Mais dis-moi, depuis quand tu comprends aussi bien le language des femmes toi ? Demande Jules à son ami en rigolant.

- La question serait plutôt: quand est-ce que toi, tu le comprendras ? Se moque Arthur en retour.

- J'ai bien peur d'avoir des difficultés à vie dans ce domaine, mais heureusement pour moi j'ai d'autres talents ! Pas vrai tigresse ? Jules essaie de renouer le contact avec Jade, et je vois à sa posture qui se relâche qu'il y parvient.

- Hum oui, heureusement sinon je serais complètement folle de te faire monter chez moi ! Jade et son sarcasme... C'est pourtant signe que son épisode passager de démence est passé.

« Ouf ! La soirée est sauvée ! »

Jade ouvre la porte de chez elle, et nous invite tous à y entrer. Les garçons passent les premiers. Heureusement pour nous mis à part des pots de glace trainant sur la table basse, il n'y a pas grand chose qui puisse laisser présager qu'il y a quinze minutes de ça en arrière, nous étions toutes deux en pleine déprime. L'appartement de Jade est à son image: coloré, fleuri et chargé en décoration sans pour autant que cela manque de goût. On s'y sent bien et c'est vraiment chaleureux. Elle nous convie à nous assoir et nous propose quelque chose d'alcoolisé à boire, ce que je refuse prestement. Demain, je reprendrais le service de nuit et très honnêtement je n'ai pas envie de commencer une garde en étant sur les rotules. On a assez profité durant les vacances, pourtant cela n'empêche pas mes compagnons de boire un petit coup. C'est ainsi que je trinque avec mon verre de coca.

La soirée se déroule sans encombre, jusqu'à ce que mon téléphone vibre. En pensant qu'il s'agirait juste de ma mère ou de ma soeur je n'hésite pas à regarder mon téléphone ouvertement devant Arthur. Pourtant en voyant qui est le destinataire du message, je me tends immédiatement et j'ai à peine le temps de lire le contenu du message que celui-ci m'est arraché des mains.

Léo Lambert: Tu rentres quand ? Tu me manques tu sais... Je m'inquiètes, écris-moi stp.

- Agathe, qu'est-ce que ça veut dire ça putain ? Je croyais que tu n'étais plus avec lui !
- Mais c'est la vérité, il m'a quitté le deuxième j...
- Alors pourquoi il t'écrit ça ! Tu me prends pour un con ? Arthur me coupe la parole enragé.
- Mais non, je ne comprends pas, il a pété un câble, j'en sais rien moi ! Je ne sais pas quoi te dire Léo ! Putain Arthur... Olala je suis désolée ! Je panique, je dis n'importe quoi. Je me confonds d'excuses.
- Pourquoi tu paniques ? Tu m'as pris pour un con, je découvre le pot aux roses alors tu perds tes moyens ?
- Mais non ! Détends toi, je vois bien que tu es prêt à dégoupiller là, mais je te jure que c'est un mal entendu !
- Putain de merde, j'en ai rien à foutre de la raison ! Je ne vais pas supporter ça je te le dis tout de suite ! Je me casse !

Il me jette presque mon téléphone en pleine figure et s'en va. Sans plus de cérémonie en faisant claquer la porte d'entrée de l'appartement. Jules alterne entre un regard pour moi et un regard pour ma meilleure amie à plusieurs reprises avant de lancer:
- Euh je crois que je vais y aller ok ? Jade, je t'appelle demain d'accord ? Elle acquiesce d'un signe de tête, il l'embrasse et fiche le camp aussi vite que son ami.

« Mais avec plus de délicatesse... Lui ! »

- Oh my god ! Mais c'est quoi ce délire ? M'interroge ma meilleure amie.
- Je ne sais pas... Mais là j'ai le mauvais pressentiment que je

suis dans la merde !

- Mais non ! Arthur va finir par se calmer et il comprendra que tu ne lui as pas menti. Là, il a réagit à chaud. C'est normal, il est jaloux comme un poux ! Mais ça va lui passer j'en suis persuadée, Agathou...

- Olala ! J'espère que tu dis vrai, en attendant qu'est-ce qu'il me veut Léo ? Ça ne tourne pas rond dans sa tête, ce n'est pas possible autrement...

- Il n'y a qu'un moyen de le savoir !

- Comment ça ? Je l'interroge.

- Réponds lui, et tu sauras ce qu'il te veut...

20

Léo

Ça fait quatre jours maintenant qu'Agathe est partie. Elle aurait dû rentrer aujourd'hui. Enfin il me semble. À vrai dire, je n'en suis plus très sûre, mais pour vérifier je lui ai envoyé un message. Je crois en avoir trop fait pour rattraper la connerie que j'ai faite en la quittant. On verra bien quand elle me répondra.

Il y a un an de ça, qui aurait pu penser que je serais ici, dans l'appartement d'une femme que je connais si peu, à attendre son retour de vacances ? À quel moment ma vie m'a échappé pour la laisser devenir une vaste blague ? J'étais destiné à quelque chose de beau et puis je me suis fait serrer par les flics. Et toute ma vie a explosé.

J'aurais pu avoir la présence d'esprit de prendre des meilleurs décisions pour moi, de faire des choix qui préserverait l'unité de ma famille. Au lieu de ça, j'ai enchainé les mauvais jugements les uns après les autres. Mais le pire de tout, aura été de me remettre à fumer cette merde dont j'ai galéré à me débarrasser. Les joints… Ma pire addiction. Je devais être clean pour mon jugement à venir, mais le départ d'Agathe, le fait d'être seul dans un endroit qui m'est presque inconnu, le manque de ma famille et mon procès à venir, j'ai cédé. J'ai tout envoyé valsé, Agathe comprise et je me suis remis à fumer mon péché mignon. Je dois pisser dans le bocal d'ici une semaine et avec le retour d'Agathe à la maison, ça me forcera à revenir sur le droit chemin. Je n'ai pas le choix si je veux retrouver une partie de ma famille.

Agathe ne sait pas toute la vérité me concernant. Elle sait

l'essentiel et les grandes lignes de mon histoire, mais je n'ai pas approfondi par pudeur, surtout par honte en vérité. J'ai bien conscience ne pas être le meilleur des petits copains pour elle, et c'est aussi une des raisons qui m'a poussé à la quitter lors de son séjour en Espagne. Car je vois bien qu'elle s'est démenée pour me trouver un travail rapidement en usant de ses connaissances, qu'elle m'a offert l'hospitalité sous peu de conditions. C'est une belle personne et j'ai le sentiment de l'entrainer dans ma chute. Ça ne fait qu'obscurcir la perception que j'ai de moi. Un bon à rien, voilà ce que je suis, en plus d'être une mauvaise personne. Et je le resterais surement toute ma vie, si je n'arrive pas à me sortir de cette situation.

Lorsque je termine ma roulée parsemée de cannabis, je vérifie mon téléphone pour regarder si Agathe m'a répondu. Je ne suis pas surpris en constatant n'avoir aucun retour de sa part, à quoi est-ce que je m'attendais avec un message aussi minable ? Mais je n'avais pas su trouvé mieux pour renouer le contact et je trouvais ça encore pire de devoir le faire de vive voix. En face à face. Alors j'ai envoyé ce message, que je regrette maintenant, car il ne rime à rien.

Il est temps de fermer les yeux, demain je dois me lever pour une nouvelle journée dans un travail qui ne me plait pas, avec des gens que je n'aime pas côtoyer. Autant dormir pour oublier un instant que ma vie est une vraie catastrophe.

Je suis réveillé par la lueur du jour. J'ai gardé l'habitude d'Agathe: celle de m'endormir avec les volets entrouverts pour apercevoir les étoiles au moment du couché. C'est d'ailleurs fou qu'une si petite période passée en compagnie d'une autre personne puisse te faire changer ta routine si facilement. Avant je n'aurais jamais pu m'endormir avec une once de lumière mais j'ai finalement pris le pli. Je m'étire avant de m'extraire du lit et file à la douche. Après avoir fini, je vais à la cuisine pour me faire un café bien noir. Je suis enfin apte à commencer une nouvelle journée qui se veut aussi merdique que la veille.

Je me rappelle avoir envoyé le texto à Agathe, alors je retourne dans la chambre pour prendre mon téléphone oublié sur la table de chevet. Lorsque je constate qu'elle m'a répondu vers 5h du matin, je me dis que j'ai foiré plus que ce que je croyais. Mon message a du l'empêcher de dormir.

Agathe Moreau: *Qu'est-ce que tu veux Léo ?*

Ok, cette réponse n'augure rien de positif, mais soyons honnête, elle devra bien rentrer chez elle à un moment donné alors je dois faire en sorte d'arranger les choses entre nous. Je lui réponds:

Moi: *Me faire pardonner ?*

Sa réponse ne se veut pas immédiate. Alors j'en profite pour rouler mon joint avant de partir au boulot tout en me disant qu'il sera peut-être le dernier, autant bien le charger en substance et le savourer. Si jamais Agathe me pardonne, je pourrais plus fumer, elle n'accepterait pas. Mais pour le moment je suis encore libre, alors je le fumerais dans un petit coin de verdure que j'ai trouvé l'autre jour en allant au travail, il avait l'air isolé et au calme. Tout ce dont j'ai besoin en ce moment. Mon téléphone vibre, je me dépêche de donner un coup de langue pour faire coller ma feuille, tasse ma cigarette et la glisse derrière mon oreille en attendant de l'allumer. Je prends les clés de la maison, ferme la porte et me dirige vers le petit parc. Je prends mon portable en main.

Agathe Moreau: *C'est une blague pas vrai ? Tu m'as jeté comme une vieille chaussette sans raison valable et tu reviens comme une fleur ? Tu rêves toi ! Tu ne t'es pas dit une seule seconde que j'avais peut-être rencontré quelqu'un d'autre entre temps ?*

En 4 jours ? Elle aurait fait fort quand même, je sais que notre couple ne respirait pas l'amour fou mais quand même. Non, je n'avais même pas envisagé qu'elle puisse rencontrer quelqu'un si rapidement. Est-ce vrai ou seulement une stratégie pour me faire enrager ?

Moi: Non, en effet je n'y ai pas pensé. Est-ce réellement le cas ?

Agathe Moreau: J'ai que ça à foutre... Te mentir ! Je serais à la maison dans 15 minutes même pas ! Alors on aura le temps d'en discuter après ton service.

Putain, alors ça, si je m'y attendais ? Pas du tout ! Mais qu'est-ce que j'ai loupé ? Je ne saisis pas ! Elle est partie depuis vraiment peu de temps, et sauf erreur de ma part on était ensemble avant son départ, alors ça me laisse penser que quatre jours c'est vraiment peu pour rencontrer quelqu'un d'autre non ? Je ne suis pas vraiment en mesure de lui en vouloir après avoir fait tout ce que j'ai fait mais putain je suis énervé. En même temps je ne peux m'en prendre qu'à moi-même, si je ne l'avais pas quitté et si avant ça je m'étais investi à fond dans notre couple, peut-être qu'elle ne se serait pas détournée si facilement.

Aussi avec mon procès approchant à grand pas, si la nouvelle de ma séparation venait à s'ébruiter, je ne crois pas que cela jouerait en ma faveur pour la sentence que devra rendre le juge. Mon avocat a été clair, pour avoir à minimum de chance de m'en sortir je dois prouver ma stabilité: d'où mon travail de merde et mon emménagement si rapide chez Agathe. Elle était au courant de tout ça, sans trop rentrer dans les détails, mais si elle a un mec aujourd'hui ça change tout pour moi ! Merde !

Finalement, après cette mauvaise nouvelle et mon avenir encore un peu plus compromis qu'avant, je décide d'allumer mon joint un peu plus tôt que prévu. Je n'arrive pas à croire qu'elle m'ait évincé si rapidement de sa vie... Je ne sais pas ce que je ressens et pourquoi ? Est-ce parce que mon égo en prend un coup, ou parce que mes chances de rester en liberté s'amenuisent avec cette annonce, ou est-ce parce qu'un autre que moi va partager sa vie que je sens poindre la colère ?

Je suis en pleine réflexion, quand une voiture se gare à côté de moi, mon instinct me dicte de faire attention, qu'un évènement qui s'est déjà produit est en train de se reproduire. Mais avant d'avoir le temps de faire quoi que se soit, j'entends plusieurs portières de voiture claquer :

- Bonjour monsieur, contrôle d'identité. Mettez-vous sur le côté, nous allons procéder aux vérifications.

Et là, je ne mets pas deux secondes pour comprendre que c'est la fin. Ce que je désirais plus que tout éviter, quitte à faire de mauvais choix, arriva. J'allais me faire coffrer, passer en comparution immédiate et être emmené en prison. Foutu pour foutu, et même si ça risque d'empirer mon cas, je fumes autant que je peux sur mon pétard avant qu'on m'ordonne de le jeter. Je fournis mon identité quand deux agents de la BAC, brigade anti-criminalité, m'entourent, alors qu'un autre fait les recherches sur son ordinateur de bord. C'est ainsi que mon historique ressort, que le début de ma garde à vue débute et qu'une perquisition où j'ai élu tout récemment domicile est ordonnée.

J'allais retrouvé Agathe bien plus rapidement que prévu, et malheureusement les explications ne seront pas de rigueurs. Mon arrestation marquait le début de la fin de cette mascarade. Finalement je ne fus que soulager de savoir que j'allais enfin vivre là où je méritais d'être. Après tout, j'avais fait du mal à toutes les personnes m'ayant un jour côtoyé. Alors je ne méritais que ça. Un des agents de la BAC me met les menottes au poignet, baisse ma tête pour m'enjoindre de monter dans le véhicule.

Arrivés devant la maison d'Agathe mon estomac se serre à l'idée de décevoir une personne de plus. Même s'il ne s'agit pas du grand amour de ma vie, elle m'a soutenu quand d'autres m'ont tourné le dos et je ne voulais pas lui causer du tord de cette façon. Je pensais qu'au fil du temps je réussirais à avoir de vrais sentiments amoureux pour elle, mais ça n'a jamais dépassé le stade de l'affection que je lui porte à l'heure actuelle. Le policier me fait sortir de la voiture, pendant que les deux autres sont déjà devant la porte à parler avec Agathe. Lorsqu'ils s'écartent tous deux pour me laisser passer, escorté de leur collègue et menotté, je vois le visage de ma copine pâlir à vu d'oeil. Je ne crois pas qu'elle s'attendait à avoir un tel accueil à son retour de vacances. Mon trait d'humour n'enlève en rien la peine que j'ai en voyant son incompréhension passer dans ses yeux. Elle a toujours été très expressive et ça se confirme encore une fois aujourd'hui.

- Nous avons procédé à un contrôle de routine ce matin sur Mr Lambert, il était en possession de stupéfiant. Nous avons l'ordre de perquisitionner votre domicile madame.

- Quoi ? Mais pourquoi ? S'affole Agathe.

Je vois bien qu'elle souhaiterait que je m'exprime mais rien ne sort de ma bouche. J'ai peur de trop lui en révéler si je commence à l'ouvrir. Alors je me tais, trop honteux, trop lâche et l'implore du regard de ne pas me questionner. Elle à l'air de comprendre ma requête car son comportement change du tout au tout. Je vois Agathe passer du statut de dépassée à celui d'irritée. Et pas contre les agents de la BAC. Non, contre moi bien entendu, mais même si ça ne me fait pas plaisir de la mettre en rogne je préfère ça à l'incompréhension et la peine sur son visage. Car malgré tout, je tiens à cette fille.

20

« Vous devez faire confiance à quelque chose:
votre instinct, votre destin, votre vie, votre
karma, peu importe... » S. Jobs

Je crois être dans un mauvais rêve, je ne devrais plus tarder à me réveiller. Cela ne peut pas être possible autrement. Mais comment ma vie a-t-elle pu autant dérailler en si peu de temps ? J'avais un mec, qui n'est plus, puis un autre dont je n'ai plus de nouvelles, j'ai les flics chez moi, mon ex menotté, mon appartement sur le point d'être retourné. Et j'ai le pressentiment que ce n'est que le début des emmerdes. Je fulmine à chaque fois qu'un policier déplace quelque chose avec peu de délicatesse pour fouiller mon intérieur. Cela me mets hors de moi, ils inspectent l'intégralité de mon intimité, et même si j'ai le sentiment qu'ils sont indulgents avec mes affaires, je n'en ai cure à cet instant. Ils font juste leurs métiers et ça j'en ai conscience, mais je suis en colère contre tout le monde. Surtout contre moi-même à vrai dire, car j'ai eu besoin de personne pour choisir Léo. Je l'ai fait en mon âme et conscience.

L'un des agents ouvre un des tiroirs de la table de nuit pour le refermer aussitôt. Dans d'autres circonstances son air penaud aurait pu me faire sourire, mais ici je suis encore plus déconfite que lui. Si j'avais ne serait-ce pensé qu'un flic pourrait tomber sur ma collection de vibromasseurs j'aurais acheté un coffre fort pour m'éviter cet embarras. Ils annoncent n'avoir rien trouvé et qu'ils mènent mon ex au commissariat le plus proche pour poursuivre sa garde à vue en attendant de passer en comparution immédiate. Dans leurs jargons cela veut dire qu'un tribunal ordonne un jugement immédiat pour comparaître sur quelque chose qui ne mérite pas d'enquête approfondie. Je me suis renseignée quand j'ai fait la connaissance de Léo, et pour faire simple, entre ses antécédents et son arrestation du jour en possession de stupéfiants je n'ai pas de doute, son incarcération sera inévitable. Avant de partir, Léo m'a soufflé qu'il était désolé mais je n'ai pas su quoi lui répondre. Maintenant je regarde la voiture s'éloigner tout en réfléchissant de quoi il s'excuse au juste ? De m'avoir quitté, de m'avoir menti sur sa consommation de drogue, d'avoir fait intervenir les flics chez moi, ou d'avoir foutu le bordel dans ma vie ? Il y aurait tellement de raisons que finalement, il s'excuse peut-être juste d'exister ?

« Je suis méchante... Inspire, Expire ! Calme toi, Agathe ! »

Pour ma défense je suis fatiguée, irritée par l'absence de nouvelles d'Arthur et angoissée par la suite des événements. Qu'est-ce que je suis sensée faire maintenant ? Je vais commencer par appeler l'hôpital et me faire passer pour malade. Je ne peux pas aller au travail avec tout ça dans la tête. Je risque peut-être de me porter l'oeil en affirmant que je suis malade alors que ce n'est pas le cas, mais tant pis. À dire vrai, un problème de plus ou de moins, je ne suis plus à ça près. Après avoir obtenu quelques jours de repos auprès de ma direction, sous présentation de certificat médical, je passe un coup de téléphone à mon médecin traitant pour obtenir un rendez-vous dès que possible. Celui-ci est planifié pour demain matin. Machinalement et comme un robot, je m'active à remettre ma maison en ordre. Mon salon, ma cuisine et ma salle de bain étant à présent rangées, je me dirige vers ma chambre qui, j'ai l'impression, à subit le plus de dégâts. Je plis mon linge, le classe par catégorie puis commence à le mettre dans mon armoire. Quand j'arrive au casier prévu pour les tee-shirts je sens la planche du fond bouger. Je suis sûre à 99% que celle-ci n'a jamais bougé, c'est pourquoi je m'accroupis afin de vérifier plus attentivement.

Quelle n'a pas été ma surprise, quand je me suis aperçue qu'une plaque pouvait se détacher et que dans le fond de celle-ci se cachait un gros carré marron. Il ne m'en a pas fallu plus pour comprendre qu'en plus d'avoir eu une perquisition chez moi, aujourd'hui j'ai risqué gros. Avoir de la drogue en grosse quantité à son domicile est très grave, j'aurais pu être accusé d'être une nourrice comme on dit dans le milieu, autrement dit, celle qui stocke la drogue pour que l'autre puisse l'écouler. Sur le point d'exploser suite à cette découverte, j'appelle Jade à la rescousse pour lui exposer le problème dans les grandes lignes. Dans mon malheur, un bon point subsiste: mes parents sont partis en week-end, ça me permet de gérer tout ce merdier sans les avoir sur le dos. C'est un avantage certain. Quant à ma soeur, elle n'est pas intrusive, elle sait que je ne manquerais pas de l'appeler pour qu'on se voit dès que possible, en revanche je lui ai quand même indiqué être rentrée saine et sauve de vacances. Je lui expliquerais mes mésaventures quand on se verra. Pour le moment, je souhaite préserver à maximum ma famille des conséquences que peuvent avoir eu mes choix. De son côté, Jade ne s'est pas faite prier et m'a rejoint dans les dix minutes qui ont suivi mon appel.

- Merci d'être venue ! C'est une catastrophe putain !

- Je ne te dirais pas que je t'avais pas mise en garde... Mais je t'avais prévenu...

- T'es sérieuse là Jade ?

- Oh je m'excuse... Mais c'était trop tentant ! Allez, ne t'inquiète pas on va trouver une solution, ok ? Se reprend mon amie sous mon regard courroucé.

- Oui, ben moi la première solution que je trouve dans l'immédiat c'est de fumer toute cette drogue, pour ne plus rien avoir en ma possession. Ensuite on sera tellement défoncé qu'on pourra dormir des jours et des jours, au point d'oublier que ma vie devient n'importe quoi ! Pour peu que les flics reviennent, je serais arrêtée pour possession de drogue, et je n'aurais que mes yeux pour pleurer derrière les barreaux ! Putain...

- Agathe, calme toi, tu paniques légèrement là... Respire un grand coup, ça va aller je te le promets d'accord ? Jade à l'inverse de moi, complètement calme.

Je suis incapable de lui répondre, je hoche simplement la tête et la suis comme un zombi en direction de ma chambre pour lui montrer l'énorme rocher trouvé dans mon placard.

« J'exagère vraiment très peu... Cette fois-ci pas de drama queen, je le jure ! »

- Ah oui quand même, c'est pas un petit morceau qu'il avait caché le coquin ! Rigole mon amie.
- Tiens, tu vois ! Imagine les flics reviennent réellement ici et nous voit avec cet énorme truc entre les mains ? Putain et je t'ai appelé en plus, je fais de toi ma complice ! Putain c'est la merde Jade, je vais faire une crise cardiaque dans dix secondes...
- Reprends toi, expire, inspire... Expire, inspire... Oui voilà continue... Parfait ne t'arrêtes pas je gère la situation. Nickel souffle comme un petit chien... Allô... C'est parfait Agathe... Oui je m'excuse de te déranger, mais tu pourrais venir chez Agathe s'il te plait ? On a un petit soucis... C'est parfait ma poule ! Ok super merci, je t'envoie notre géolocalisation. Merci beaucoup... C'est génial ma Agathe. Tu te sens mieux maintenant ?
- Ça dépendra de ta réponse, est-ce que c'est Jules que tu as gentiment convié à la maison ?
- Euh... Oui pourquoi ?
- Miséricorde ! Encore un complice putain ! Qui n'est autre que le meilleur ami de mon mec, qui ne me répond plus...
- Ok ! Ça suffit, tu m'agaces. Tu pars trop loin dans ton délire. Recentre toi, Jules est avocat, il va nous trouver une solution ne t'en fait pas.
- Si tu le dis... Je vais me chercher une poche en papier, je suis en hyperventilation.
- Tu fais une crise d'angoisse pour rien ! Me sermonne mon

amie.

- Pour rien ? Les flics ont fouillé toute la maison, ils ont embarqué Léo et j'ai un putain de rocher de drogue chez moi ! Je pars en direction de ma cuisine.

- Ok calme-toi. Je comprends. Tout va rentrer dans l'ordre ! Je l'entends crier alors que je cherche ma poche en papier.

Je suis en plein exercice respiratoire devant mon évier, à me demander si l'utilisation de la poche en papier me serait réellement utile, quand quelqu'un sonne à ma porte. Je me retrouve incapable de bouger, tant je suis tétanisée à l'idée que la police soit derrière ma porte. Ils vont nous embarquer, Jade et moi, pour possession de drogue, on sera condamnées à perpète, on viendra nous donner des oranges aux parloirs jusqu'à la fin de nos jours...

« Olala ça recommence. Je dégénère ! »

Je vois Jade me passer devant et se présenter à la porte comme-ci de rien, alors que moi, je suis maintenant avec mon sachet pour réguler ma respiration. Cette femme m'épate de sa force tranquille, là où elle me manque tellement. Je vois deux chaussures d'hommes, puis encore deux autres s'immiscer dans ma demeure. Je décide de fermer les yeux et de continuer mon exercice de respiration plutôt que de voir les flics s'approcher de moi pour me mettre les menottes. Je réouvre les yeux quand j'entends le bruit d'un flash. Trois énergumènes, dont un tenant son téléphone pour immortaliser le moment, se tiennent debout devant moi. Il y a Jade, Jules et Arthur... Les trois explosent de rire quasiment simultanément. Malgré l'inquiétude qui me ronge, un sourire se dessine sur mon visage. J'aime les voir rire ainsi.

- Alors la froussarde, on a retrouvé du shit dans sa maison ? M'interroge Jules.

- Chut ! Ça ne va pas la tête. Tu devrais crier encore plus fort histoire que mes voisins t'entendent. Je le houspille un peu.

- Ils ont certainement vu passer les flics alors ils doivent bien se douter de quelque chose... Ajoute Arthur avec son flegme habituel.

- Vous êtes venus pour m'achever ou pour m'aider en faite là ? J'ai pas bien saisi ! Je me rebelle.

- Allez vient Agathe, montre leur ta trouvaille !

- Je rêve, où tu semble heureuse à l'idée qu'on ait ça chez moi ? J'arrête mon amie alors qu'elle commence à sautiller pour se rendre jusqu'à ma chambre.

- Ben oui, on aura de quoi égayer nos soirées à venir !

- Mais parce que tu crois que je vais garder ça en ma possession après ce qu'il s'est passé aujourd'hui ? Mais tu es folle ma parole ! Je m'emporte après elle.

- Calme toi princesse, tu ne risques rien, on va trouver une solution ! Essaie de m'apaiser Arthur. Mais au contraire son intervention lui attire mes foudres.

- Ah ! Te voilà toi, je t'ai envoyé trente putains de messages auxquels tu n'as jamais dénier me répondre, ce qui m'a empêché de dormir et tu me parles comme ci rien ne s'était passé ? Tu te fou de ma gueule j'espère ?! Je crie si fort que je suis persuadée d'avoir réveillé l'intégralité du quartier.

- On en reparlera après. Pour le moment il y a autre chose à gérer. Me répond-il posément.

Son ton calme me ferait perdre les pédales, si je n'avais pas d'autres chats à fouetter. Malheureusement, je me dois d'avouer qu'Arthur a raison, il y a autre chose à gérer de bien plus grave.

« Comme faire évacuer cette merde de chez moi, par exemple ! Je parle de la drogue hein, si jamais quiproquo il y avait... »

- Ok, où as-tu trouver ça ? Demande Jules. Je comprend à sa posture qu'il prend les choses en main.

- Dans le casier du bas. Je lui indique celui concerné.

- Ok, on va vérifier qu'il soit bien vide et refouiller un peu plus minutieusement la maison. Tu veux bien ? Me demande gentiment le mec de ma meilleure amie.

C'est ainsi que nous nous mettons tous à la recherche d'une autre trace de stupéfiant à mon domicile. Étant complètement stressée par les événements passés, j'oublie qu'un endroit est bien trop personnel pour être fouillé par quelqu'un d'autre que moi. Lorsque j'en prends conscience, je cours dans ma chambre pour éviter que l'impensable se produise. Au moment où je passe le seuil de la porte, Arthur referme le tiroir que je souhaitais tant voir fermé.

- Tu es plutôt bien équipée, dis-moi ! Arthur rigole autant qu'il le peut. De mon côté, mon hostilité à son égard refait surface.
- Ça ne te regarde plus, depuis le moment où tu as décidé de m'ignorer !
  Tu sais très bien pourquoi je l'ai fait ! Il hausse le ton.
- Non, tu as choisi de m'ignorer et de piétiner ce que je t'avais déclaré quelques heures plutôt, au lieu de m'écouter et de comprendre. Je lui aboierais presque dessus, tant son comportement m'a blessé.
- Ok tu as raison, mais comprends moi putain ! Ton ex revient vers toi, alors même que c'était ma pire crainte. Ma venue en surprise avait peut-être compromis tes plans, peut-être qu'il était prévu que vous voyez... Qu'est-ce que tu aurais pensé toi à ma place ?!
- Peut-être comme toi, tu as raison, mais j'aurais essayé de comprendre au moins !
- Ben je ne suis pas toi, figure toi ! Valait mieux que je parte, j'aurais pu dire ou faire des choses qui t'auraient blessé.
- Tu m'as blessé de toute façon.
- Je sais princesse. Je ne le voulais pas. Mais ce texto a suffi pour me faire ouvrir les yeux. Je ne pourrais pas le savoir dans ta vie si moi j'en fais parti.
- Mais je ne comprends pas... Quand on a discuté par messages hier, tu n'as pas saisi que je te dévoilais mes sentiments ?
- Si j'ai compris, mais ça ne suffit pas.

- Ah bon ? Et qu'aurait-il fallut que je fasse pour que se soit suffisant ? Si tu étais resté plus longtemps, tu aurais pu voir de tes propres yeux que je lui annonçais être avec quelqu'un d'autre. Et tu m'as ignoré toute la nuit...

- Qu'est-ce que ça change si tu finissais par retourner vivre sous le même toit que lui ? Tu ne comprends pas. Alors réfléchis deux secondes Agathe et ensuite on pourra en reparler ! Il quitte la pièce, et me bouscule au passage.

Il m'est impossible d'être perspicace. Je suis trop chamboulée. Le manque de sommeil se fait ressentir également, non c'est clair, je ne suis pas en mesure de penser sous un autre angle de vue que le mien en cet instant. Je me suis endormie au petit matin avec la déception de n'avoir aucun message d'Arthur, puis réveillée par Léo avec son message de merde. J'aurais du me douter que la journée serait sur la même lignée que son SMS.

« Merdique... »

En même temps, si je suis dans cette situation, c'est uniquement et entièrement de ma faute. Tout le monde a essayé de me faire ouvrir les yeux sur ma relation avec Léo, mais je n'ai pas voulu écouter. Si j'avais entendu les mises en garde des uns et des autres, je n'en serais pas là.

- On a fini de fouiller Jules ! Crie Jade à l'attention de son amoureux.
- Ok parfait ! Vous n'avez rien trouvé d'autre ?

Je me joins au groupe, pour signifier n'avoir rien découvert de mon côté. La maison est vide de substances illicites.

- Super ! C'est déjà une bonne nouvelle s'il n'y avait que ça. Ça pourrait peut-être me servir pour soudoyer quelqu'un dans l'une de mes affaires. Je ne serais jamais appréhender pour ça, et même si c'est pas très déontologique, je suggère de la garder avec moi...
- Non ! S'interpose Arthur. Tu commences tout juste à te faire

un nom, il est hors de question que je te laisse prendre un risque avec ça. Ce n'est même pas toi qui aurait du être contacté en premier, même si je te remercie d'avoir agi si rapidement. Bref c'est mon problème maintenant. Et si complications ils y avaient, mon meilleur pote et mes parents sont avocats... À vous trois, vous devriez réussir à me sortir du pétrin non ?

- Oui c'est sur, mais...

- Il n'y a pas de mais, je m'en occupe. Merci d'avoir aidé Agathe, mon frère. Je gères maintenant.

Voici les conséquences de mes actes: s'il arrive quelque chose à Arthur en possession de cette merde, ça sera entièrement de ma faute.

« Voilà le fameux retour de bâton ! »

21

« Les hommes sont tous les mêmes. Seuls leurs visages sont différents pour qu'on puisse les distinguer. » M. Monroe

Nos amis viennent de partir, Arthur et moi sommes maintenant seuls chez moi. Une première donc, et si tout à l'heure j'étais dans un état de léthargie, il n'en est plus rien maintenant.

\- Qu'est-ce qu'il te prend de vouloir prendre un risque pareil ? Je dois te rappeler ce que tu m'as dit il y a quelques heures ?

\- Rafraichis moi l'esprit, vas-y, je t'en prie.

\- Tu as dit que tu ne supporterais pas ma situation, et tu t'es barré. Et maintenant tu voudrais gérer mon problème ?

\- Oui en effet, je ne supportais pas que ton ex soit en travers de mon chemin. Mais je crois que la vie l'a évincé sans même que je fasse quoi que se soit. Se moque Arthur.

\- Tu trouves ça drôle ? Il va finir en taule ! Et même si je lui en veux, ça ne veut pas dire qu'il mérite forcément ça. Il est gentil dans le fond, il est juste perdu dans sa vie... Et au départ je croyais pouvoir l'aider, je pensais même que j'y étais un peu parvenue. Mais en voyant le déroulé de la matinée, je me suis lourdement trompée...

\- En effet. Je vais pas te consoler à ce sujet Agathe. Depuis que je te connais, je sens que quelque chose ne tourne pas rond dans votre histoire. Aujourd'hui, ce n'était que les prémisses des emmerdes.

\- Pourquoi tu t'entêtes tant ? Je lui demande, exaspérée par cette rengaine. Si ton but est de le discréditer pour avoir la première place dans mon esprit ou mon coeur, ce n'est pas comme ça que tu y parviendras.

- Je le sais, et ce n'est pas mon but. Ma place je l'ai obtenu simplement parce qu'elle était libre depuis le départ. Lui, n'avait rien acquis parce qu'il n'a pas essayé. Et c'est ça qui est louche, vu la personne que tu es, on n'a pas envie de te laisser partir sans avoir au moins essayé de te retenir. Et lui n'a rien fait de tout ça. Si tu ajoutes encore à cela sa situation bancale ça fait beaucoup de circonstances douteuses sur ses réelles intentions.

- Pff ! Je ne sais pas... Je ne sais plus. Il est clair que ni lui ni moi, n'étions au stade de l'amour, mais quand même... Bref je ne veux pas parler plus longtemps de tout ça avec toi. Le fait est que maintenant il va être incarcéré. Et que ça change beaucoup de choses.

- Comment ça ? Me demande Arthur.

- Je ne vivrais plus sous le même toit que lui, tu n'auras plus de raison d'être jaloux. Et pour courroner le tout, je n'ai plus à m'inquiéter d'être appelée à la barre pour témoigner. Par contre, toutes ses affaires sont chez moi, je devrais quand même m'occuper de lui en quelque sorte...

- Pff ta bonté te perdra. Je ne sais pas quoi te dire. Ma foi, fait comme bon te semble. Mais je te préviens tout de suite, si tu souhaites te rendre à un seul parloir avec lui, tu m'oublies. Est-ce que je suis clair ?

- Pour le moment on y est pas, il est même pas enc...

- Non non, n'esquive pas ma demande. Est-ce que je suis clair, Agathe ?

- Oui tu es clair et limpide ! Là tout de suite j'ai envie de te dire que non je ne m'y rendrais pas...

- Mais ?

- Mais s'il a un problème quelconque et que personne ne puisse s'y rendre à part moi ? Je devrais le laisser dans la merde ?

- Oui c'est bien ça. Opine Arthur.

- Alors je ne sais pas quoi te dire, j'essaie de te faire comprendre depuis le départ, que je ne veux pas le laisser dans la merde. Je l'aurais fait pour n'importe qui, ça me fait de la peine. Oui ok, je ne m'y rendrais pas, mais ça serait uniquement pour toi, car dans le fond moi je souhaiterais m'y rendre.

- Ben ça a le mérite d'être clair au moins. Tu l'aimes ?

- Non ! Et d'ailleurs je ne crois pas déjà l'avoir aimé. Pourtant on a partagé une intimité et tout… Mais quelque chose manquait.

- Ok… Écoute, je vais te laisser remettre en ordre tes pensées, ce que tu souhaites réellement pour nous et quand ça sera clair et que tu souhaiteras prendre en compte mes limites. Tu sauras où me trouver.

- Attends qu'est-ce que tu essaies de me faire comprendre là ? Tu ne veux plus être avec moi ?

- Oh si je le veux, mais je te l'ai dit, je ne peux pas si tu souhaites lui accorder trop d'importance. Et le fait que tu lui viendrais en aide, même s'il ne s'agit que de gentillesse, c'est trop. Moi je n'accepte pas, plus maintenant qu'il est en prison et qu'on aurait pu vivre uniquement pour nous deux.

- Il n'est pas encore en prison ! Je ne comprends pas ! Arthur, je ne t'ai pas pris en traitre, tu le savais qu'il serait dans le paysage ! Alors pourquoi faire marche arrière maintenant ?

- Parce que je me suis rendu compte cette nuit que mon obsession pour toi, pourrait me faire faire des choses complètement folles Agathe. Tu ne sais pas tout ce qu'il m'est passé par la tête, tous les scénarios imaginés pour t'avoir rien que pour moi. Et je ne comptes pas finir ma vie entre quatre murs moi aussi.

- Oui, mais j'ai compris cette part de folie en toi depuis le début et je sais que tu peux la contrôler, regarde tu n'as rien fait d'idiot !

- Oui, mais à quel prix ? Je sais qu'on se retrouvera Agathe. Tu es mon âme soeur j'en suis persuadé. Ce n'était pas le bon moment pour commencer notre histoire, c'est tout.

- Non ! Tu ne peux pas me laisser. Je ferais tout ce que tu veux, je te jure, je couperais les ponts avec Léo si ça peut te faire changer d'avis ! Mais reste je t'en supplie… Reste ! Je pleure, dévastée à l'idée que tout s'arrête maintenant.

- Je suis désolée Agathe, entre ce que je m'étais imaginé pendant les vacances et la réalité de nos vies, j'ai l'impression qu'il y a un monde. Je ne suis pas en mesure de t'apporter tout ce que tu souhaites pour être épanouie pour l'instant.

- Mais c'est des conneries tout ça ! Ma gorge est nouée par les sanglots que je refoule.

- Regarde moi, Princesse. Il s'approche de moi, prend mon menton en coupe, sèche mes larmes, sonde mon regard noyé, s'y accroche puis me dis:

- Tu es mon âme soeur. Je le sens car quand je te touche, tout mon être vibre. On ne peut pas ressentir ça plus d'une fois dans une vie, on est fait pour être ensemble toi et moi, mais c'est juste une question de mauvais timing. En attendant je ne serais jamais loin de toi. Assez près pour te protéger si besoin, pas trop près pour ne pas me consumer... On se retrouvera ok ? Il remet une mèche de cheveux qui s'est enfuie de mon chignon, derrière mon oreille.

- Olala... c'est la pire... rupture... de toute... ma vie ! Je sanglote et renifle entre chaque mot. Ne me laisse pas... S'il te plait ! J'ai lutté au départ... pour t'éloigner de ma vie, parce que... je savais que ça serait trop compliqué, tu m'as incité... à te laisser une place et maintenant... tu m'abandonnes ! Mon ventre se tord à l'idée de le laisser partir.

- Je suis désolé Princesse, c'est le mieux à faire pour le moment. Je suis désolé... Il m'embrasse sur le front. Je sens qu'il y met toute son affection à mon égard. Je n'ai même pas le temps de le retenir ou de le toucher une dernière fois, qu'il prend déjà la fuite.

Je me rappelle maintenant pourquoi j'avais fait le choix de ne plus jamais aimer. Cette douleur que je ressens est tellement intense. J'ai l'impression de manquer d'air, de suffoquer, que mon estomac se broie, que ma gorge se noue, et je sais d'expérience que je vais ressentir ces sensations toutes plus désagréables les unes que les autres encore un long moment. En cet instant, je m'en veux d'avoir cédé à mes propres principes, car je sais que si je n'avais pas plier face à Arthur je ne serais pas dans cet état.

« Un être vous manque et tout est dépeuplé. »

Il est vrai que c'est Léo qui m'a d'abord fait dévier de ma ligne de conduite, pourtant je n'ai pas perçu la même émotion, quand celui-ci m'a quitté sans aucune raison. J'ai été déçue, peut être un peu blessée dans ma fierté également, mais rien de semblable avec mes sentiments du moment. Ce qui me prouve encore un peu plus que je ne ressens rien de plus qu'un grand attachement envers Léo, et quelque chose de bien plus fort pour Arthur. Je me demande pourquoi Arthur m'a tant poussé dans ses bras, dans mes retranchements, si c'est pour faire marche arrière à la première difficulté rencontrée. S'il avait respecté les limites que j'ai eu tant de mal à essayer de garder intact je n'en serais pas là. Je commence à sentir la colère me submerger, à reconnaître la rancoeur s'immiscer en moi. Je me moque de ces belles paroles, car s'il pensait réellement que nous sommes des âmes soeurs, il ne m'aurait pas quitté sans même se donner la peine d'essayer d'aller plus loin dans notre histoire. Il a fait comme Léo, il m'a quitté avec tant de facilité que c'en est déconcertant et humiliant. La boule au ventre je regarde mon téléphone, je sais que je ne dois pas envoyer de message, alors je ravale ce désir, cette envie de lui courir après. J'ai mal, maintenant ou après, je ne retournerais pas vers Arthur. Aujourd'hui je dis qu'il est trop tôt pour faire le premier pas, demain je dirais qu'il est trop tard. Peut-être est-ce de la fierté mal placée, peut-être est-ce parce que j'ai trop mal pour le faire ou trop peur de prendre le risque d'être rejetée une fois de plus, je ne sais pas… Quoi qu'il en soit, je ne ferais rien pour le faire revenir dans ma vie. Même si j'en meurs d'envie. À compter de ce jour, je m'efforcerais d'avancer, en mode pilote automatique s'il le faut, mais je reprendrais ma vie en main. Je ferais ce qu'il me semble juste et ce que je prévoyais de faire. Avec ou sans Arthur à mes côtés.

« Qui vivra, verra… »

Je dois me préparer à l'incarcération de Léo, lui préparer un sac d'affaire, me rendre au commissariat le plus proche pour savoir où il se trouve à l'heure actuelle. Est-il encore en geôle ou a-t-il déjà été envoyé devant le juge ? Peut-être est-il déjà dans le camion des administrations pénitentiaires que l'on peut parfois apercevoir sur les routes. Ces véhicules qui ont pour but de transférer les délinquants d'un endroit vers un autre. Le plus souvent, du tribunal vers la prison et inversement. Et si tel est le cas, il se dirige vers quelle prison ? Je suis devant mon armoire à me demander quels vêtements je peux bien lui mettre dans son sac. Cela fait raviver le souvenir de mes préparatifs pour partir en vacances avec les filles. Il y a encore quatre jours je croyais que Léo serait celui qui partagerait le reste de ma vie.

« *Quel revirement de situation…* »

Qui aurait pu croire, il y a une semaine de ça en arrière, que ma vie ressemblerait à ça aujourd'hui ? À l'époque, l'hypothèse qu'il soit incarcéré m'avait traversé l'esprit. Si bien que je m'étais renseignée sur le sujet, j'avais cherché des témoignages de femmes de détenus pour savoir comment je devrais me comporter pour le soutenir au mieux durant cet épreuve qu'est l'enfermement. C'est vrai que je m'étais préparée à tout un tas de scénarios, mais celui où je serais présente pour lui en tant qu'amie ne m'avait pas traversé l'esprit. Quand je fais le comparatif de ce que j'ai ressenti durant ma « longue » relation avec Léo et ma courte histoire avec Arthur, il est clair que je me fourvoyais lourdement sur mon histoire avec le premier. J'aurais dû m'en douter dès le départ, il y avait des signes qui ne trompaient pas. Ces questions que je ressassaient sans cesses: pourquoi il ne m'embrasse pas ? Pourquoi il ne souhaite pas rencontrer ma famille ? Pourquoi je vois moins mes amies ? Pourquoi tout le monde semble douter de mon histoire ? Avec du recul maintenant, je comprends mieux. Nous n'étions pas fait pour être ensemble, nos coeurs étaient destinés à d'autres. Alors pourquoi me suis-je autant voilée la face ?

Ls paroles d'Arthur ont nourri les doutes que j'avais au sujet de Léo, quant celles de ma famille et amies ne faisaient qu'accroitre mon souhait de m'investir encore un peu plus dans cette relation. Comment l'expliquer ? Pourquoi les mises en garde d'Arthur ont-elles eu plus de poids que celles des autres ? C'est un euphémisme quand Arthur s'est éclipsé de ma vie alors que les autres seront toujours présents pour moi. Finalement ils avaient tous raison, Léo a des secrets. Son arrestation du jour me le prouve bien, moi qui le pensait clean… Reste à savoir jusqu'où mes proches étaient dans le vrai. Pour en avoir le coeur net, je sais ce qu'il me reste à faire.

« Inspecteur Columbo, n'a qu'à bien se tenir ! »

22

Arthur

J'ai passé la journée à ressasser la dernière conversation que j'ai eu avec Agathe. Je trouve cette fille dotée d'une intelligente émotionnelle vraiment puissante, alors je ne comprends pas pourquoi elle n'arrive pas à piger ce que je m'évertue à lui faire entendre. Et c'est justement son incompréhension face à mon ressenti qui me fait penser qu'elle a encore des sentiments pour son ex. Autrement, comment pourrait-elle préférer être présente pour lui plutôt que de rester avec moi ?

Elle m'a dit vouloir rompre le lien avec Léo plutôt que de me laisser partir. Mais au fond d'elle je sais qu'elle souhaite l'aider. Et je ne peux pas être celui qui l'empêche de faire ce qu'elle veut réellement. Cette fille m'aura vraiment grillé les neurones. J'ai vu, durant notre séjour, qu'elle est vraiment particulière. Elle possède ce quelque chose en plus que peu de monde peut se targuer d'avoir. Elle est entière. Et ça je ne peux pas lui enlever, mais ce que je trouve être sa qualité première est aussi un frein à notre histoire. Comment voudrait-elle que je survive si l'ombre de son ex plane en permanence au dessus de nos têtes ? S'il a réussi à la séduire une fois, pourquoi n'y parviendrait-il pas une seconde fois ? En prison, seul, avec pour seul réconfort Agathe, comment ferait-il pour ne pas se raccrocher à elle ? Il serait bien con de passer à côté du soutien qu'elle lui propose, et si je doutais de ses sentiments envers elle auparavant, il est clair que dans de telles circonstances, il n'aurait pas de mal à s'éprendre d'elle réellement cette fois-ci. Et lorsqu'Agathe se rendrait compte qu'il lui ouvre enfin son coeur, je ne ferais pas le poids face à lui.

Elle a lutté contre moi, pour lui, alors même qu'il l'avait quitté, sous prétexte qu'elle avait des responsabilités envers lui. Mais finalement peut-être était-ce juste parce qu'elle éprouvait de sincères sentiments pour lui et que je me suis trompé à ce sujet. Je m'étais dit que si je pouvais comprendre son langage corporel, que si je pouvais lire en elle, c'était parce qu'une connexion s'était établie entre nous. Mais peut-être que je me suis tout bonnement leurré à ce sujet également.

Oui. Je suis fou. Par manque de confiance en moi, en elle, j'en arrive même à remettre en question les certitudes que j'ai concernant notre histoire. Agathe m'a fait vrillé, elle est mon âme soeur, et si je suis un minimum honnête avec moi-même, j'ai décidé de couper court à notre histoire uniquement parce que je ne supporte pas l'idée de ne pas être le seul pour qui elle souhaite être présente. Par égo et fierté mal placée; voilà pourquoi j'ai tout arrêté. Mais c'est plus fort que moi, je ne supporterais pas d'être relégué au second plan. Je sais déjà que mon obsession pour elle me ferait virer barge pour de bon cette fois-ci. Quand elle a reçu son message l'autre soir, j'ai vu rouge. Je me suis contenu devant elle, parce que je ne souhaitais pas lui faire de mal, parce que je ne voulais pas qu'elle voit cette autre facette de moi, que moi-même je commence à découvrir. Celle où je deviendrais violent envers n'importe qui, qui se trouve sur mon chemin. J'essaie de faire preuve de sang froid autant que je peux, mais rien qu'hier j'ai échoué en lui envoyant son téléphone en pleine face. Jusqu'où mon amour pour elle peut-il me mener ? Je ne crois pas qu'elle ait prit entièrement conscience de la folie qui me possède quand il s'agit d'elle. Sinon elle ne pourrait pas m'aimer en retour. Qui pourrait aimer un psychopathe ?

Elle dit aimer ma folie, mais ce que je laisse entrevoir n'est rien par rapport à ce qu'il se passe réellement à l'intérieur de ma tête. Et si elle avait prit connaissance du plan que j'ai fermenté pour évincer Léo de sa vie, je ne crois pas qu'elle serait tout à fait en phase avec ma démence. Je devrais peut-être parler avec quelqu'un de cette folie qui me gagne depuis que je la connais ? Ma mère serait sûrement une oreille attentive pour me rassurer. C'est vrai, j'ai toujours pu compter sur elle, et même si j'ai trente ans passé, je compte toujours sur ses mots pour m'aider quand je me sens perdu. Je n'ai jamais parlé de ce genre de choses avec elle, je n'ai d'ailleurs jamais présenté de fille à mes parents. Et si j'ai soigneusement éviter le sujet aussi longtemps que possible c'est parce que ma mère m'a toujours tanné à ce sujet. « Tu nous ramènes quand une copine à la maison ? Tu es contrarié parce que tu t'es disputé avec ta copine c'est ça ? Tu peux m'en parler tu sais ! On est pas à la maison ce soir, profites-en pour ramener ta copine à la maison… » Elle attend ce moment depuis si longtemps que je sais par avance qu'elle sera la plus heureuse du monde quand je lui demanderais de venir à la maison pour parler.

Mon interphone sonne à dix-huit heures trente précise. Sans prendre la peine d'interroger l'appareil pour connaitre l'identité de l'individu souhaitant monter chez moi, j'actionne le bouton qui permet d'accéder à l'intérieur de mon immeuble. Sachant pertinemment qui se prépare à arriver, j'entrouvre ma porte et retourne dans le canapé. Ma mère est la femme la plus sensée que je connaisse, ce petit bout de femme réussi des exploits dans sa vie professionnelle, tout en menant sa vie de famille avec brio. Elle a toujours été compréhensive à mon sujet, même lorsque la déception se reflétait dans ses yeux quand à l'âge de l'adolescence je lui en ai faisait baver. Elle a toujours essayé de me comprendre pour éviter de me brusquer. Je suis peut-être aveuglé parce qu'il s'agit de celle qui m'a tout donné sans concession, mais cette femme est probablement la seule que je ne pourrais jamais autant aimer. Sauf si j'ai un jour j'ai le bonheur d'avoir une fille. Alors à ce moment là, mon coeur battra la chamade pour trois femmes: ma fille, ma mère et ma femme.

- Bonjour mon chéri !
- Salut Maman ! Je l'invite à entrer au cas où la porte

entrouverte ne serait pas un indicateur suffisant...

- Alors qu'est-ce qu'il se passe mon garçon ? Me demande ma mère sans faire de détour. Elle semble inquiète, si je m'en réfère au timbre de sa voix.

- Un fils n'a-t-il pas le droit d'inviter sa vieille mère pour un apéro ? J'essaie de détendre l'atmosphère, tant je suis tendu à l'idée de me dévoiler.

- Dis donc ! Pas si vieille que ça ! Elle me donne une petite tape de réprimande sur le bras en souriant, puis reprend: Et tu ne me la feras pas à moi, raconte moi tout ! Qu'est-ce qui ne va pas ?

- On est obligé de rentrer dans le vif du sujet comme ça là ? Bois un coup avant, demande moi comment se sont passés mes vacances plutôt, non ? Une nouvelle fois j'essaie de faire diversion pour retarder l'inévitable.

- Arthur Royer, pourquoi tu me fais venir si tard ? Sans ton père qui plus est ! Je m'inquiètes ce n'est pas ton genre...

- Je crois que c'était une mauvaise idée maman, vraiment il n'y a rien de grave. Je ne sais pas trop ce qu'il m'a pris à vrai dire ! Je suis désolé ! Oublie et buvons simplement un coup tu veux bien ?

- Non. Je n'ai pas soif. Bon très bien. Elle marque une pause puis change de position sur le canapé, comme si elle s'apprêtait à changer de mode opératoire. Comment étaient tes vacances mon chéri ?

- Hum... Mouais... Très bien... Je prends mon courage à deux mains, comprenant que je n'échapperais plus à l'inquisition de ma mère, je me lance: Bon écoute... Euh j'ai rencontré quelqu'un là-bas.

- Quoi ?! Mais c'est très bien ça mon chéri ! Enfin pas vraiment non ! C'est une espagnole ? Oh mon dieu, tu veux m'annoncer que tu pars t'installer là bas c'est ça ? Je vois dans ses yeux la panique s'installer à l'idée de me voir quitter le pays. Je rigole.

- Mais non ! Elle est française. Elle vit d'ailleurs à quinze minutes d'ici.

- Ouf ! Alors tu ne l'as pas rencontré là-bas, ça me semble géographiquement impossible !

- Maman tu es comme ça avec tes clients aussi ou pas ? Parce que tu es pénible là, j'ai l'impression qu'on est pas prêt d'arriver au dénouement là ! Elle rit de ma boutade mais je sens que j'attire enfin toute son attention.

- La journée a été longue, désolée mon chéri. Je t'écoute !

- Ok, bon je te la fais courte, elle s'appelle Agathe. Elle est captivante. Mais ce n'est pas si simple. Elle était encore en couple quand je l'ai connu, son mec l'a quittée pendant nos vacances, alors je l'ai poussé dans mes bras, elle y est tombée. On est rentré en France en couple, le soir même elle reçoit un message de son ex, j'ai pété un câble. Son ex a des problèmes avec la justice, il est surement entre quatre murs à l'heure où je te parle, mais elle veut quand même le soutenir moralement et je n'ai pas supporter cette idée, alors je l'ai quitté.

- Euh... Tout ça en cinq jours ?

- Maman ! Je la réprimande.

- Pardon, excuse-moi mon chéri, mais quand même ! Cette histoire est complètement folle, permets-moi de te le dire. Bon et pourquoi elle t'a tant « captivé » cette Agathe ? Mime-t-elle des guillemets avec ses doigts.

- Je ne sais pas, elle dégage quelque chose de vraiment positif, une sorte d'aura, quelque chose de vrai tu vois ? Et puis je la trouve canon...

- Ok, bon très bien, et pourquoi elle souhaite encore être présente pour son ex malgré leur rupture ? Elle t'a expliqué ?

- Oui... Et je l'avais bien compris que c'était le genre de fille à être altruiste au point d'aider n'importe qui même s'ils n'en valent pas la peine. Mais je ne supporte pas l'idée qu'elle le fasse avec lui. Et c'est là que le bât blesse...

- Oui en effet, tu m'as l'air un peu jaloux, mais...

- Non ce n'est plus de la jalousie à ce niveau maman ! Je m'emporte pour qu'elle entende la réalité, ma réalité... Mais je poursuis:

- Je me suis imaginé des sales trucs dans ma tête pour qu'il disparaisse de nos vies. Et j'ai découvert un comportement un peu obsessionnel lorsqu'il s'agit d'elle ! Je crois que je suis fou...

- Ahah ! Mais non c'est ton premier amour voilà tout. Lorsqu'il s'agit du premier on est un peu excessif dans nos réactions, mais avec le temps tout fini par rentrer dans l'ordre... Rappelle là mon chéri. Rien que le fait de m'en parler veut dire beaucoup pour toi j'imagine. Tu ne devrais pas la laisser partir pour si peu si tu la désires réellement...

- Oui mais je ne supporte pas l'idée d'avoir encore son ex dans les parages ! J'ai l'impression de marcher sur le fil du rasoir, que je pourrais lui faire du mal à elle, en cas de faux pas, le tuer lui au passage... Bref je vais loin dans ma tête depuis que je la connais maman... Et je m'inquiète vraiment de ma santé mentale. C'est pour ça que j'ai voulu te parler d'elle, parce que je ne maitrise plus grand chose ces derniers temps !

- Merci d'avoir voulu en parler avec moi, tu ne sais pas ce que ça représente pour moi. Et le fait que tu m'en parles, c'est justement une preuve que tu maitrises... Écoute Arthur, tu as toujours été un bon garçon. Ce n'est pas prêt de changer. Si tu étais réellement fou, tu n'arriverais plus à distinguer le bien du mal, or ici tu le comprends. Et c'est ce qui fait que tu ne franchiras pas la ligne rouge. Si tu tiens à cette fille tu devrais la contacter. Pour travailler aussi en milieu carcérale je sais ce que représente l'enfermement pour les détenus, un soutien moral n'est pas de refus. Et si elle souhaite le lui apporter ça en tout bien tout honneur, qui es-tu pour l'en empêcher ?

- Ben justement, c'est pour ça que je l'ai quitté ! Pour qu'elle puisse faire ce qui lui semble juste...

- Je ne comprends pas Arthur. Tu as l'air d'avoir trouvé celle qu'il te faut et pourtant tu la laisses partir pour de mauvaises raisons. Je suis persuadée que tu n'es pas fou, mais je suis sûre d'une chose: c'est que tu fais preuve de lâcheté en prenant la fuite ! L'amour c'est le sentiment le plus fort qui puisse exister, et malheureusement tu t'empêches de vivre ça pour de mauvaises raisons selon moi.

- Je crois que c'est mon âme soeur, il m'a suffit d'une seconde pour savoir que ça serait elle... Mais je suis prêt à attendre le temps qu'il faut pour être le seul dans sa vie.

- Si tu vas dans ce sens tu ne seras jamais le seul Arthur... Peut-être a-t-elle, un frère, un père, des copains garçons... ? Bref tout autant de personne qu'elle aime d'un amour différent que celui qu'elle te porte... Est-ce que tu comprends ?

- Mouais... Non, ici, ce n'est pas pareil, elle a partagé une intimité avec lui ! Comment pouvoir repartir sur des bases platoniques après ça ?

- Tout bonnement parce que leurs coeurs ne sont plus connectés. Et après il s'agit de savoir si tu peux lui faire confiance pour ne pas dépasser les limites...

- Oui je le peux, j'en suis persuadé, mais en ce qui le concerne lui, je doute...

- Tu ne peux pas contrôler ce que les autres pensent Arthur, mais si tu as confiance en elle, alors ça devrait être suffisant pour te rassurer. Ma mère attrape mon menton pour ajuster mon regard face au sien puis me dis: N'écoute pas ton cerveau mon grand, écoute celui-là plutôt. Sa main se pose sur mon coeur qui bat la chamade. Je prends alors conscience de ce qu'essaie de me faire comprendre celle qui m'a mise au monde.

Je réalise que je suis surement passé à coté de la chance de ma vie d'être avec celle qui me fait vibrer jusqu'à la moelle. Et si il était trop tard ? Et si elle avait fait le choix de se consacrer uniquement à son ex tôlard et de m'oublier parce que je suis un gros con ?

Le lendemain matin, je suis réveillé par la sonnerie de mon téléphone. Je dois avouer qu'elle ne m'avait pas manqué celle là. Mais c'est surtout car je n'ai quasiment pas fermé l'oeil, j'ai cogité presque toute la nuit, pour trouver le meilleur moyen de revenir vers Agathe. Sans résultat probant, puisque je ne trouve rien de mieux que de lui faire un message pour lui proposer un diner ce soir. Remplir son estomac pour avoir toute son attention ? Je la connais assez pour savoir que je peux la séduire avec un bon repas. Elle aime manger, je l'aime, j'espère qu'elle m'aime aussi, j'ai le sentiment qu'on a le trio gagnant pour la reconquérir. Je me lance et lui écrit:

Moi: RDV ce soir à 19h30 chez toi, je viendrais te récupérer en moto. Mets des vêtements en conséquences. S'il te plait ? Tu me manques déjà. On ne peut pas se séparer.

Je relis le message je ne sais combien de fois et retombe toujours sur la même conclusion, je ne saurais pas faire mieux. Elle sait que je ne tourne pas autour du pot et que je suis parfois même à la limite de l'autorité. Elle ne m'en voudra pas, et je refuse d'être quelqu'un d'autre pour la faire retomber dans mes bras. Je n'ai pas besoin de ça pour y arriver. C'est sur ces belles paroles que je pars me rafraichir sous la douche. Lorsque je ressors de la salle de bain, je contrôle mon téléphone pour vérifier si j'ai eu une réponse de sa part. Rien, pourtant je vois que le message est lu. Ok j'ai compris, elle va jouer au jeu de l'indifférence et je n'aime pas ça. Je refais un message.

Moi: Je sais que tu as lu mon message. Réponds-moi.

Je reste encore un moment à espérer l'arriver imminente d'un nouveau message. Pourtant rien ne vient, alors je pose mon téléphone sur le lit, et part m'habiller en tenue de travail. Le téléphone vibre, sans perdre de temps avec encore le pantalon aux bas des chevilles, je me saisis de mon appareil et me crispe en voyant sa réponse.

Agathe Moreau: Ok !

Moi: Quoi ok ?

Agathe Moreau: Ne m'en demande pas plus pour le moment, je suis en colère après toi. On se verra ce soir.

Je ne prends pas la peine de lui répondre. Quoi lui dire ? Je suis déjà content qu'elle ait accepté de me revoir. Et je suis persuadé au fond de moi, qu'elle a déjà appelé sa meilleure amie pour lui dire que je l'avais recontacté. Alors c'est déjà un bon début, en tout cas je m'en contenterai jusqu'à ce soir. Même si je sais que je vais être obnubilé par elle jusqu'à ce que son petit corps soit collé au mien, sur ma moto, à se cramponner lorsque je ferais une grosse accélération... Cette idée me fait bander sur place mais il ne me reste que quatre minutes top chrono pour partir à temps de la maison et arrivé à l'heure au boulot. Cette fois-ci je m'habille entièrement, et me fais un café en vitesse en faisant abstraction de cette gaule qui ne demanderait qu'à être soulagé. Sur la table de la cuisine, je vois le gros rocher marron trouvé hier chez Agathe. Je m'en saisis, le glisse dans mon pantalon de travail, et bois ma boisson caféinée en une gorgée. Je file en direction du garage. J'ai une mission: me débarrasser de cette merde, et j'ai la solution toute trouvée pour ça.

L'endroit où je travaille n'est pas un garage comme les autres. Alors que je n'avais que 16 ans, je passais le plus clair de mon temps ici en compagnie de mon pote Thomas. Le garage est à son père, alors celui-ci nous autorisait à rester pour retaper nos motos. Jules aussi faisait parti du trio jusqu'à ce que le droit finisse par prendre le dessus sur la passion qui nous réunissait: la moto. Il aime toujours autant, mais le droit l'anime un peu plus que le sport à moteur dorénavant et que grand bien lui fasse, mais moi je ne pourrais jamais vivre sans. C'est une vocation, et c'est tout naturellement que j'ai officiellement été engagé à ma majorité.

D'aussi loin que je me souvienne la famille « Fontaina » a toujours été respecté. Quand on était petits, je ne comprenais pas pourquoi même les parents baissés les yeux quand on sortait de l'école avec Thomas. Mais en grandissant j'ai fini par intégrer que cette famille avait une grande influence dans la ville. Et pas qu'avec de bonnes intentions. Mais pour des raisons qui me semblent évidentes, tout l'entourage de Thomas n'a jamais eu à se soucier d'en avoir peur. Le père de mon ami à toujours fait en sorte de donner le maximum à son fils. Il l'a laissé à l'écart de ses business pour qu'il suive le voie qu'il souhaitait. Et c'est sans surprise que celui-ci à choisi de travailler au garage avec moi. Il est prévu que la gérance nous revienne d'ici un an. Son père Diego souhaite pendre un peu de temps pour profiter un peu plus de sa femme. Entre le temps qu'il a dépensé pour que le garage soit écarté de toutes histoires reliées au trafic et le temps qu'il passait dans ses affaires illégales je ne sais pas trop s'il a passé beaucoup de temps à la maison.

Thomas souhaite reprendre la gérance à 50/50 avec moi. Lui s'occupera de tout l'administratif quand moi je m'occuperais de toute la technique. Nous sommes tombés naturellement d'accord, lui est plutôt cérébrale quand moi je suis plutôt manuel. Et l'un sans l'autre ça ne fonctionnerait pas, alors je n'ai pas hésité quand il m'a soumit la proposition. Mes parents sont les avocats officiels de l'entreprise depuis très longtemps, et leurs affaires illégales ne m'ont jamais affectés de près ou de loin. Mais cette fois-ci leurs ressources me seront utiles. Je vais voir avec Thomas s'il est intéressé par ce qui se cache dans ma poche.

- Salut mon pote ! Pas trop dur le retour à la réalité ? Me demande-t-il dès que je soulève mon casque.
- Non ça va. Content d'être rentré et toi ?
- Mouais. Je serais bien resté encore un peu en Espagne mais qu'est-ce que tu veux ! Faut bien travailler ! Alors ça roucoule toujours avec Agathe ?
- Ahah, ouais on va dire ça comme ça ! Et toi avec Camille ? Je m'enquiers à mon tour.
- Mouais on dira ça aussi. Je sens que le sujet le met mal à l'aise alors je n'insiste pas. Si une fille nous plait réellement on ne s'épanche pas trop sur le sujet. Alors j'ai la réponse qu'il me faut.

Je ne sais pas ce que cette bande de filles à fait à ma bande de potes, mais on peut dire qu'elles nous ont clairement marabouté. J'en aurais presque oublié mon objectif principal à force de penser à Agathe. Pourtant cela la concerne.

- Écoute mon pote j'ai quelque chose à faire écouler. Je lui montre mon gros cailloux en entrouvrant la poche de mon pantalon. Il hoche la tête en signe d'assentiment alors je reprends:

- Je ne peux pas rentrer dans les détails et je sais que tu ne poseras pas de questions, alors tu veux bien faire le nécessaire pour que ça disparaisse de ma vue s'te plait ?

- Ouais pas de problème mon pote. Tu peux compter sur moi.

- Super merci !

Nous sommes en pleine accolade virile quand un gros « boom » nous pousse à nous éloigner l'un de l'autre.

- Brigade des Stup'. Ne bougez pas, on a un mandat pour fouiller l'intégralité du garage.

Trop ébahis pour répondre, ni Thomas ni moi ne donnons signe de vie. Un agent se poste à côté de moi et commence la palpation. Un autre fait de même avec mon pote. Je me dis à cet instant qu'ils auraient pu venir n'importe quand, je n'aurais rien eu à me reprocher. Mais bien entendu, c'est aujourd'hui que moi et ma chance légendaire avons décidé de faire le nécessaire pour Agathe. Je n'en reviens pas, je suis fait comme un bleu. Lorsque ces mains se pose à hauteur de la poche contenant la drogue, je sais que les emmerdes commencent.

- Qu'est-ce que c'est que ça monsieur ?

- Un peu de terre ? Je me moque de l'agent ouvertement, mais comment faire quand une question si débile m'est posée.

- Fais le malin. Tu riras moins tout à l'heure, ta garde à vue commence à compter de maintenant, soit à sept heures seize. Tu peux garder le silence, tout ce que tu diras sera retenu contre toi, tu peux faire appel à tes avocats. Oups devrais-je dire à papa et à maman !

L'officier se fou ouvertement de ma gueule. C'en est tellement ridicule que je ne préfère pas riposter. Ils ont du mener l'enquête et savoir qui je suis. Il est certain que je ferais appel à mes parents, peut-être même à Jules. Mais en attendant la seule pensée qui m'obsède c'est qu'avec ces conneries je ne serais pas disponible pour Agathe ce soir. Et ça, je ne sais pas si elle me le pardonnera.

23

« L'amour c'est toujours être inquiet
de l'autre. » M. Achard

J'ai attendu trente minutes devant chez moi, j'ai appelé une trentaine de fois, soit une fois par minute, mais en vain. Arthur ne m'a jamais répondu. J'ai décidé de rentrer dans la maison, les larmes pour seule compagnie. Je ne comprends pas pourquoi il ne me donne plus signe de vie. Il doit forcément lui être arrivé quelque chose ce n'est pas possible autrement. Inquiète et à bout de nerf je décide d'appeler Jade. Peut-être qu'elle saura quelque chose par l'intermédiaire de Jules.

- Allô ! Meilleure amie à la rescousse que puis-je pour vous ? Ris mon amie à travers le combiné.

- Tu sais si Arthur va bien ?

- Euh… C'est ton mec, pas le mien ! Pouffe Jade.

- Sans blague ! Si je te demande c'est que je n'ai pas de nouvelles de lui ! Tu es avec Jules ?

- Oui je suis avec lui. Attends, je lui demande. Je l'entends éloigner le téléphone de sa bouche. Jules tu as eu des nouvelles d'Arthur aujourd'hui ? S'époumone-t-elle. Il doit certainement se trouver sous la douche pour qu'elle crie si fort. Malheureusement je n'entends pas la réponse lointaine. Jade reprend le téléphone.

- Oui il en a eu. Qu'est-ce qu'il se passe explique moi ?

- On devait se voir ce soir, il m'a dit qu'il viendrait me récupérer à dix-neuf heure trente chez moi, mais il n'est toujours pas là, alors je m'inquiète.

- Il y a forcément une explication… Commence à essayer de me rassurer ma meilleure amie sans que je ne lui laisse le temps de s'épancher, je reprends prestement:

- En effet et quelle qu'elle soit, ça ne présage rien de bon. Appelle-moi si Jules apprends quoi que se soit, tu veux ?

- Ok ça marche. Mais Agathe ! Ne t'inquiètes pas d'accord ? Tout finira par rentrer dans l'ordre ! Est-ce que tu veux que je viennes ?

- Non non, merci. Profite bien de ta soirée, mais tiens moi vraiment au courant ok ?

- Promis.

Je raccroche. Je jette mon sac à main sur le canapé, défait la robe hyper serrée que j'avais enfilé et file sous la douche. Quoi de mieux que de fondre mes larmes sous une pluie d'eau ? En cet instant j'ai envie de crier: pour le faux plan que m'a mis Arthur, pour l'incarcération de Léo, pour faire évacuer se trou béant que je sens de plus en plus grand dans ma poitrine. Je m'accroupis sous la douche et pleure à chaudes larmes.

Je ne crois pas qu'Arthur m'ait fait faux bond sans avoir le courage de m'avoir dit ses vérités, même s'il était revenu sur ses paroles de ce matin échangé par message, il aurait assumé et serait venu me dire les choses de vive voix. Je le sais au plus profond de moi, alors pourquoi est-ce que je n'arrive pas à me raisonner ? Pourquoi je pleures plus que de raison ? J'ai le pressentiment que quelques choses de bien plus gros est en train de se produire et que je n'aurais pas voix au chapitre. Ce matin quand j'ai reçu le SMS d'Arthur j'ai cru que mon coeur allait sortir de ma poitrine, tant j'étais heureuse. Il m'a avoué lui manquer et qu'il ne voulait pas se séparer de moi.

Alors certes je ne le connais pas depuis des années, mais j'ai quand même le sentiment de le connaitre assez pour savoir que ses paroles étaient profondément sincères. Son message était direct comme à son habitude, il n'a pas usé de fioritures pour m'amadouer. Il n'en a pas besoin et le sait pertinemment. C'est pour cette raison que je ne comprends pas le fait que je ne sois pas avec lui en cet instant. Nous devrions être ensemble maintenant, moi en train de faire comme si je boudais et lui en train de presque ramer pour me reconquérir.

« Oui, presque, il n'a pas besoin d'en faire des tonnes pour me récupérer ! Les girls power s'offusqueront... »

Il me manque tellement, je me faisais une joie de le revoir ce soir, j'ai même réussi à fermer les yeux après notre mini discussion, j'étais requinquée et bien disposée à faire le nécessaire pour Léo. Je me suis chargée de téléphoner à son avocat pour avoir de plus amples renseignements. C'est ainsi que j'ai su qu'il serait incarcéré, il m'a également donné le lieu et m'a indiqué les démarches à suivre. Il a quand même trouvé bon de m'informer que je n'étais pas obligé de faire tout ça. Il a également essayé de joindre la mère de Léo à plusieurs reprises, sans succès. Après avoir fini la conversation avec Me. Je ne sais plus son nom, j'ai réfléchi aux propos qu'il m'avait tenus. Je n'ai pas réellement compris quand il m'a indiqué que je n'étais pas obligée de m'occuper de Léo, était-il au courant que nous étions séparés ? Je ne sais pas trop, quoi qu'il en soit je n'ai jamais trop apprécié ce type et suite à cet échange, je ne crois pas que cela changera.

Pour faire passer le temps et éviter de trop penser, je me suis directement rendu à la prison. Il m'a fallu seulement une quinzaine de minutes pour m'y rendre. Et même si l'établissement est à côté, je ne m'y été jamais rendu alors j'ai dû mettre le GPS pour qu'il me guide à bon port. Arrivée devant l'établissement je me suis presque dit que c'était beau. Non pas qu'il le soit réellement, mais dans mon esprit il s'agissait d'un endroit bien plus lugubre que cela. Or ici il y'avait un grand parking ombragé par des arbres, de la verdure sur les pourtours du bâtiment et le crépit était d'un blanc cassé qui me semblait assez frais.

Je me suis présentée à l'accueil, d'où je me suis faite gentiment rembarrée pour rester polie. J'étais finalement au mauvais endroit, il fallait que je me rende à la structure des familles pour avoir les réponses à mes questions. Je me suis faite la réflexion que si tout le monde avait le même accueil que l'homme à qui j'ai eu affaire, je risquerais de me prendre la tête au moins une fois avec l'un d'entre eux. C'est donc avec appréhension que je me suis rendue à ce qu'ils appellent « l'accueil famille ». Une petite dame est venue à ma rencontre, elle a dû ressentir mon stress car elle m'a tout de suite mis à l'aise et m'a détendu.

- Les premières fois ce n'est jamais facile de venir ici, mais après ça sera comme si vous alliez faire vos courses, vous verrez. M'a-t-elle dit.
- Merci c'est gentil. Vous êtes bien plus gentille que la première personne à qui je me suis adressée. Je lui montre l'autre bâtiment que nous pouvons voir d'ici.
- Ah oui ! Elle rit. Ça arrive tout le temps lors des premières visites, les conjointes se trompent, pour la plupart du temps, de structure. Que puis-je faire pour vous aider mademoiselle ? Je ne souhaite pas relevé le fait que je ne sois pas une conjointe, cette dame me parait si attachante que je n'ai pas envie de l'offusquer ou même de la décevoir que sais-je.
- Mon ami est incarcéré ici, et je voudrais avoir la liste des vêtements que je peux lui fournir, ainsi que le formulaire de demande pour les visites au parloir. Et puis si vous avez quelques conseils je suis preneuse. Je lui souris.
- Bien entendu, venez mon enfant, allons nous assoir, je vais tout vous expliquer.

C'est deux heures plus tard que j'ai quitté la structure réservée aux familles. Cette petite dame m'a tout expliqué, et j'ai fini par lui avouer que Léo n'était plus mon conjoint mais que je souhaitais tout de même rester présente pour lui durant son enfermement. Elle a salué mon geste puis nous avons continué à bavarder, nous avons alternés entre sujets sérieux et un peu moins. Je suis repartie plus légère avec le sentiment que tout irait pour le mieux à partir de maintenant.

« Avec Arthur dans ma vie, je serais un roc pour Léo. »

J'ai pris le temps de me faire belle pour mon Arthur, je me suis douchée, épilée. J'ai fais un soin du visage, je me suis lavée les cheveux, je les ai même lissé pour la première fois depuis que je le connais. En Espagne je ne prenais pas la peine de le faire, entre la chaleur qu'il faisait et l'envie irrépressible qui me prenait à chaque fois de mettre la tête sous l'eau à la vue d'un peu de liquide je me suis abstenue d'abimer ma chevelure inutilement. Mais j'ai prévenu Arthur au détour d'une conversation banale que je me lissais les cheveux la plupart du temps. Il m'avait répondu une phrase de loveur que j'avais envoyé valsé du revers de la main, ça ressemblait à quelque chose comme ça:

- Quoi que tu fasses à tes cheveux, tu seras toujours la plus belle à mes yeux.

Sa réponse m'avait fait battre le coeur un peu plus fort, mais j'avais préféré feindre l'indifférence et heureusement car lui a explosé de rire. Je n'ai pas entendu le son de son rire beaucoup de fois, mais le peu où s'est arrivé, je me suis dit que je voulais l'entendre autant de fois que possible. Il m'a fait sourire alors même que sa réaction m'avait vexé. Il avait ce je ne sais quoi qui réussissait à me faire chavirer, alors j'étais d'autant plus déterminée à me faire belle pour lui, pour qu'il se rende compte qu'il devait être avec moi et pas une autre. Que sa folie allait de paire avec mes craintes, et que son caractère taciturne était parfaitement complémentaire avec mes explications volubiles. Quand moi je disais deux cents mots à la minute lui n'ouvrait pas sa bouche. Il se contentait d'écouter, mais pas d'une écoute superficielle comme la plupart des mecs, non Arthur enregistrait tout. Je sais qu'on est fait l'un pour l'autre et je sais que lui aussi en a conscience malgré tout. Cette soirée qui

215

s'annonçait été le moment que j'attendais tant depuis notre retour de vacances. Je voulais vivre pleinement cette histoire avec la liberté d'esprit d'être réellement séparée de Léo.

Pourtant je suis actuellement recroquevillée sur moi-même dans ma salle de bain à pleurer toutes les larmes de mon corps. Je n'aime pas me mettre dans cet état, seulement j'ai l'impression d'avoir encaissé tellement de choses en si peu de temps que le besoin de tout évacué est trop fort. Alors je pleure encore et encore. Jusqu'à ce que l'eau devienne froide et qu'il soit temps pour moi de revenir à la réalité. Je me sèche rapidement pour enfiler le tenue la plus laide que je puisse avoir dans mon armoire. Celle réservée aux coups durs. Une fois habillée, je ne prends même pas la peine de me coiffer les cheveux ou de démaquiller le noir qui a certainement coulé de mes yeux et fonce me jeter sous ma couette. Je suis encore en train de me morfondre lorsque j'entends le vibreur de mon téléphone.

Après avoir cherché pendant ce qu'il m'a semblé une éternité, j'ai fini par retrouver l'appareil caché dans mon lit, entre les coussins, la couverture et mon plaid. En déverrouillant mon portable je me suis aperçue avoir manqué dix appels de Jade. Elle m'a également écrit deux messages sur lesquels sont inscrits:

Jadounette: Réponds putain !

Jadounette: J'arrive, habille toi si t'es à poil, je suis avec Jules.

Je faisais les cent pas quand ma meilleure amie est entrée telle un ouragan dans la maison. En voyant ma tête, elle m'a prise dans les bras, en croyant que j'étais déjà au courant de la situation. Mais elle se trompait, je ne savais rien. J'ai immédiatement compris qu'il se passait quelque chose, j'avais besoin d'explications alors je l'ai incité à m'en dire plus. Chose à quoi, elle m'a répondu:

- Oh pétard, je suis désolée mon chaton, tu as tellement une tête de folle que je croyais que tu savais.

- Putain Jade, accouche… Que je savais quoi ?

- Ah oui, pardon. Arthur a été arrêté !

- C'est une blague, pas vrai ? Je m'énerve tant la situation m'échappe.

- Camille a parlé avec Thomas. Il lui a raconté ce qui s'était passé ce matin au garage. Comme il avait quelques révélations à lui faire à son sujet, il s'est dit qu'il devait d'abord lui expliquer sa vie à elle, avant de te prévenir, toi. Mais Camille a préféré me téléphoner pour que je viennes veiller sur toi avant que tu n'apprennes la nouvelle. Tu me connais, elle m'en avait trop dit ou pas assez. J'ai insisté pour qu'elle me le dise directement et ME voilà.

- Putain ! Et pourquoi il a été arrêté ? Je me sens désemparée, car même si je lui demande la raison de son arrestation j'ai déjà la réponse au fond de moi.

- Pour possession de drogue…

- Olala ! C'est à cause de moi en plus ! Je me jette sur Jules pour lui quémander son aide:

- Tu es avocat toi, aide moi ! On va le chercher en garde à vue, je paie sa caution et il sort ! On peut faire ça, pas vrai ? Et ses parents que font-ils ? Ils ne l'aident pas ? Je tourne en rond maintenant. Jade m'intercepte sur son passage.

- Assied toi ma Agathou. M'ordonne-t-elle.

- Non, mais qu'est-ce que tu racontes ! Venez ! Il faut y aller ! J'essaie de prendre le chemin vers la sortie mais Jules me bloque le passage.

- Non tu n'as pas compris Agathe. Arthur est en prison, en plus d'avoir été chopé en possession de drogue, il est soupçonné d'association de malfaiteurs. Il est impliqué dans une très grosse affaire, si bien qu'il a été enfermé en attente de jugement.

- C'est impossible. Je n'y crois pas ! C'est une putain de Commedia Dell'Arte ! Je vais me réveiller, pincez moi ! Je hurlerais presque tant je suis à bout de nerfs.

Personne ne me réponds, Jade me blotti contre elle pour

consoler mon chagrin. En vain. J'entends Jules chuchoté quelque chose à ma meilleure amie, je le vois lui faire un bisous sur le front, je le sens me caresser les cheveux puis le vois prendre la poudre d'escampette. Sûrement pour me laisser un peu d'intimité, et vu l'état dans lequel je me trouve, je ne peux que l'en remercier. Je ne comprends pas comment on a pu se retrouver dans cette situation. Si je raconte cette histoire à quelqu'un qui ne l'a pas vécu, il ne me croira jamais. Il faut le vivre pour le croire !

À défaut de faire la tournée des bars comme on avait l'habitude de faire avec les copines avant tout ça, je m'habitue à l'idée de faire dorénavant la tournée des parloirs. Manquerait plus que je me fasse arrêter à mon tour.

« J'en rigole, mais ce n'est vraiment pas drôle ! »

24

Léo

- Le tribunal vous déclare coupable des faits reprochés et vous condamne à neuf mois d'emprisonnement ferme pour consommation de stupéfiants sur la voie publique en état de récidive, assorti de cinq ans de sursis, d'une obligation de soins...

Je n'ai pas eu le courage d'écouter la suite, déjà trop anéanti par le verdict. Entre mes antécédents judiciaires et le véritable jugement qui plane au dessus de ma tête telle une épée Damoclès, j'avais le sentiment que je resterais un moment enfermé. La juge n'a d'ailleurs pas hésité à me signifier « gentiment » que quelque soit la peine requise par le tribunal ce jour, celle d'aujourd'hui serait la plus minime que je devrais effectuer. Une manière quelque peu détournée pour me faire comprendre qu'au procès prévu pour la semaine prochaine, une lourde peine viendra s'ajouter à celle-ci. C'est pour cette raison que j'ai su que j'étais en chemin vers ce qui sera mon repère pour les années à venir. Cela faisait environ quarante minutes que j'étais à l'arrière de cette camionnette me menant vers la prison qui m'accueillera bientôt. Le région compte plusieurs établissements pénitenciers, et je connaissais celui vers lequel nous nous dirigeons. Enfin je l'espérais de tout coeur, car si le camion ne prenait pas la prochaine sortie d'autoroute alors je serais conduis vers celui aussi insalubre que surpeuplé. L'idée d'être enfermé dans un endroit « propre » était mon seul réconfort sur le moment. Alors, quand nous avons pris la sortie que j'attendais tant, j'ai enfin relâché l'air que je retenais dans mes poumons. Un peu comme si j'étais en apnée depuis un moment. Sûrement par appréhension. Pourtant, même s'il s'avère que j'étais rassuré sur l'instant, je n'en redoutais pas moins l'enfermement. Je me préparais déjà à devenir un autre. Un homme qui impose le respect dès le départ, car si je devais passer je ne sais combien d'année là-dedans, il était hors de question que l'étiquette de victime soit celle qui me colle à la peau tout le long de ma détention.

Je suis d'abord passé par ce qu'ils appellent ici le bureau du greffe. Ils m'ont fournis un numéro d'écrou, qui est un peu comme une sorte de carte d'identité prévue pour la prison. Ensuite je suis passé par le vestiaire, où j'ai du déposer tous mes effets personnels. Il y a enfin eu le moment tant redouté, celui de la fouille. Et étant donné la raison pour laquelle j'ai été incarcéré, j'ai malheureusement eu le droit à l'intégrale. Je ne pourrais jamais oublier cette étape, je ne m'étais jamais senti humilié ou même souillé avant aujourd'hui. C'est chose faite maintenant, et j'ai l'impression d'avoir le même sentiment que peut ressentir une femme après un viol. J'ai eu beau dire que je ne voulais pas faire ça, j'y ai été contraint par la force. C'est dégradant et rabaissant au plus haut point. Et même si j'ai fait des conneries, je n'ai tué personne, je n'ai fait de mal à personne alors j'estime que je mérite d'être traité dignement. En vérité, oui j'ai blessé les personnes à qui je tenais le plus par mes actions, mais ce n'était pas volontaire. Je n'ai pas voulu les faire souffrir. Je suis ressorti de cette fouille au corps avec la mort dans l'âme. Moi qui m'étais promis de garder la face pour arriver en détention, cet instant aura suffit à me faire retomber au statut de mec fragile que je suis depuis que j'ai ruiné ma vie. Après avoir récupéré un paquetage comprenant, de quoi écrire des lettres, un nécessaire de toilette et des produits d'hygiène, j'ai été escorté jusqu'au bureau du responsable de détention.

Lorsque celui-ci m'a invité à m'assoir en face de lui, il m'a sommé de me présenter, alors je lui ai dit:

- Que souhaitez-vous savoir exactement ?

- Tout. Je sais déjà que tu t'appelles Léo Lambert. Je connais ton âge: trente-deux ans et les raisons de ton arrivée ici, mais peut-être veux-tu m'en dévoiler un peu plus sur toi ?

- Pas spécialement non... Ne m'en voulez pas, mais je pense que vous avez toutes les informations nécessaires en votre possession.

- Très bien, comme tu le souhaites. J'ai besoin de confirmer avec toi la personne à contacter en cas de problème. Dans ton dossier fourni par ton avocat, très réactif, soit dit au passage, il est noté qu'il s'agit d'Agathe Moreau. Est-ce toujours d'actualité ?

J'ai réfléchi un instant en triturant le paquetage que je tenais sur mes genoux. Est-ce toujours d'actualité m'a-t-il demandé ? Et bien je n'en savais foutre rien, putain ! J'avais fait n'importe quoi avec elle, rien ne l'oblige à rester présente pour moi, mais par dessus tout je ne souhaitais pas mêler ma famille à tout ça pour le moment. Au moins pour préserver encore un petit peu ma soeur. Et aussi par lâcheté, car le courage me manque pour annoncer que je suis coincé entre quatre murs à cause des mauvais choix que j'ai fait. Quel exemple je donne ? C'est comme si je devais faire un choix entre la peste et le choléra. J'ai été interrompu dans mes pensées, par le mec qui se tenait en face de moi. Il attendait une réponse de ma part. Celle-ci ne s'est pas faite attendre plus longtemps et j'ai sorti la première chose qui me venait à l'esprit encore embrouillé par mes réflexions:

- Oui, c'est bien elle.
- Très bien, merci. Les travailleurs sociaux vous rendrons visite par la suite. Je vous laisse aller découvrir votre cellule.

Je me suis levé et d'un simple signe de tête je me suis dirigé vers la sortie. Le même connard qui avait procédé à ma fouille au corps se tenait encore à mes côtés pour me guider vers le quartier des arrivants. Ici je pensais qu'il y avait peu de chance pour que je connaisse quelqu'un, qu'il me suffirait de faire preuve d'un peu de patience pour revoir des visages familier. Plusieurs potes du quartier d'où je suis originaire sont incarcérés ici. Ce n'est pas étonnant de tous s'y retrouver vu qu'on a tous choisi le même chemin pour subvenir aux besoins de nos familles. Comme Icare, à avoir voulu voler trop près du soleil nous nous sommes brulés les ailes.

Je suis arrivé dans cette petite pièce, qui ne doit pas faire plus de treize mètres carré, où se trouvait déjà un mec allongé sur la couchette du haut. Le surveillant m'a laissé là, sans un mot et a refermé la porte de ma cellule. Ce bruit de porte qui s'ouvre et se ferme me rythme depuis mon arrivée ici, et si j'en crois ce que j'entends il rythmera toute mon incarcération. J'arrive à entendre les bruits des portes de cellules qui s'ouvrent et se ferment malgré que la mienne soit fermée. Et ce qui me frappe encore plus c'est le tintement des clés des gardiens qui s'entrechoquent entre elles à chacun de leurs déplacements.

La découverte des lieux a été rapide. La cellule est composée d'un lit superposé, d'un matelas à même le sol et d'un petit espace à l'abri des regards pour faire sa toilette. Mon co-détenu m'a indiqué pouvoir prendre place sur le lit du bas. Automatiquement, je n'ai pas pu m'empêché de répondre:

- Je n'aurais pas pu le deviner tout seul…

- Qu'est-ce que tu as dis ? C'est en le voyant se redresser sur son lit, que je me suis aperçue partager l'espace avec un gros molosse. À cet instant, il me revient à l'esprit que si je ne souhaitais pas me faire marcher sur les pieds, je devais tenir tête. Sans trop en faire pour ne pas me faire remarquer non plus.

- Il n'y a que les lits du bas de disponibles.

- Et alors ?

- Laisse tomber. J'ai répondu en le regardant dans les yeux. Je voulais lui faire comprendre que je ne cherchais pas d'histoire, mais que je n'étais pas non plus une merde à baisser les yeux devant lui.

Je crois que le message est passé. Avec mon co-détenu tout du moins, car il ne m'a plus adressé la parole depuis, et même si nous ne serons pas de grands copains, je crois pouvoir affirmer que j'ai son respect et qu'il ne m'emmerdera pas. J'ai même réussi à savoir comment l'armoire à glace se prénommait: Luc. Selon moi ça ne colle pas avec le personnage, mais pourquoi pas. Je n'avais plus rien à faire alors je me suis posé mon lit, je m'y suis allongé et j'ai songé à Agathe. J'avais l'impression de plutôt bien vivre le fait de me retrouver ici, pourtant l'irritation que j'avais ressenti hier ne s'était pas réellement dissipée depuis et je savais d'avance qu'elle n'était pas du à mon enfermement.

Elle m'a annoncé avoir rencontré quelqu'un. Avec tous les évènements passés je n'ai pas eu le temps d'y repenser. Je me souviens avoir été submergé par la colère, et je n'ai pas su déterminer pour quelles raisons j'ai pu ressentir ça. Je n'ai jamais aimé Agathe, mais je me suis attaché à elle d'une certaine manière. Est-ce assez pour être jaloux de son nouveau mec ? Je ne crois pas. Le fait qu'elle ait rencontré quelqu'un m'était à mal mon plan de vie stable avec elle, voilà la raison la plus probable pour laquelle la colère m'a envahit lorsque j'ai lu son message. Pourtant les cartes ont de nouveaux été distribués et il s'avère qu'ici je n'ai plus besoin de ce plan fermenté de toute pièce pour m'en sortir. Alors pourquoi est-ce que la convoitise me ronge encore à l'idée qu'un autre puisse avoir ce que je devrais avoir moi ? Putain, je n'en sais rien. Cette jalousie récente est forcément liée au fait qu'ils pourront jouir de leurs libertés pendant que moi je serais enfermé ici. Voilà, je ne vois pas d'autres raisons qui puissent expliquer mon ressentiment.

Une clé que l'on crochète dans la serrure interrompt mes pensées. Je vois un gardien pénétrer la cellule, accompagné d'un autre homme. Mon regard suit mon mouvement, je me relève pour voir à qui nous avons affaire. Durant ce qu'il me semble être une demi seconde la surprise passe dans ses yeux lorsqu'il m'aperçoit. Mais cet impression est fugace, si bien que je me demande si je l'ai bien interprété. Tout comme moi à mon arrivé il scanne la pièce, et malheureusement pour lui, il n'a pas grand chose à regardé. Luc se redresse de son lit et lui fait la même annonce qu'il m'avait faite à mon arrivée, à quelque chose prêt:

- Tu peux prendre le lit par terre.
- Sans déconner ? Demande-t-il avec nonchalance.
- C'est quoi ton soucis à toi ?
- Pardon ? Je n'ai pas de soucis, sauf si tu mets de côté le fait d'être enfermé avec ici avec vous. Et toi c'est quoi ton problème ? Je sens son irritation dans le timbre de sa voix.
- Ça va être toi, mon problème si tu continues à faire le guignol face à moi ! Luc commence à s'emporter lui aussi.
- Le guignol !? Tu te fou de ma gueule ? Qu'est-ce que tu crois toi, qu'être arrivé avant moi te donne le droit de me donner des ordres ? Je n'avais pas besoin de tes lumières pour voir que le seul lit de dispo est celui posé au sol. Alors toi ne fait pas le guignol. On est dans la même merde. Alors plutôt que de s'embrouiller je te propose de repartir sur de bonnes bases. Ok ?

Je tourne la tête vers Luc pour vérifier son humeur. D'après moi il semble encore en colère, mais je n'ai pas eu l'impression de l'avoir vu autrement depuis que je suis arrivé ici, donc je ne sais quoi penser de son attitude. Je suis surpris lorsqu'il répond:

- Ok. Je suis Luc. Ne m'emmerde pas et je ne te ferais pas chier, c'est bon pour toi ?
- Parfait. Moi c'est Arthur.

Arthur. Ce prénom me parle mais je ne sais plus d'où. Ce n'est pas grave j'aurais tout le temps d'y penser plus tard. Il tourne son visage vers moi, comme pour s'enquérir de mon identité Alors je me présente:

- Salut, moi c'est Léo.
- Hum. Salut.

Ok je vois, il semble aussi peu loquace que l'est Luc, pourtant quelque chose me plaît bien chez lui. J'espère que notre cohabitation se passera bien. Je me réinstalle dans mon lit et retourne à mes pensées. Elles sont toutes tournées vers Agathe. J'ose espérer que malgré la colère qu'elle a à mon égard, sa gentillesse me permettra de pouvoir la revoir un jour. Qu'elle acceptera de venir au parloir. On a des choses à se dire elle et moi, je dois lui révéler mes secrets. Et même si elle me dit avoir rencontré quelqu'un, je peux réussir à la faire venir ici, j'en suis persuadé. Je ne suis pas certain de la raison exacte pour laquelle je tiens tant à la revoir après toute cette histoire, mais je finirais par le savoir en la revoyant.

Épilogue

Cela fait maintenant trois semaine que tout le monde est incarcéré. J'ai entamé toutes les démarches vis à vis de Léo, pour avoir l'autorisation de lui rendre visite. Je suis dans l'attente de notre premier parloir. J'ai tant de questions à lui poser. Je ne pense pas l'assommer tout de suite avec toutes mes interrogations mais je compte bien repartir de notre entretien avec un début de réponses. J'ai pris du recul sur notre relation et je suis actuellement dans une phase d'incompréhension. Celle où je ressasse, où je ne supporte plus le fait de ne pas comprendre les mises en garde des uns et des autres au sujet de Léo. Pourquoi avaient-ils vu ce que moi je n'ai pas réussi à voir ? Est-ce le même cas de figue avec Arthur ? Peut-être que cette fois-ci mon entourage ne prendra même pas la peine de me mettre en garde, pour ce que j'en ai fait des précédentes...

Je suis fâchée contre Arthur. Il a obligé Jules à garder secret l'endroit où il est détenu. Il lui a fait dire que je comprendrais peut-être un jour, qu'il l'espérait de tout son coeur en tout cas, mais que c'était important que je garde foi en notre amour.

« Mon cul, notre amour ! Oui je lui en veux. »

Je suis en colère car il m'éloigne volontairement de lui, il m'évince de son monde tout en sachant pertinemment que je souhaiterais être présente pour lui, et qu'à contrario je serais présente pour Léo. Il me laisse avoir un lien avec mon ex mais pas avec lui ? À quoi joue-t-il ? Me fait-il passer un test ? Je n'ai pas aucune réponse à mes questions. Tout ce que je sais et toujours d'après Jules, c'est que grâce à lui et au travail acharné de ses parents, celui-ci pourrait espérer sortir de prison d'ici cinq mois maximum, peut-être même plus tôt si tout se passe comme prévu. Mais mieux vaut viser plus long m'a-t-il dit. Ils font leurs possibles pour le faire sortir mais ce n'est pas pas si simple. D'après ce que j'ai réussi à glaner d'informations à droite à gauche, Arthur est mêlé à une affaire de grand banditisme dans la région. Sans le vouloir et juste parce qu'il travaillait dans un garage qui appartient à l'une des familles les plus réputés dans le domaine de la drogue, le voilà trinquer à la place des vrais coupables. Mais comme je suis en colère contre lui, je dis que c'est bien fait pour lui !

« Ça lui fera les pieds d'être en prison à lui aussi ! »

Jade dit que je suis devenue folle, cynique et mauvaise depuis tous les évènements. Je crois qu'elle dit vrai, mais c'est simplement parce que je suis enragée par le mutisme d'Arthur. J'ai essayé d'appeler toutes les prisons de la région pour savoir s'ils avaient un détenu dénommé « Arthur Royer ». Voilà ce qu'on m'a répondu:

- Si cette personne est de votre entourage, vous finirez par savoir où le trouver. Nous ne communiquons pas ce genre d'informations madame. Toutes mes excuses. Bonne continuation dans vos recherches.

Et ça, c'est pour les réponses les plus gentilles, je ne vous ferais pas part des plus méprisantes. Quoi qu'elles en valent le détour… Puisque par son activité professionnelle, Jules peut voir Arthur, il prend sur sa responsabilité d'accepter de lui faire lire mes mots pendant leurs entretiens. Voici le dernier en date que je lui ai fait transmettre:

« Cher Arthur,

Je suis enragée comme jamais je ne l'ai été, si tu penses vouloir me préserver, tu te trompes. Je suis enragée d'avoir été laissé en plan à la soirée qui se voulait être nos retrouvailles. Je suis enragée de ne pas savoir où te trouver, où te parler. Je suis enragée d'être responsable -

en partie - de ton incarcération. Je suis enragée de n'avoir pas assez profiter de toi quand on en avait encore le temps. Je suis enragée de devoir faire passer mes messages par un pigeon voyageur - désolée Jules ! Je suis enragée d'amour, et quand tu seras de retour parmi nous, tu connaitras la souffrance. »

Toutes mes missives ont à peu près toutes la même teneur. Pourtant et pour une raison qui m'échappe, Arthur m'a répondu à celle-ci, alors qu'il ne l'avait jamais fait jusqu'alors.

« Cher Agathe,

Je connais déjà la souffrance. Celle d'être loin de toi. Attends moi. »

À la lecture de son mot, j'étais partagée entre deux sentiments: celui de la joie. Parce que je suis heureuse de savoir qu'il tient toujours à moi. Et celui de la colère. Parce que s'il est malheureux pourquoi refuse-t-il de me voir ?

J'invoque tous les dieux qui existent depuis des jours pour avoir un signe d'Arthur. Aujourd'hui j'ai eu le premier signe que j'attendais tant. Pour l'instant je récupère toutes les petites miettes qu'il veut bien me donner, mais je me connais assez pour savoir qu'arrivera le moment où je ne supporterais plus de me contenter de si peu. Et j'espère me forger de patience sinon j'ai bien peur que nos retrouvailles avec Arthur ne soient pas celles auxquelles nous nous attendions.

« La vie ce n'est pas d'attendre que les orages passent. C'est d'apprendre à danser sous la pluie. » Sénèque.

À SUIVRE...

Remerciements

C'est ainsi que le premier tome s'achève. J'espère que celui-ci vous aura plus, car moi j'ai pris beaucoup de plaisir à l'écrire. Mes personnages cohabitaient, parmi tant d'autres, dans ma tête depuis un moment déjà. Je me suis dit qu'il était peut-être temps de les faire vivre à travers un livre et, pourquoi pas une saga ? Mais je ne trouvais pas le courage et/ou le temps pour m'investir réellement dans ce script. Jusqu'à que je sois un peu secouée…

Alors je tiens à remercier en tout premier lieu mon partenaire de vie, sans qui rien de tout ça n'aurait été possible. Le premier à m'encourager dans mes ambitions. Il a supporté mes couchés tardifs, mes réveils soudain en pleine nuit, sans, ou presque pas râler ! Il m'a soutenu durant ce projet, il a su m'insuffler la motivation quand je la perdais. Il m'a conseillé, a trouvé mon nom de plume et surtout il a su créer la couverture de ce tome à partir des éléments que j'avais en tête. (Soit un exploit quand on sait le fouillis que c'est là dedans…)

Il n'a pas été le seul à me soutenir dans ce projet, ma famille, mes ami(e)s l'ont été également et cela sans jugement, bien au contraire.

Et le meilleur pour la fin: ma fille. Mon petit coeur d'amour, celle, qui sans le vouloir a été l'élément déclencheur de ce projet. Celle qui m'a donné l'assurance qui me manquait tant, pour enfin oser assumer cette facette de moi que j'ai longtemps caché par peur du jugement, de la honte ou de l'échec, que sais-je.

Toutes ces personnes qui font partie de ma vie, de près ou de loin ont été, m'ont galvanisé pour donner vie à cette romance. Je me devais de publier cet ouvrage au moins pour vous tous.

Je finirais par remercier aussi toutes celles et ceux qui ont été sceptique à l'annonce de ce projet, qu'ils jugent sûrement de trop osé pour une jeune femme/maman. C'est aussi en partie grâce à vous qu'il a vu le jour. Oui, je dois l'avouer, c'est une énorme satisfaction pour moi.

Je suis consciente que mon univers ne réunira pas à tout le monde, mais je serais allée au bout de ce que je souhaitais faire et je n'en suis pas peu fière…

À très vite pour la suite des aventures d'Agathe, d'Arthur et de Léo.

Raveilio Cécile

Printed by Amazon Italia Logistica S.r.l.
Torrazza Piemonte (TO), Italy

50841160R00137